茨鬼《いばらき》

悪名奉行茨木理兵衛

吉森大祐

中央公論新社

目次

装画　小副川智也
装幀　盛川和洋

茨鬼

悪名奉行茨木理兵衛

序

天明《てんめい》二年の天候不順と、十一月から半年に及んだ岩木山《いわきさん》噴火、翌年七月からの浅間山《あさまやま》噴火に端を発した大飢饉《だいききん》による天下経世の動揺は、我が国の執政の根本を揺るがす事態となった。

かつて三百万両余もあったと言われる公儀幕府の備蓄金はほぼ底をつき、飢餓に苦しむ庶民はおろか、財政難に苦しむ公家諸色《くげしょしき》への支援もままならぬ。

天明六年、再び起きた旱魃《かんばつ》による市場の混乱と米価の高騰を招くに至り、ついに時の老中田沼意次《たぬまおきつぐ》は政権を維持するを能《あた》わず、失脚した。

新たに老中首座へ進んだ松平定信《まつだいらさだのぶ》は、まず貧民の救済と赤字に落ち込んだ幕府財政の黒字化が最優先であるとして、のちの世に『寛政《かんせい》の改革』と言われる厳しい倹約政策を実行に移す。

農政、民政、財政、軍事、教育。

その影響は、多岐に及んだ。

そして、このとき、二百余州を数えた大名家の状況もまた、同じであった。

飢饉、米価の混乱、御手伝普請《おてつだいふしん》――出費ばかりが続き、どの藩も財政難であえいでいる。

累積した赤字や債務に足をとられ、貧民の救済はおろか、藩士の給金の維持もできぬ。

どの藩も、国元の財政は破綻《はたん》の瀬戸際にあった。

名家、伊勢《いせ》国津《つ》藩藤堂《とうどう》家もまた、例に漏れない。

改革の実行と、なんらかの財務的な手当が、急務であった。

それは、寛政五年に松平定信が老中を退任したあとも、変わらぬ課題だったのである。

仕法之一　藩主厳命

寛政七年、秋――。

伊勢国津城西丸ノ内八丁口内にある郡奉行《こおりぶぎょう》の役宅。

薄暗い廊下を、四十がらみの、小太りな侍が火燭《かしょく》を持って歩いている。

その顔には深い皺《しわ》が刻まれており、目は小さく、鼻筋は太く、頬《ほお》は弛緩《しかん》して垂れ下がっていた。

男は書院の前の縁板に座ると、室内に声をかけようとする。

すると、障子《しょうじ》の向こうの部屋から、先に声かけがあった。

「加平次《かへいじ》か」

ずいぶん若い声である。

「は」

加平次、と呼ばれた中年侍は体を縮め、その声を聞いた。

「今どきに何ごとじゃ」

「――杉立《すぎたて》様が戻られました」

「杉立殿が――」

「大坂表から密《ひそ》かに戻られたとのこと」

「城内におるのか」

「は。伊賀者《いがもの》に匿《かくま》われまして」

「よし。通せ」

加平次は、その声を聞き、承知いたしました、とつぶやいて書院の障子も開けずにその場を去った。

代わって書院前の廊下に滲みあがるように浮かび上がった影は、蟷螂《かまきり》のように痩せた、目つきの鋭い中年侍だった。

豆のように細長い頭をしており、体が細く小さい。

だが、その袖口からは、鍛え上げられた前腕《ぜんわん》が覗いており、よく見れば背筋は伸びている。近くに寄ってはじめてその頑強さがわかる――異様な空気をまとった武士である。

「奉行様。杉立治平《じへい》、ただいま推参」

「お入りを」

杉立はするりと書院に入った。

蠟燭《ろうそく》をかかげて書見をしていたその部屋の主人は、顔をあげ、

「なぜ急に戻られたのですか？」

と聞いた。

「は」

ずいぶんと若い男である。

まだ三十代前――二十代半ばに見えた。

背が高く、月代《さかやき》は細く、眉は鋭く、目が切れ長で鼻筋が通っている。

名を茨木理兵衛重謙《いばらきりへえしげかね》という。

茨木は、伊勢国津藩藤堂家において内政を担う加判《かはん》家老を輔弼《ほひつ》し、農政全般を司る『郡奉行』であった。

「例の件はいかになりましたか」

理兵衛は聞いた。

余計な挨拶などしない。

その言葉は鋭く直截《ちょくせつ》無比である。

「まずは綿布千疋《せんびき》、大坂心斎橋、袴屋《はかまや》九衛門《きゅうえもん》様のほうで販売してくださることとなりました」

「ふむ。袴屋は大輪院《だいりんいん》様（五代藩主藤堂高敏《たかとし》）以来の縁だ。杉立様の周旋《しゅうせん》に頼ったのは正解でした。よくやってくださいました」

理兵衛は、言葉尻に年上の杉立に対する礼儀を含ませながらも、役職上の格上である威厳をにじませて、鷹揚《おうよう》に言った。

「は」

いっぽう、行灯《あんどん》のあかりの中に座っている杉立の表情はどこか冴えない。

口をへの字に曲げ、肌の色は土気色であった。

疲れているのだろうか。

しかし、理兵衛は構わず続けた。

「――杉立殿。以前談合した通りだ。そのまま御家の御蔵米および栗栃《くりとち》などの産品も大坂にて換金したい。手配を急いでほしい」

「心斎橋には式部《しきぶ》様の縁者である大和屋《やまとや》もありますが」

「いや、袴屋でよい」

「そのことなのですが」

杉立は言った。

「わが津藩には、城下に御用商人がおります。御国《おくに》の最重要産品である伊勢木綿を、御用商人の頭越しに大坂で直売するなど、よろしいのでしょうか」

杉立の声はしゃがれ、顔には深い皺が刻まれている。

いっぽう、理兵衛の表情はまったく変わらぬ。

その質問は聞き飽きたという表情だった。

「その件はさんざん話をしたでしょう。御用商人などを通さず直売する方が、わが藤堂家の実入りが多くなるのです」

「……それはそうですが」

杉立はなお、慎重に言う。

「御用商人どもは、寛永元禄《かんえいげんろく》の昔から御家《おいえ》の台所を支え、江戸表での綿布の販路を拓《ひら》いてくれた功労者です。わが藤堂家とは古来深い紐帯《ちゅうたい》で結ばれており……。どうでしょう。せめて、あの者どもには事前に話を通して了承を得ておくぐらいの根回しをされては」

「構わぬ」

理兵衛は切り捨てるように言った。

「杉立殿とも思われぬ言葉。そんなことでは困ります。そんなことをすれば邪魔をされるに決まっている」

「はあ、ですが」

「これは、わが責任《せめ》にて行う仕法《しほう》（経営および民政）である。続けていただく」

その強い言葉に、杉立は言葉を呑《の》みこむ。

「……本当によいのですか」

「構いません。商人などというものは所詮、おのれの利益しか考えておらぬ銭奴《ぜにやっこ》に過ぎぬ。これからは藤堂領内の産品はすべて、わが『菓木役所《かぼくやくしょ》』からの専売としたい。今は、大坂表で直売の実績を作ることこそ重要です」

「は、はあ……」

「それを言いに戻ったのですか？」

「まあ——」

「わたしは御殿《おんとの》より、わが藤堂の領内郷郡の仕法を任されている。わたしの言葉は殿の言葉と弁《わきま》え、前に進めていただかねば」

「はい、はい。ですが……」

杉立はなおも言葉を継ごうとしたが、理兵衛は、能面のように表情の変わらぬ顔を杉並に向け、

「大坂にお戻りください」

と言う。取り付く島もない、という風情である。すでに理兵衛は、手元の書類に目を落としている。

その姿を見て杉立は、あきらめたようにため息をつき、

「は――承知いたしました」

と頭を下げた。

「今しばらくお時間をいただきます」

「急いでください。必要であれば人員を回します。伊賀者に申し付けますように」

杉立は、その言葉には答えず、

「失礼します」

と、あとじさりしてそのまま書院を出た。

中庭に面した長い廊下を歩いて玄関に戻る。

するとそこに、川村《かわむら》加平次が待っていた。

さきほど、理兵衛に杉立の来訪を告げに来た奉行手代の中年男である。

「おう――」

「待っていてくれたのか」

ふたりは顔を見合わせて、ほろ苦く笑った。

杉立と川村は、ともに四十代の半ばを過ぎており、この藤堂家ではもう老侍といっていい年だった。

藤堂家ではみな、同格同年代の侍は一緒に遊んで仲間として育つが、このふたりもまた、幼き日に城下の岩井左衛門道場にて『勘斎流《かんさい》』という藤堂家独特の格闘術を学んだ幼馴染《おさなな じ》みである。

「――どうだった？」

「にべもない……。この機会にご諫言《かんげん》させていただこうと思ったが、あの様子では無理だな」

「諫言？　おぬしはおかしらのやり方に不満なのか？」

川村加平次は、二十歳以上も年下の茨木理兵衛を、奉行殿や茨木様ではなく『おかしら』と呼んだ。すっかり郡奉行の手代となりきっている証左である。

「いや、不満なわけではない。お前も知る通り、わしは長年『倹約奉行』として御家にお仕えしてきた。職を全うするなかで、こうするべきだ、ああするべきだと考えながら、なかなかできなかった抜本的な改革を、お奉行はやろうとしている。これは大したものだと思う。わしは、できるかぎりお奉行の仕事を支えたい」

「ふむ」

「だが」

杉立は口をへの字にぎゅっと曲げる。

「あまりにも、やり方が、お若いのではあるまいか？」

「若い？」

「いかにも。お奉行は若い。進め方がいちいち練れておらず乱暴だ――。もう少し、人に気を遣ったらいかがか？」

「気を遣うとは？」

「お奉行の策は正しいが、いつも根回しが足らず、人に押し付けるように進められる。もう少し皆の心に寄り添ってはいかがか。『郡奉行』という要職にあるならなおさらだ」

「ふうむ」

加平次は腕を組む。

「お奉行は、お目通りを許される重職の中ではいちばん年若なのだぞ。齢《よわい》三十前の人間に全てを決められ、策を押し付けられるお歴々《れきれき》の気持ちにもなれ。今や城内は、お奉行を面白く思わぬかたがたばかりではないか」

「おかしらは、御殿に御家の改革を任されておる。必死なのだ」

「それはわかる。だが、このままでは危ない。わしはお奉行さまの施策がいちいちあるべきものだと思うがゆえに此度《こたび》の帰津《きしん》を企てたのだ。つまり、直接顔を見て諌言させていただこうと」

「そうか」

「だが、あれでは話にならぬな――」

ふたりは、下足場の脇に置かれた小さな行灯の暗いあかりの中でお互いの顔を見合わせて、ため息をついた。

「おかしらは、幼き砌《みぎり》より頭脳明晰であられる故《ゆえ》」

「それはいいことだ。だが人間味がなさすぎる。今宵もそうだぞ。数少ない味方のわしが、老体に鞭《むち》を打って大坂から戻ったのだ。普通であれば、お疲れではありませんか、何か危急の用事がありましたか、などと、ねぎらいや忖度《そんたく》の言葉があってしかるべきだ。だがいきなり、例の件はいかになった、ときた。用事が終われば、すぐに大坂に戻れとの言葉。まずは休め、家族の顔でも見るがよい、の一言が言えない――あの人は、わし以外にもあのままの態度なのか？」

「うむ」

「それでは、人心は離れるばかりであろう」

「あの方の、性分なのだよ」

「その性分をなんとかしないと、いつかとんでもないことになるぞ」

「おかしらは、いつも正しいのだ。どこまでも」

「正しいなど――」

杉立は、吐き捨てるように言った。

「誰がそんなものを望んでいるというのだ？」

◇

茨木理兵衛は書見を済ませると、役宅の奥へ下がった。

下がるといっても書院を出て廊下を歩き、台所を抜けて奥座敷に移るだけのことだが、理兵衛は厳に公私の空間を区切っている。

奥の居間では妻の登世《とせ》が針仕事をしながら待っていた。

「お帰りなさいませ」

登世は、理兵衛が部屋に入るとすぐに針山に針を戻して威を正し、三つ指をついて夫を迎えた。

夫はいつもここで衣《ふく》を着替える。

登世は黙ってそれを手伝った。

「お疲れ様でした。茶なりと、淹《い》れましょうか」

「いや。もう宵の五つ半を過ぎている。茶は眠れぬようになるゆえ、白湯《さゆ》を頼もうか」

下女たちには、もう下がって休むように申し付けてあった。

白湯ぐらいは自分で淹れられる。

登世はてきぱきと躰《からだ》を動かした。

登世は、理兵衛と同じ城外の組長屋で育った同程度の家士の娘で、三つ年下の二十五歳だった。

生まれたときから親同士の話し合いで縁組が決められており、理兵衛が十七歳で家督を継いだ直後に、十四歳で茨木の家に入っている。

決して美人ではないが、目のくりくりと大きい、鼻も口も大振りで朗らかな気性の娘であった。

茨木家は三百石で、お役目は作事役。大身の藤堂家においてはまず、中級から下級の武士である。

登世の実家である奥田《おくだ》家も同程度だ。

だから登世は、まさか自分の夫が、藤堂三十二万石の農政を一手に担う郡奉行になるとは、夢にも思ってもいなかった。

子供の頃から、自分の嫁入り先は親と同役程度であるから、今までと変わらず毎日賑《にぎ》やかに、菜を作ったり、内証の心配をしたりして、ささやかに生きていくのだろうと思っていた。

ところが、いざ嫁に入ると、結婚生活は想像していたものとは全然違っていたのだ。

（こんなことになるとは）

今も、差し出した白湯を、背筋を伸ばして謹直に呑む理兵衛の横に座って、不思議な生き物を見るような思いで夫を見ている。

思えば理兵衛は、幼き頃より文武両道を旨とする父重孝《しげたか》の厳しい薫陶《くんとう》を受け、なお優秀であった。時間があれば心学者の久世友甫《くぜゆうほ》の屋敷に出入りし、和漢の書籍の学問にも励んでいた。

重孝は、これがもう、下役ながら実直としか言いようがない真面目一本やりの武士であり、理兵衛を毎日厳しく鍛え上げていた。遊びたい盛りのあのやり様を理兵衛はなんと思っていたのだろうか。

そして、天明三年。

作事の現場における不慮の事故で父が死ぬと、重謙は十七歳の若さで敢然と家督を継ぎ、藩主藤堂高嶷《たかさと》公の小姓並として津城に出仕するようになる。

よほどに優秀であったのであろう。すぐに殿の親衛隊に取り上げられた。

そして高嶷参勤の際、江戸にいる嫡子高嶷《たかすけ》の世話役として上府するように命じられ、二十歳そこそこで江戸での在勤を経験した。

ちょうど松平定信による寛政の改革が始まった頃のことだった。

そして帰国後、二十三歳で勘定頭《かんじょうがしら》に抜擢《ばってき》され、翌年二十四歳で郡奉行となって藩の中枢に引き上げられたのである。

これは、登世の目から見れば、

（十四歳で嫁いだと思ったら、新婚生活を送る間もなく夫は藩主の側近に取り立てられ、そのまま単身で江戸に行ってしまった。やっと戻ったと思ったら、目まぐるしく新しい役目を与えられ、驚くほどに出世していく……）

ということである。

到底、子供の頃に夢に見ていた、気の置けないつつましやかな暮らしは無理であった。

住み慣れた組屋敷にもおられず、城内の役宅に移り、下人や女中が増えていって付き合う奥様方も年上ばかりになる。自ら手配せねばならぬ夫の衣《ふく》や装具の手配も、裃《かみしも》やら袴《はかま》やら脇差やら、毎年のように格式があがっていった。もう、ついていくのに、必死である。

それだけではない。

理兵衛の抜擢人事は、殿様の鶴の一言であり、国元津城の家臣団の秩序を無視したものであった。

藩内に大きな動揺が起きて当然である。

繰り返すが、理兵衛が勘定頭になったのは二十三歳、郡奉行抜擢が二十四歳である。

あまりに若すぎるではないか。

どれほど噂のたねになり、陰口を叩かれたものか。

当時まだ二十歳そこそこだった登世には心構えができておらず、正直これは、心痛でしかなかった。

しかし、その間も、理兵衛は常に、堂々としていた。

背筋を伸ばして、長い首を凛《りん》と伸ばし、その切れ長の目で、あたりを睥睨《へいげい》しているように見える。

（怖くないのだろうか）

登世は、ときどき、思う。

（その若さで、ひと回りもふた回りも年上の武士たちの上に立ち、領内の農政全般を仕切るという重責を担うことは、嫌ではないのだろうか）

子供の頃から登世は、理兵衛が声を荒らげて怒ったり、泣いたり、叫んだり、笑ったりしているのを見たことがない。

常に冷静で、口端に微笑《ほほえ》みを浮かべており、落ち着いていた。

許婚者《いいなずけ》であった自分にも、城外の組長屋にいる仲間の子供たちにも、謹直な態度は変わらない。

どんなにガキ大将やいたずら坊主にからかわれても、それに対する態度は常にやわらかく思慮深かったのだ。

だが。

それでいて、不思議とこの人は他人に、優しい、という印象を与えない。

常に礼儀正しくて、まっすぐで、声を荒らげず――だが、なぜか一緒にいる人間に圧迫感を与える。

そういう種類の男であった。

子供の頃からずっとだ。

それは藤堂家によくいる、荒くれ侍たちが与える肉体的な威圧感とは違う種類の圧迫感だった。

登世の実兄で、理兵衛と同い年の奥田清十郎《せいじゅうろう》は、

「あっはっは、登世、あいつは大物だぞ。優秀でいい奴だ。何も心配せずについていくがいいぞ！」

などと明るく笑うが、果たしてそうなのだろうか。

登世はこの夫に、底知れぬ何かを感じることが多い。

それは、昔も、今も、変わらない。

果たして、それはいいことなのだろうか？

◇

同じ日の夜。

津城下、京町の料亭『生月』の離れで、酒を酌む男たちがいる。

床まえの座は主客のために開けられており、入り口に近い下《しも》の手に、商人らしき絣《かすり》の着物を着た五十男がふたり控えていた。

津の豪商、川喜多久太夫《かわきたきゅうだゆう》と、田中治部左衛門《たなかじぶざえもん》である。

いっぽう上《かみ》の手には紋付の羽織を着た四十前後の侍が三人座っている。

こちらはそれぞれ藤堂主膳《しゅぜん》、藤堂多左衛門《たざえもん》、島川斎宮《しまがわさいくう》といい、藩の重役とその用人であった。

彼らはみな、二百年前に藩祖藤堂高虎《たかとら》に従って戦国の世を戦い、徳川の治世となった後に藤堂姓を許された侍大将どもの末裔《まつえい》である。代々藩の家老職を輪番で担っている。

ちなみに、藤堂主膳家の元の性は『深井』で、石高三千。

藤堂多左衛門家は、元は『細井』で石高一千五百。

島川は、藤堂家の一門にして筆頭家老、藤堂仁右衛門《にえもん》五千石の用人である。

初代仁右衛門は、関ヶ原の戦いにおいて大谷刑部《おおたにぎょうぶ》家臣湯浅五助《ゆあさごすけ》の首を一騎打ちの末に勝ち獲った伝説の侍大将であるが、当代の仁右衛門は、世慣れた狐狸《こり》のごとき老人であった。今回は、所用在りとして自らは欠席し、用人を遣わせた形だ。

「――監物《けんもつ》は来られないのか？」

藤堂主膳が着飾った妓《おんな》に酒を注《つ》がせながら聞いた。

主膳は鼻から口が歪《ゆが》んだような顔つきの男で、唇がへの字に曲がっている。

仁右衛門家の用人、島川斎宮が、穏やかに答えた。

「後から来られます。監物様は、もとより茨木を憎むことこの上ありません。このような談合の場には、必ず来られます」

「ふむ。それはそうか」

主膳は頷き、今度は反対側で腕を組んでいるサムライの顔を見る。

藤堂多左衛門である。

体は大きいが、どこか小心な印象の男だ。大きな顔の、目鼻口といった部位が真ん中に寄ったような顔をしていた。

「ところで」

「なんだ？」

「五郎左衛門（杉立治平）が、密かに津に戻ったというのは本当か」

「うむ、確かだ。城内の小姓役に組下の玉置太郎助《たまきたろうのすけ》がおるのだが、奴が城内で伊賀組に守られた杉立がいるのを見たのだそうだ。周囲を憚《はばか》っていたが、あれは確かに五郎左衛門と澤村才蔵《さわむらさいぞう》であったと」

「澤村か――」

澤村家は、慶長十五年大坂の陣のあと、時の将軍徳川秀忠の命により藤堂家配下に組み込まれた伊賀衆の血脈である。

当主は歴代澤村甚三郎《じんざぶろう》を名乗るが、才蔵は現当主の長男だった。確か、甚九郎《じんくろう》という弟がいる。

「澤村は、茨木から、杉立との繫《つな》ぎを命じられているとのこと」

「ふうむ」

主膳は顎《あご》を突き出して、考えるような表情をした。

「そもそも杉立の役割は、御家の借財を少しでも軽くするために、大坂にあって商人相手に金策をすることではないか。なぜその男が国元に戻っているのだ？」

「――なにか、企んでいるのではあるまいか」

深い沈黙が、一同を包む。

すると、その沈黙に耐えられぬかのように、商人のひとり、やせぎすのほうの男が声をあげた。

「畏《おそ》れながら――」

田中治部左衛門だった。

白髪まじりの髷《まげ》を綺麗に結って、上等な油をつけている。

いかにも謹直な商人の形《なり》であったが、代々藤堂家に何万両と言う御用金を拠出してきた豪商の当代である。

「杉立様は、大坂や京の町人どもに顔が広うございます。伝手《つて》を使って、伊勢綿布の専売を画策されておるのではありませぬか」

一同が、田中を見る。

「ご存じかと思いますが――」

田中は汗だくで続けた。

「拙家『田端屋《たばた》』は先年、江戸の一等地日本橋大伝馬町《おおでんまちょう》に、伊勢木綿の卸問屋《おろしどんや》を構えたばかりでございます。それもこれも、津の御領内と藤堂様御本家を思ってのこと。いまさら専売は困ります。一級の伊勢綿布を回していただかねば、わが『田端屋』の商売が立ちゆかなくなります」

横にいた川喜多も助け船を出す。

川喜多は田中とは対照的に、でっぷりと太った脂ぎった男で、たいした貫禄だった。元禄の頃から江戸に進出し、今では天下でも指折りの豪商である。江戸への進出は松坂の三井家よりも早いのだ。

「みなさまがた」

顔をあげて、重く低い声で、押し付けるように語る。

「これは田端屋さんの言う通りでございます。もとより伊勢の綿は、元禄の昔に、かの松尾芭蕉が俳句の材に取り上げたほどの名物。成田《なりた》屋二代目の時分に、当時の杉立様が周旋のうえ、上方にて売り出したこともありましたが、武家が仕切ったために大坂商人に抜け目なく搾り取られて続かなかった。それを江戸に持ち込み、理に適った商売で伊勢木綿の名を天下に知らしめましたのは、憚りながら、わが川喜多家『伊勢《いせ》屋』の功績にございます」

落ち着いた、ゆったりとした言い方であった。

そのとおりである。

その場にいた一同は、深く頷《うなず》いた。

川喜多は、江戸にごまんとある『伊勢屋』の元祖だった。

これまで川喜多家は、同じ伊勢国のうちでも、藤堂領外の松坂や山田の商人の市場の支配力が強いものに対抗するべく、さまざまな投資をしてきた。

新畑の開拓や、織物加工の振興、水に弱い綿織物の運搬手法の開発など、その貢献は計り知れない。

今回の田中田端屋の江戸大伝馬町進出も、三井越後屋《えちごや》、長井大和屋など、松坂勢に対抗するために、川喜多家が仕掛けたものである。

「――われらの長年の貢献を忘れ、領内の綿花綿布の専売をもくろむなどもってのほか。万が一のことがあるようならば、手元の資金の確保のためにも、憚りながらわが川喜多が御本家にお貸ししている一万両を、即日返済していただくほかに法がありませぬ」

落ち着いた言い方であったが、脅しであった。

川喜多は今や、江戸で独自に幕閣や高家など貴顕の重要人物と繋がっている。強気であった。

慌てて藤堂主膳が言った。

「川喜多、滅相《めっそう》なことを申すでない。すぐ一万両を返すなど、出来るわけがあるまい。心配するな。われら譜代の重役一同が責任をもって、茨木にこれ以上の勝手はさせぬわ。国というものは信義で成り立っておるのだ」

「はい。ですが、商人は利を求むることが生業《なりわい》でございますゆえ」

「よくわかっておる。これまでも藤堂家とおぬしら商人は一枚岩であったではないか。ゆめゆめ忘れるではないぞ」

そこへ、遅れて藤堂監物があらわれ、迷いなく上座にどかっと座った。

鍛えあげられた体つきで、眉が太く、目つきの鋭い四十がらみの武士である。

「遅くなってすまぬ」

謝りながら、まずは手にした脇差を預け、妓に酒を注がせた。

この男も、藩祖高虎公とともに戦った先祖を持つ譜代侍の末裔である。

先祖の姓は『長』という。高虎の側室として二代目藩主高次《たかつぐ》を産んだのは、高虎の側近にして監物家初代、長《ちょうの》織部《おりべ》連久《つらひさ》の娘、松寿院《しょうじゅいん》である。このような経緯から、監物家は、家老を輪番で担当する重役の中でも特別な地位にあった。

ただ、この男が皆の信頼を集めるのは、家柄だけの問題ではない。

男らしい竹を割ったような性格と、快活かつ歯切れのいい物言いが、家中の上士たちの信頼を集めていたのである。

「どうした、辛気臭《しんきくさ》い顔をしおって」

「辛気臭くもなるわ」

「なんだ、また若い連中の話か？」

「その通りだ。また何か、茨木が面倒なことを始めたようだ」

「ふうむ――あやつが奉行になってから、ろくなことはやらぬな」

「なぜ、御殿はあのようなものを登用したのか」

「小姓上がりで、あの美貌だからな」

「殿に男色のケはなかったと思うが」

場を、下品な笑い声が包んだ。

そんな中、藤堂監物は首をこきこきと鳴らしながら、酒を呑む。

「まあ、あの若造も、若造なりに、苦しい御家の台所をなんとかしようとしているのだろうよ」

「そうは言っても」

「だが、そろそろ三年間の決算をせねばならぬ時期だ。もし御殿が目論むとおりの成果が出ればよし。だが、そうでなければ目にものを見せてやらねばならぬ。守るべき一線は守らねばなるまいぞ」

「最後の一線」

「そうだ。藤堂が、藤堂であるべき一線だ」

監物は妓に注がせた酒をなめながら、皆の顔を見た。

すると、多左衛門が言った。

「今、綿布の話をしていたのだ」

「ふむ――専売の話か？」

「そうだ」

「――わしは、反対だ」

「さもあらん」

多左衛門は頷いた。

監物は、大きな目玉をぎろりと回して、

「貴様ら商人どもが、立場を弁えずに好き勝手に荒稼ぎして、天下を乱すことはもちろんよくない」

と、ふたりの商人を脅すように睨《ね》めつけながら、

「だがいっぽうで、貴様ら商家が、わが津をどれだけ潤してくれたか、そこは忘れてはならぬ。今や江戸で日本橋大伝馬町の伊勢綿布といえば一流だ。それで藤堂家の面目がどれほど立ったものか」

と言った。

「そ、その通りだ」

これは藤堂主膳。

「恐縮至極でございます」

田中も言った。

「それに、田中、川喜多。貴様らが立ち行かなくなれば伊勢国内の綿布は、すべて松坂鳥羽の港から出津《しゅっしん》されることになるではないか。領内の産物が松坂に流出する。ますます松坂の三井やら山田やらが太る。それを許す訳にはいかない。藤堂の津、つまりこの『安濃津《あのうつ》』をこそ、守らねばならぬ。茶もそうだぞ。伊勢茶の多くがわが藩の領内で作られているのに、伊勢山田の商人どものほうが強い

ではないか。伊勢参りの客どもは、藤堂領内で作られた茶を神宮様の名物と思ってありがたがり、金をあちらに落としている。貴様らがしっかりしなくてどうするのだ」

「きょ、恐縮です」

「つまり、な」

　ぐっと監物は酒を呑み、

「われらは、津の商人を後押しすることこそすれ、その商材をとりあげるようなことがあってはならぬのだ」

「さすが、監物さま」

「ほっとしました」

「ふむ。それで、だ――」

　と監物は同僚の侍たちを睨《にら》む。

「今日の宴《うたげ》の眼目だ。五日後の御前評定でのわが態度であるが――、外山与三右衛門《とやまよさんえもん》がその場で菓木役所の収支を御殿に報告するとのことは聞いておるな」

「聞いておる」

「外山――。茨木の部下だな」

「いかにも。そもそも菓木役所自体が、茨木が作った役所よ」

「まずは、報告を聞こう。われらに迷惑がなければよし。だが、疑わしくあらば、すかさず拙者が指弾してくれる」

「ふむ」

「もしかしたら茨木は、そこで綿布の専売を動議するつもりかもしれぬ。万が一そんなことがあれば、断固として叱ってくれるわ」

それを聞いて、一同、ほっと息をついてお互いの顔を見合わせる。

その一言を聞くために、男たちは集まっていたのである。

末席に座っていた田中と川喜多も、やっと、目じりに優しい笑い皺を浮かべた。

「さすが監物さま。心強いお言葉でございます」

川喜多は、さきほどまでは周囲を睨めまわすような傲岸な顔つきをしていたくせに、監物が強く出ると、すぐに腰をかがめるようにして、蕩《とろ》けるような笑顔を浮かべる。

「ありがたきこと――。われら商人はどこまでも藤堂様とともにあります」

と、手を叩いて妓どもに酒を注ぐように促した。

侍どもは、それぞれ妓に杯を差し出しながら、

「うむ。踏ん張り時だな」

「いかにも」

「はい。よろしくお願いします」

口々に言い、目礼をすると、一気に呑み干した。

頃よく、三味の音曲が入り、食事が運ばれてくる。

座は、歓談となった。

一座が賑やかになると、川喜多が女中に目配せして、三方の上に袱紗《ふくさ》をかけたものを四つ、それぞれの侍の膳の横に運ばせた。監物、主膳、多左衛門、島川――それぞれ歓談しながら、川喜多が用意した三方を、ちらりと見る。

皆、にこやかに食事を口に運びながら、さりげなく袱紗をよけてその下においてあるものを覗いた。

それぞれ二百両。

あわせて八百両がそこにお礼金として置かれていた。

そもそも。

藤堂藩の財政がおかしくなったのはいつからであろうか。

藤堂といえば、藩祖高虎以来、天下に知られた名家にして三十二万石の大身である。公儀徳川家の信頼も厚く、慶長十三年の伊勢国安濃津（現　三重県津市）入城以来、一度も転封されたことがない。また江戸では、明神下《みょうじんした》に近い和泉橋《いずみばし》の上屋敷が神田の名物となっており、その盛名は天下に響きわたっている。家紋である藤堂蔦《つた》をつけた駕籠《かご》が江戸の町を行くとき、町人たちは畏怖の表情を浮かべて道を開け、頭を下げる。外様の名家として、その威勢は素晴らしいものであった。

だが、派手な外見とはうらはらに、その内実はずっと火の車だった。

藩祖高虎の死去時は遺金として金二万二千六百十両、銀八貫八百五十八匁《もんめ》ほかを贈与する余裕があったものだが、その後の飢饉・災害・御手伝普請（公儀命令による公共工事）などにより財務は悪化の一途をたどり、三代高久《たかひさ》のときに初めて藩士に対する給米の遅配を断行した。

同じ頃から大小商家に対する借財の繰り延べも幾度となく行うようになる。

それでも最初のうちは、秋になれば地代で補塡できていたものを、だんだんと滞り、借金を借金で穴埋めするようになっていった。

そして四代高睦《たかちか》の頃には、慢性的な財政困難に陥ってしまった。

その後も、度重なる御手伝普請、そして冷害や旱魃などの自然災害で、出費が続いた。

藤堂家はそのたびに、田中・川喜多をはじめ、領内外の商人に申し付けては、一万両、二万両という規模の御用金を拠出させることでなんとか乗り切ってきた。

しかしそれも、当代九代高嶷の治世において、天明の大飢饉が発生するに至り、限界となった。これ以上の借金は、誰の目にも不可能となったのだ。

この頃になると、天下の経世の混乱の影響を受けるのは、江戸大坂といった大都市《まち》ではなく、地方農村のほうがより深刻となっていた。各国の農村が疲弊《ひへい》してしまっていたのである。

国政の根本たる農政をどうにかしなければ――。

これは藤堂家だけではなく、日本中の二百余藩すべての大名が共有する危機感であった。

この危機感を背景に、公儀のうちでは、江戸大坂での積極財政を推し進めてきた田沼意次政権が打倒され、地方農政重視と緊縮財政を標榜する松平定信政権が樹立された。

松平定信は、カネがカネを産む型の大型投資をすべて停止し、農村を中心にした足元の実生産活動へ回帰すべしとして梃入《てこい》れを開始した。また、一時的に諸国の大名家に対する御手伝普請の申しつけを停止する旨も告知した。

これを受け、津藩主藤堂高嶷は、今こそ一気に藩財政を立て直す好機である、と考えた。

改めて倹約奉行の権限を強化督励し、新田開発などに着手したわけだが、効果はなかなか出ない。

そこで、自らの小姓であったわずか三百石の武士、茨木理兵衛を勘定頭に抜擢し、その意思を家中に示すことにしたのである。

「今までのやり方ではダメなのだ」

高嶷は、説明した。

「下々の者どもの力を借り、藩を立て直す」

藩主の命を受けた茨木理兵衛、時に二十三歳。

城下大広間に平伏したその顔は、いかにも若く、場違いであった。

（こんな軽格の若造に、いったい何ができるのだ）

居並ぶお歴々の間に、いぶかしむような空気が流れたことは、想像にかたくない。

理兵衛はすぐに、勘定方を動員して、藩財政の棚卸《たなおろし》を始めた。

そして、驚いた。

年間の歳入三万五千六百両に対し、借金の利子返済が一万九千両。つまり年貢による実収入の五割以上が、借金の返済に消えていた。

それに加え、支出が五万一千六百両。

差引き、年間三万五千両の赤字であった。

何もしなくても、毎年、この赤字だ。

これに加え、過去の飢饉時の借金、御用工事の借入金など、もろもろ積み重なった累積債務が二百万両近くもあった。巨額の借金に、名目資産がほとんど食われている形である。

火の車という表現では足りないほどの緊急事態であった。

御家の台所事情が思わしくないことはもちろん知っていたが、ここまで財務が悪化しているとは思わなかった。

「驚きましてございます……」

半年後、帳簿を持って藩主藤堂高嶷を前に進んだ茨木理兵衛は、絶句した。

高嶷は苦渋の表情を浮かべる。

「うむ――。徳川の世となり、まもなく二百年になろうとしている。戦は終わり、天下に銭がいきわたり、から商人どもが跋扈《ばっこ》した。農家の次男三男が江戸大阪に流れ込んで町人となり、農村の暮らしも変わった。世の仕組みは変わったが、支配の仕組みは変わっておらず、さまざまな歪みが生じた。わが家だけではない。諸藩、事情は同じだ。今はもう限界である。抜本的な改革が必要である」

高嶷は続ける。

「できれば、われが藩主の座におる間は穏やかにと考えておったが、これ以上、事態を座視するわけにもいくまい。日《ひ》の本《もと》じゅうの大名がご改革を押しすすめている今こそ、仁政を推し進め、民を救うのだ」

「は」

「問題は農政である。見てわかる通り、この百年、領内の年貢量は減っている。荒れ地も増え、農村が疲弊している。まずは下々の百姓どもの暮らしを立ち行かせることが急務だろう。さすれば、年貢も増える」

「御意」

「この二百年、徳川様のおかげで太平の世となったが、結果、富めるものはより富み、貧しきものはより貧しくなった。カネを持つものが富を独占し、その力を背景に、実生産をせずに虚業で稼ぐ。領内の民はすべて搾取され、財は巨商にばかり集まり、その財は大都市に持ち出され、地方に新しい産物は生まれない。結果、国元が疲弊し、農村の荒廃は進み、貧富の差が広がって、秩序の崩壊、道徳の堕落、治安の悪化が進んだ——わかるか」

「はい」

「その結果が、今の藩財政の悪化である。そもそも民は国の宝じゃ。武と民は一体である。なんとしても藩政を立て直し、国を守るのだ——。理兵衛。貴様を、郡奉行に任ずる」

藤堂高嶷の前に平伏し、茨木理兵衛は考えた。

（やるしかない。御家を、そして万民を救うには、できることはなんでもやるしかない）

しかし、果たして、どうやって——。

高嶷は、

「仁政を敷く。民を第一に考えよ。やるべき改革は、どんな苦難もあろうとも、やり遂げねばならぬ」
と言うのみ。
実践するのは、奉行、すなわち、若き茨木理兵衛の仕事であった。

仕法之二　販路開拓

城内の鶴の間と呼ばれる広間に、家老、年寄、弓大将、組頭といった『お歴々』、つまり重役どもが集まっている。

末席に、ひときわ若い茨木理兵衛と、下役の外山与三右衛門が控えていた。

外山与三右衛門は郡内の下級郷士であったが、農村の荒廃に心を痛め、過激な上申書を藩庁にいくたびも提出していた血気盛んな若者だった。

目の黒々とした、精気溢れる若侍である。

寛政二年、藩の民政を担う『郡奉行』に就任した茨木理兵衛は、まず津城下の学問の師である心学者、久世友甫に助言を求めた。

久世は、

「貴殿は身分が軽く、また若い。城内には誰一人味方がおらぬのであろう。救国の大志を遂げんと欲すれば、まず実績をあげよ」

と言った。

「身を慎み、善行を心掛けよ。その一方で、わかりやすい実績を作って歴々をいったん抑えておき、自分の手足となる士《もの》を集めるとよい――」

理兵衛はそれにしたがって、最初の二年間は農村を回り、新田の開発、治水堰《せき》の補修など実務に奔走していた。

外山与三右衛門はその時に知り合った若者で、貧しいながら学問があり、また観察眼に優れていた。

外山によれば、現在の困窮は、戦国の世が終わって二百年の太平のうちに民の暮らしが奢侈《ぜいたく》に傾き、それが本来土地の持っている生産力から得られる収入と不釣り合いが生じたためだという。

これを打破する方策はふたつ。

これ以上の奢侈を抑えることと、土地の生産力をあげることである。

つまり、支出を抑え、歳入をあげ、個々の農地を黒字化するのである。

外山は農村の里山に注目し、栗《くり》、芋《いも》、椎茸《しいたけ》といった救荒《きゅうこう》作物を植えることで、これらの商品化をもくろむべしと提言した。また農村の再生のためには手段を選ぶべからずとも主張した。

具体的には、既存の農村の奢侈停止と効率化、人口増加策、労務人口の確保である。

外山は、徳川時代における農業が、干鰯《ほしか》、油糟《あぶらかす》、牛糞などの肥料技術の向上と、小作制による地主農家の大規模体制に立脚しており、いったん肥料の値段や小作料が高騰しはじめると、それがそのまま農村の荒廃に繋がる構造になっていると鋭く指摘していた。

昔は天下の景気の動向に左右されることはなかった農村の経世が、今では、江戸大坂といった町の物価の動向に左右されるようになっている。今や、米価は、肥料費や人件費と連動しているのだ。

「今は、戦国の昔ではありません」

外山は、口調の明晰な、いっぽうで辛辣な物言いをする若者であった。

奉行である理兵衛をつかまえ、言葉を選ばず、熱意をこめて訴える。

「徳川の治世では、困窮しているからといって、戦を起こして隣国の田畑を奪う訳にはいかないのです。であれば、国の生産力に見合った仕法が必要です。今は、あきらかに、藤堂の農地から、表高三十二万石のあがりはありません」

「うむ」

「農村の生産力が落ちたのです。なぜか。私利私欲にまみれた一部の豪農が一切を牛耳り、村の民を搾取しているからだ。豪農が、旧来の土地の生産力以上の『利』を求めて種籾《たねもみ》や肥料の値段を吊り上げたり、土地を担保に高利貸しを行ったりする。生産以外の手法でカネだけを儲けようとする。そしてその儲けを江戸大坂といった町に持ち出して利殖する。結果、本来必要のない巨大なカネの動向によって、わが国の百姓どもの実入りが左右されてしまう。こんなことは昔はなかったことです」

その言説は、確かに説得力があり、理兵衛を唸らせるものであった。

「百姓どもを、元の通り、きちんと土地と家に基づく本来の形に戻し、誠実で真面目な働き者が、おのれの田畑のあがりで、真っ当に暮らしていける農村に戻す――。松平定信公のおっしゃる『家康公《ごんげんさま》の仕法に立ち戻れ』というご指示は、まさにこのことでございます」

理兵衛は、この身分のない若者を、すぐに役人に取り立て、寛政四年、その政策を実行するための新たな役所『菓木役所《かぼく》』を設けた。

既存の役所では、到底その施策は実現できまいと思ったからだ。

その名は、植林の役所という意味だが、実質は理兵衛の施策を郷村に触れてまわる実行組織である。

外山は、一躍、菓木役所の取締となった。

実にこれも、家中の秩序を無視したやり方だった。

しかし改革をするからには、役人の身分や出自などは気にしておれなかった。

藩の財政は、すでに崩壊の淵にある。

理兵衛は、菓木役所に、身分の低い下級武士の子弟を、次々採用していった。

菓木役所の若者どもは、それまで身の置きどころのなかった者どもである。

血気盛んな外山を中心に張り切って郷村を走り回り、ある意味力づくでその施策を実施していく。

畑に日影を作る巨木をことごとく伐《き》れという『蔭刈《かげがり》』、里山に救荒作物を植えて育てよという『菓木植林』、さらに百姓どもの『逃散《ちょうさん》禁止』や、贅沢《ぜいたく》禁止の触れを強化する『祭礼禁止』、さらに人口労働力の維持をもくろむ『堕胎人売《だたいじんばい》禁止』など――。

いずれも、理兵衛の施策と合致しており、理に適《かな》った必要なものばかりであった。

ただ、しかし、なにぶんみな若く、やり方が乱暴だった。

古来の役人で、各郷村の庄屋や顔役たちと仲が良い『郡代官』の頭越しに、直属の常廻目付という乱暴者を通じて行われる。

やがて、藩の重役や家老といった古来の実力者のところに苦情が持ち込まれるようになった。

そこで、菓木役所の設置から三ヶ年が過ぎたこの機会に、しっかりと御前で説明し、老人たちにその意義をわかってもらうことが必要となったのである。

「しかし、この大事を、あの眠いジジイどもは、わかりますかね」

強気一辺倒の外山は、ともかく口が悪い。

「そう言うな。こういうことは、きちんと話をすることが大事なのだ」

理兵衛は宥《なだ》めるように、言った。

いずれにしても、議論は必要である。

やがて、どん、どん、と太鼓が鳴らされ、一同が平伏する。

上座に、小姓にかしずかれた藤堂高嶷が現れた。

側用人が前に進み、外山与三右衛門に報告をするように促す。

するとこの物おじしない若者は、末席から進み出、平伏したまま、叫ぶように言った。

「畏《おそ》れながら、報告させていただきます」

と、用意の書類を広げる。

「菓木役所は寛政四年設立、寛政五年より領内平倉村御用林にて椎茸栽培、炭製造を開始いたしました。まる二年に及びますが、その売り上げはまず、二百九十一両にございました」

すると、一同から、おお、と声があがった。

約三百両は、藩政からしてみれば微々たる金額であったが、なんといっても藤堂藩が所有している森林からの売り上げであり、そのまま藩庫に繰り入れられるものである。

上座では、藤堂隼人《はやと》、采女《うねめ》などの老人たちが苦虫を嚙《か》みつぶしたような顔をして聞いていた。

外山は続ける。

「販路、順調に伸びつつあり、此度、大坂表にて袴屋九衛門よろしく周旋《しゅうせん》。これからも順調に売り上げは伸びていく見込みでございます」

「ふむ」

「さらに菓木役所は、河川の堤や荒れ地に、柏、榛《はんのき》、雷丸《らいがん》、漆《うるし》、櫨《はぜ》、楮《こうぞ》を植林いたしました。紙業、薬業、漆業《しつぎょう》は立ち上がってはおりませぬが、順次工人を招き入れ、殖産を開始しておりまする。また、各村の荒れた空き屋敷を利用し、蜜柑《みかん》、柿、栗、梨、葡萄《ぶどう》、林檎《りんご》などを植林いたしております」

「空き屋敷を使うなど――たいした量にはなるまい」

「は、しかし、まずは着手するが肝要。なにぶん、桃栗三年、柿八年と申します。これらは、将来に向けての種蒔きにございます」

「いかに商品にできるかが問題だな」

「御意」

「そちらはどうなっておるのか」

「鋭意、郷村をめぐり指導殖産しておりますが、なかなか簡単ではございません。まずは奢侈に傾いた百姓どもの暮らしぶりから変えねばならぬゆえ、時間が必要と存じます。しかし、その間も、できることはやらねばなりません。今は、領内の産物の直売を確実に増やし、少しずつ利益を得ることで、遊休となっている大坂屋敷を利用し、大坂表における販路を開拓しておくことが肝要かと」

「そうだな」

「今年の売り上げが、椎茸と炭のみでこの数字。紙業が立ちゆかぬため、楮は近隣の藩にそのまま売る予定ですが、それでも同等程度の売り上げはあろうかと。可能なものから地ならしのように物品の販売を始めたとして、菓木役所の試算では、来年再来年、売り上げは倍増し、各業態立ち上がれば、五年後には千両、十後には二千両の実入りを見込んでおります」

明晰に筋道立てて語る外山の言葉に、うんうんと頷く高嶷を見て、当番家老の藤堂采女老人は苦い顔である。

（この若造め、調子のいいことばかり言いおって）

そんな顔つきを隠そうともしなかった。

（そんなにうまくいくものか）

だが、誰も口を開かない。

どう言い返していいか、わからないのだ。

すると、その様子を見た藤堂監物が前に出た。

居並ぶ六十代、七十代の重鎮たちでは、この言説に反論するのは難しかろう、と判断したのだ。

監物は、重く響く声で言った。

「外山――。販路であれば、江戸や名古屋《おわり》で名の知れた伊勢屋・田端屋などの御用商人が城下にあろう。奴らならば、商人どもの間でも顔も広く、二百両、三百両などという小さな商《あきな》いはせぬ。一気に展開して、巨額の利を御藩にもたらすに違いない。なぜ、あの者どもを使わぬ」

そして、殿の座るほうを向いて、こう釘を刺した。

「殿。伊勢屋・田端屋などの商家は、元禄享保《きょうほう》の昔から、御家が危機に陥るたびに、一万両二万両という御用金を用立ててきた者どもです。こうして、御家は救われてきたのだ。領内の御用商人の育成は、いざというときの頼みの綱であります。ゆめゆめ粗略に扱うことはあってはならぬでしょう」

「うむ」

その言葉に、高巖も頷く。

それは、まぎれもない事実だ。

ただ、この時代、売り上げに応じた法人税の概念はなく、屋敷の大きさに応じた町入用《まちいりよう》（間口税）と営業税にあたる冥加金、それに通行税にあたる関《せき》税・入津税などの運用であった。

つまり、なんといっても藩の収入の大部分は田畑からの『年貢』であり、城下の商人が稼いだとて藩の財政への直接の影響は小さい。

言い方を変えれば、ある意味、商人は儲け放題だったのである。

しかし、藤堂監物は、それは違う、と説いた。

「奴らは下賤《げせん》のものなれど、故郷である津に対する忠義はまぎれなきものであります。いざとなれば御用金を差し出す覚悟がございますし、事実そうしてまいった。彼《か》のものどもは、すでに江戸でも名古屋でも有名な商人なのだ。なぜ今更、元禄享保の失敗を忘れ、菓木役所の役人どもが大坂表で商売をしようというのでしょうか。菓木役所の産品は玄人に任せるほうが面倒がないではないか」

そして、胸を張り、こう言った。

「畏れながら先の御老中松平定信公曰《いわ》く、武家の本分は武芸にあり。武家は余芸に囚《とら》われず。武芸第一質実剛健を旨とすべし。武士が商人のような真似《まね》をすることはよろしくない。同じく、百姓は百姓の、商人は商人の本分を忘れるべきではございませぬ。身分の乱れは世の乱れにござる。これ、いかに」

「その通り」

「そうだな」

居並ぶ藤堂主膳、藤堂多左衛門も同意する。

するると、外山の背後から、理兵衛が進み出て、こう言った。

「監物様――。長年御家は、こういった物産の販売を、彼らのような御用商人に任せきりだったために、今のような借財を背負うことになったのです」

落ち着いた言い方だった。

だが監物は、喧嘩腰で目をむいた。

「なんだとォ？」

理兵衛の態度は変わらない。

「商人どもは、カネばかりを追い、殖産を考えませぬ。その証拠には、津には伊勢木綿以外に、全国に名をとどろかせる『名物』がありませぬ」

「むぅ」

「天下に戦が絶えた元和偃武《げんなえんぶ》より百八十年。世のものは徳川様の威光にて天下太平が訪れたなどというが、それは違う。全国二百余州の大名家の家臣であるわれわれ侍が、力をあわせて太平の世を実現したからこそ今があるのだ。それなのに商人どもは、その御恩を忘れ、最初から天下が平穏であったかのようにふるまっておる。最近では身分の上下を弁えず、侍を見下す商人どももいるように思われます。武士の威光は、すなわち、おかみの威光である。言語道断のふるまいでございます」

よく通る、明断な声であった。

「われら侍が守っている太平の世の恩恵を山ほど得ながら、その平穏の世を、ただであるかのように弁え、カネの力を恃《たの》んで傲慢にふるまっておる。とんだ思い上がりかと存じます。戦のない世を作っているのは、我々武士であり、徳に満ちた全国の君子諸侯である。そしてその恩に報いるが、人の道というものでござる」

理兵衛、ここで腹に力を入れ、ひときわ大きな声で言った。

「信じられぬことに、今、われら藤堂の大事な領民の年貢の半分が、借財の返済という名目で商人どもにまわっている」

「かつて御用金を商人に出させたのだから仕方があるまい。ご公儀から御手伝普請のお達しがあったゆえ、必要にせまられたのだ」

「その御用金を、十年賦十五年賦の高利で引き出す判断をなされたのは、当時の重役がたであり、拙者には関係がない。前任者のしたことだ」

「なにっ？」

「今、拙者は、若輩ながら民政を担う名誉をいただき、こう思っているのです。なぜ、当時の重役がたは、このような御家に不利な借金の取り決めをなされたのか」

「貴様、僭越《せんえつ》だぞ」

「いいですか。本来、われらの民が差し出す年貢はまさに血税。われらの殿が天道に従って民のために使うのが道理であります。それなのに今、なぜその年貢の半分を商人に回さねばならぬのでしょう？　商人は勝手に稼ぐ。国に尽くさぬ。この国は藤堂武士による国である。商人どもの国ではない。違いますか？　それが人の道です」

人道、人の道、というのは、茨木理兵衛がかつて学んだ『心学』の言葉である。

心学では、身分よりも、カネよりも、人の心を重んじる。

藤堂主膳が、前に出た藤堂監物を押しのけるようにして、

「さ、先の家老はわが父である。それ以上の雑言は許さぬぞ」

と、かすれた声で、叫んだ。

「御改革により御手伝普請が停止《ちょうじ》された今とは状況が違うのだ。そのときの執政が、そのときに必要な判断をしたのみ！」

「われわれ若い者には、それがわかりませぬ。なぜ重役のご老人がたは、ツケを将来の若者に背負わせるという、将来に禍根を残すようなご判断をなされたのか」

「仕方なかったのだ」

監物は、怒りを込めていった。

「商人どもは御用金など出したくなかったに違いない。だが、われら御家の武士の危機を見て、断腸の思いで巨額の金を拠出してくれた。その忠の心を、なんと心得ておる」

「それは違いますね。彼らの眼目《もくてき》はあくまで『利』です。彼らは利があるからこそ、御用金を差し出した。決して国のためではありません。奴らは利をあげて自分たちの力を大きくすることにしか興味がない。国の為にも、民の為にも働かない。利の為だけに働いているのです――。だから彼らは、平気で国も民も捨てる」

「なにを言う」

「今、現実に、われらの領地の年貢の半分は、借金の返済の名目で商家に渡されている。しかも利子ばかり返済して、まったく元本が減らない。なんですかそれは。それに、この金は、御家によって保障されているため決して取りはぐれない。彼らにとって、これほど安定した利はありません。それがわかっているから、商人どもは、御用金を出してきたのです」

「むう――」

「小癪《こしゃく》な」

それは、家老、中老、弓大将、側用人たちは誰もが、わかっていることだった。

わかっていながら、誰も口に出せないことだった。

しかたがなかったのだ。

すべては藤堂家のためだった。

監物は言葉に詰まり、奥歯を噛んだ。

涼しい顔をして、茨木理兵衛は続ける。

「それに対して、われらの御殿の眼目は『仁政』であります。この金額がそのまま御家の藩庫に入る仕組みになっておれば、その金はすべて殿の仁政に使われることになったのだ。今こそ、商人どもに奪われたものを取り戻すときです。おのおの、商家と癒着し忖度をするのは一切やめていただく」

「何を言うのか」

「今、わが藩と同じことが、全国二百余州で起きている。各藩では物産の専売を進めている。阿波《あわ》蜂《はち》須賀《すか》藩の藍《あい》、松前《まつまえ》の昆布《こんぶ》、薩摩《さつま》島津の黒砂糖――。すべて、藩の役所の専売に切り替えられております。わが藩も同じであるべきです」

理兵衛は、理路整然と言った。

「殿。これから菓木役所にて扱う産品は、わが藤堂家の直販とすべきです。売り上げがそのまま御殿の台所に入る仕組みを作るのだ――」

慌てて監物が叫ぶように言葉をはさむ。

「さ、侍が、そのような商人のような真似をするとは何事か。武士は武道に、学者は学問に、商人は商売に専念するのが本道ではないか」

「監物殿。そもそも、御家のサムライは質実剛健でございます。初代高山公（藤堂高虎）以来、わが藤堂は武道第一のご家風にて、新陰《しんかげ》流、鏡智《きょうち》流、自得流――さまざまな流派の達人を召し抱え、その実力は天下に誇るもの。藤堂侍の堅強さは、天下に知られたものでございます。違いますか」

「いかにも、そうである」

「いまさら武道の評判の心配はござらん。今は、御家の収支を健全とすることがなにより、最優先事項である」

「そ、それは」

「なんとしても御殿のご支配の内に、この藤堂家を黒字化する。そのためにはわれら藩士一同、身を慎み、倹約実業に励み、誠意をもって、御恩に報いるべし」

「うう」

「まさか、このような厳しき時節に、よなよな城下京町『生月』などに集って、女に酒を注がせて、うじゃじゃけた密談にふけるような、武士の風上に置けぬ者は、この藤堂の家臣におるはずがありませぬ！」

　理兵衛はそう言うと、じっと監物の目を見た。

その眼の色は、落ち着いた、沈んだ黒い色をしていた。

それを見て、監物は、

「お、おのれ！」

と、怒りを抑えられなかった。

膝を立て、若者を睨みつける。

この若造――どこまで知っている？

伊賀者などを使って、なにを探っているのか。

監物と、家老衆のものどもが『生月』に集まって歓談したことを論《あげつら》うとは。

しかも、殿の御前で――。

武士とも思えぬ陰湿なふるまい。

許せぬ。

理兵衛は静かに続ける。

「殿――。このたび菓木役所は、大坂表にて伊勢綿布の反物千疋《びき》の直売の道筋をつけることに成功しました。菓木役所は今後も確実に成果をあげて、御殿と御家のご期待に沿う成果をあげることになりましょう――。この際、伊勢綿布の専売化を進めたいと存じますが、いかがでありましょう」

「ええい、黙れ、黙れ、若造」

監物はついに立ち上がり、大声をあげた。

「殿。この儀だけは、この監物、到底、承服いたしかねますッ！」

と、高嶷を睨みつける。

「伊勢綿布は、江戸では藤堂の代名詞でございます。この評判を得るために、過去百年、下々のものどもがどれだけ血の汗を流したものか。綿布の生産はこの伊勢国の宝でございます。昨日今日始めた菓木役所の事業とは違うのだ。綿花の栽培、加工、織物、卸、運送、海運の船頭に至るまで、この産業で生計を立てているものどもがおる。そのものどもを、いかにも小馬鹿にしたかのような、この若造の言葉。拙者は、決して許せませぬぞ」

「いかにも」

「そうだ」

居並ぶお歴々の老人たちが、賛同の声をかける。

それを聞いて、外山が僭越を顧みず発言する。

「今は、そういう時代ではありませんよ」

「なんだと」

「古臭い中間業者は、どんどん廃業させたほうがいいのです。御家と客を直接繋ぐような仕組みを作るべきです。舟も自前で持ちましょう。監物様の言うとおりに昔ながらの業者を大事にすると、卸問屋から小売まで、中抜きの業者が多すぎて利幅が減り、効率が悪うございます」

「古臭い、だとう」

「そうですよ。古い帳簿はすべて捨て、新しく作り直すのです」

「古い帳簿？」

「そうです。商家との癒着はすべて断ち切り、効率をよくしましょう」

「貴様――癒着、だとぅ？」

頭に血がのぼった監物は耐えられず、脇差に手をかけた。

「監物様」

「け、監物、押さえろ」

主膳、多左衛門といった同格の重役たちが、押さえにかかった。

「貴様、われらが代々の忠義を、癒着などと申すか！」

居並ぶ侍たちは、みな監物に同情し、目の前で涼しい顔をして正論を述べるふたりの若者を怒りの目で睨みつけた。

しかし、この若造たちの背後には、藩主高嶷がいる。

ここで刃傷《にんじょう》に及ぶことは殿に恥をかかせることになる。

この事態に、筆頭家老の藤堂仁右衛門が、静かに発言した。

「おのおの、御前である。控えてもらおう」

仁右衛門は、白髪の老人で、藩主が参勤の折は国元の城代をつとめる家格の、思慮深い侍であった。

先だっての『生月』の会合にはあえて参加せず、用人の島川斎宮を遣わせている。

家老格の名家に配慮しつつ、殿との間で中立の位置に自らを据える、老人らしい手管であった。

彼は、議論の行方など、どちらでもいいのだが、藩主高嶷が窮地に陥ったことを見て、仲裁に入った形である。

仁右衛門は、まず、藤堂監物をじっと見て、

「監物。御家への忠義、見事である。だが控えよ」

と叱りおき、次に下に控える茨木理兵衛と外山与三右衛門を見て、言った。

「軽格の分際で、僭越であるぞ」

「は」

「分を弁えよ」

「は、はァッー！」

理兵衛と外山は平伏した。

しかし、その表情は不敵で、反省する風情でもない。

「貴様らは、御殿のお心をもって、今や台所取締の役割にある。だが、それはお歴々のご支持があってのことじゃ。たしかに郷村の産物の仕置きは、今は貴様らの役目。だが、何をやってもよいわけではない。控えよ」

そう言って一呼吸置き、じっくり間を取ると、ゆっくり、殿である高嶷を見た。

高嶷は頷くと、呼吸を整えて、言った。

「皆の者、大儀である」

理兵衛、外山、あらためて、深く平伏する。

監物、主膳、多左衛門も同様である。

「菓木役所が発足わずかにして三百両近い利益をあげた旨、ほめて遣わす。今後のための事業の進捗も順調と見た。よろしい。なお一層、励め」

「は」

「いっぽうで、伊勢綿布については、監物の言うとおりじゃ。綿布は栗柄、茶木とは違う。元禄の昔よりの、わが藩の最重要産品である。双方の立場を、忖度しあうよう希望する」

そう言うと、立ち上がり、奥へと去った。

◇

会議のあと、津城内、大表《おおおもて》の御用控え部屋に入った藤堂監物は、怒りのあまり手挟んだ扇子《せんす》を投げつけて、叫ぶように言った。

「理兵衛め。許さぬぞ」

後から部屋に入ってきた主膳、多左衛門が慰める。

「落ち着け、監物」

「だが、よく言ったぞ。さすがに監物だ」

「貴様の言い分、溜飲《りゅういん》がさがったわ」

「おかげで、あの殿のお言葉をいただいた。綿布の専売はなくなったではないか」

皆、口々に言ったが、

「いや――」

監物は首をふった。

「われわれは茨木の術に嵌《は》まったのだ。結局、専売がなくなったのは綿布だけではないか。茶木、椎茸、漆、櫨、楮、それに栗など、さまざまな果樹については、菓木役所による専売の道筋がついたようなものだ。わしは、菓木役所の専売自体を止めたかったものだが」

「――あ」

「茨木は最初から綿布についての専売は無理だと考えていたに違いない。わが領内の綿花や綿布は領内の商人だけではなく、三井越後屋など領外の商人も扱っている。無理筋であろう。あいつの狙いは綿布ではなく、今仕込んでいる新産品だったのだ。その証拠に、あやつ、笑っておったではないか」

「――む」

「若造どもめ。小癪な真似を」

「さんざん、細かい数字などを口から吐きおって。あれでも侍か」

「藤堂武士の風上にもおけぬ」

「――だが」

主膳は、言った。

「菓木役所が三年も経《た》たずに三百両近くの現金を藩庫に入れ、大坂での販路まで開拓したことは確かに凄いことだ。御殿は、今の御家にあの芸当ができるものは少ないと考えておられるに違いない」

あきらめたような口調だった。

殿が、あの身分の低い若者を改革担当に抜擢したのは、それなりに意味があることなのだ。誰もがそれはわかっている。彼らの発言は理路整然と筋が通っており、最新の和漢学問や、江戸の動向にも詳しい。それにどうやら伊賀者を使って情報も収集している。

自分たちのような、愚直で不器用な田舎《いなか》武士には、到底対抗できまい。

「いや――」

監物は顔を上げる。

「別のやり方で、戦うのだ。われらには、われらのやり方がある」

「監物、手荒なやり方は、お家の恥だぞ」

「そうだ。上意がないのだ。討ち手を出して殺すのは、今の情勢を考えるとよい手とは思えぬ」

「そんなことではないわ」

監物はそう言い捨てると、どっかと座り、首をひねるようなしぐさをして、言った。

「茨木の奴が、今の力を得ることができたのは、なぜだ」

「新田開発の功ではないのか」

「違う。その前だ」

「それは、殿が直々に抜擢なさったからだろう」

「ふむ。それはなぜだ」

「茨木の働きを、殿がお認めになった」

「ふふふ。違うだろう。茨木はもともと、殿の小姓だ。殿の着替えの手伝いやら、筆の用意やら、雑事をやっていた程度の男だ」

「だが、よほどに気が利いたのだろうな」

「そのあと、江戸に出て若殿様（嫡子高崧）のお付きを、みっちりやった――」

「いかにも」

「つまり、茨木は、若殿のお気に入りでもある」

「言うまでもない。何をいまさら言っておるのだ？」

「――つまり、奴は、次代の高崧様のおそばにあるということだ。あやつ、このたびの改革で成果をあげれば、若殿の代になって家老に進むこともあるかもしれぬ。『高崧派』といってもよいな」

「ふむ」

監物は、低い声で言った。

「なあ、みんな」

主膳、多左衛門は顔を見合わせる。

「跡つぎは、本当に、高崧様でよいのか？」

「え？」

「高崧様は、江戸育ちで虚弱である。藩主の重責を背負える方なのか？」

主膳が、青い顔をして言った。

「何を考えておる」

「主膳。わしはずっと考えておったのだ。わしは、次代は江戸藩邸にあってなまっちろい在府のものどもに守られた病弱な高崧様ではなく、久居《ひさい》様（高兌《たかさわ》）のほうがふさわしいと思う」

久居藩は、津藩に隣接する支藩である。

歴代、津藩に嫡子がとぎれると、久居の藩主が津に転籍して藤堂本家をついだ。

高兌は、高嶷の次男であり、嫡子高崧の弟であった。

「久居様は聡明にして健強。語気明晰な、精気はつらつたる若殿だ。あの方こそ、次の藩主にふさわしい」

「な、なにを言い出すのだ。若殿はすでに江戸城にて大樹公（将軍）のお目通りを終えているのだぞ」

「関係ない。若殿を廃嫡し、高兌様をあとに据えることができれば、若殿のお付きから出てきた茨木の力をそぐことができると思わぬか？」

「――け、監物」

「高兌様とわれらは気の置けない関係である。国元の状況も弁えておられて、万事人柄が大きい」

「監物。それは高兌様がご次男であるゆえ、万事気楽にお育ちになったからではないか」

「そうさ。それを利用するのだ」

「うーむ」

「われらは、あの若造とは年季が違う。あの世間知らずに、国のなんたるかを教えてやる。われらは、われらのやり方で、戦うのだ」

　窓の外を、一羽の鶸《ひわ》が飛んでいった。

　一同は、しん、と黙り込む。

　藤堂本家は、過去二百年の間、他家に見られるようなお家騒動を一度も起こしたことがない。これは天下に隠れなき自慢なのである。つねに武士団は一枚岩であり、その軍団は精強を誇り、いずれも他家に遅れは取らぬ。こんなお家騒動のようなことを仕掛け、それが世に知られれば、大変なことになる。天下に恥をさらすことになるのだ。

「理兵衛め。江戸で何を学んだのかは知らぬが、あの手の連中は書物やら学者やらに唆《そそのか》され、カネだ、功利だと、理屈がうるさい。頭の中は損得と数字しかなく、数字がよければ、すべて許されると思っておる」

　監物は唸るように言う。

「しかし、この世は算術でできているわけではないぞ。われらの先祖が、血を流して創ったこの藤堂の国のなんたるか――思い知らせてやる」

◇

　いっぽう。

　広間を去って大表の武者控えに戻った理兵衛に、外山与三右衛門はあきれたように言った。

「相変わらず、年寄りどもは眠いですね」

　返事をしない理兵衛を無視して、外山は続ける。

「今の御家の財政がどうなっておるのか、お歴々はご存じなのでしょうか。実入りの五十倍もの債務があり、しかもそれが毎年増え続けている。それが、わが国の今の姿だ。椎茸の直売だろうがなんだろうが、なりふり構わずやらねばならぬ。それなのに、あの老人共は無策に極まり、武家のメンツにこだわって、我ら若者の努力を詰《なじ》る。あきれたものです。彼らは二百年に及ぶ天下泰平に慣れ切って、保身のことしか考えておらぬ。わたしには無能が髷を結っているようにしか見えませぬ」

「外山。言葉を控えよ」

理兵衛は窘《たしな》めたが、外山は止まらない。

「このままでは、藤堂は他藩の後塵《こうじん》を拝すが必定。伊達《だて》仙台をはじめ東北諸藩は、公儀から蝦夷地《えぞち》の警護を任されたのをいいことに、現地の物品を京へ廻送することを目論んでいる。目を西に転ずれば、薩摩など西国諸藩が、密かに琉球台湾《りゅうきゅうたいわん》との交易で利を得る画策をしておる。ことここに至り、大名家はなんらかの理財の道を見つけねば立ち行かぬ」

「――――」

「太平の眠りから覚めぬ年寄りどもに藤堂を任せていては、沈んでいくだけだ。何が我らの本分は武道である、か。享保頭の老人では、この新時代は生き抜けぬ――違いますか」

「その辺にせよ！」

理兵衛は、厳しく言う。

正直言えば、理兵衛の本音は外山と同じであった。

だが、城内にてこれ以上の雑言は危険である。

「壁に耳ありと言う。それ以上の雑言は許さぬ」

その剣幕に、外山は、ぐっと口を閉ざした。

「外山。お歴々への報告は終わった。すぐに仕事を再開せよ。結果を出すのだ。かくなるうえは、結果を出してお歴々を黙らせるしかないのだ」

そう言うと、まだもの言いたげな外山を無理やり自宅に帰し、自らは、城内にある役宅に戻った。

そして、書院に入ると、急ぎ文を認《したた》めた。

理兵衛はしばらく熱心に手紙を読み返していたが、しばらくすると手を叩き、人を呼ぶ。

すると、目のまえにあらわれたのは、いつもの下人ではなく、手代の川村加平次であった。

加平次は、廊下に座り、いつもの沈鬱に見える不景気な表情を浮かべ、

「熊平《くまへい》は拙者の使いで京町へ、太助《たすけ》は奥様のお使いで伊賀口のご実家に行っております。雑事は拙者が承ります」

と痰《たん》がからんだような声で言った。

熊平も太助も、下男の名前である。

理兵衛は、少し、考えるような表情を浮かべたが、決心したように頷き、

「よし。では、申し訳ないが、使いを頼もうか」

と手紙を手渡した。

「は」

理兵衛は、手紙を受け取る加平次の顔を見て、言った。

「なぜ、貴様はそのような苦虫を嚙みつぶしたような顔つきをしているのだ」

「ふむ――。もとよりでございます」

「加平次。おまえは、今は奉行手代であるが、もとはわが先達でもある。役職のけじめはあるが、人生においては先達なのだ。何か気になることがあれば言うがよい」

「では、畏れながら」

加平次は、背筋を伸ばすと、改めて言った。

「おかしら。なぜ、あなた様は、あのようなことをおっしゃったのですか」

「あのようなこと？」

「御前会議です」

「御前会議、だと──」

「拙者、軽格なれど藤堂の禄を食《は》む侍の末席にございます。本来、拙者のようなものが同座できる場ではござらんが、昨今のおかしらのふるまいを拝見し、不安のあまり、旧友に手を回してござる」

「──」

「憚りながら、下僕の控えの間に入り、耳を澄ませて様子を窺《うかが》ってござった。万が一、刃傷の沙汰があるときは、抜刀にて広間に躍り込み、おかしらをお守りする覚悟にござった」

「なんと」

理兵衛は絶句した。

加平次は、理兵衛の顔をじっと見る。

その表情は、手代というより、わが甥を見守る叔父のようであった。

「おかしらは、もっと慎重であるべきです」

「加平次、ありがたいが──」

理兵衛は言った。

「それは杞憂《きゆう》ではあるまいか」

「杞憂？　そうでしょうか？」

「確かに厳しい会議であった。だが、わたしは終始正しいことを言っていた。喧嘩や戦をしに登城したのではない。議論をしに行ったのだ。あのような場では反論があってしかるべきだし、世にはさまざまな意見があってもいい。違うか」

「──」

「だが論は最後には必ず正論のもとに帰する。みな考えればわかるはずのことなのだ。わたしが正論のもとにある限り、正直にすべてを晒《さら》せば答えはおのずからひとつしかない。そうだろう？　だから、どんな激しい議論があっても大丈夫だ。必ずお歴々はわかってくださる。お歴々は外山与三右衛門が言うようなバカなどではない。彼らは選良なのだ」

「そうでしょうか」

「今は戦国の昔ではないぞ。元禄の昔でも、享保の昔でもない。忠臣蔵でもあるまいし今の時代の侍ともあろうものが、簡単に刃傷沙汰など起こすわけがないだろう。今は寛政だ。新しい時代なのだ」

「おかしら――、それは違います。確かに今は忠臣蔵の時代とは違います。ですが人間などというものは、今だろうが昔だろうがたいして変わるものではございません」

加平次は言った。

「正しいなどということで、世の仕法が変わったことなど、残念ながら一度もござらん。それがこの世の倣《なら》いでございます」

それを聞いて、理兵衛は考えるようなしぐさをする。

「そうだろうか」

加平次は、黙って手をつき、じっと理兵衛の顔を見ている。

「人を、追い詰めてはなりません」

「――――」

「もし大志あらば、大人になりなされ。清濁併《せいだくあわ》せのみ、年寄衆の皆様を操るのです。決して彼らに恥などかかせますな」

「恥などかかせておらぬ。糾《ただ》してさしあげたのみだ」

「それが、いけないのです」

「数字と理をもって明晰に事実をお伝えすることが、なぜいけない」

「明晰など――誰も望んでおりませぬ。なぜ、言い方を忖度せぬのですか」

「忖度？」

「あなたは、嫌われているのですぞ。なぜ、最後の一言をおっしゃった」

「最後の一言？」

「『生月』の件です。あの一言は明らかに余計なひとことでございました。あなたはあの一言で、家老衆を敵に回したのだ」

「ふうむ――」

「誰だって、私的な集まりを指弾されれば、うれしくはないでしょう。言わなくてもいいことを、なぜおっしゃったのですか」

それを聞いて、理兵衛は、少し途方に暮れたような顔をした。

ああ、と理兵衛は思った。

先ほど、御城の本丸で、若い外山与三右衛門の物言いに辟易《へきえき》した。

だが、我もまた、人生を知悉《ちしつ》したこの加平次からみれば、充分に乱暴であり、暴言を吐いているように見えたということなのか。

そうであれば、反省しなければならぬだろう。

やがて、長い沈黙を経た理兵衛は絞るように言った。

「ふむ。確かに」

「おかしら」

「あれは、余計であった。以後、気を付けよう」

理兵衛は結局、理は加平次にありと悟って、謝った。

理兵衛はそれができる男であり、加平次はそこが好きだった。

他の上役のように、頭ごなしに非合理な理屈を年上の下役に押し付けて怒鳴り散らすようなことはない。理屈っぽくはあるが、反面、自分の行為に理がないとすれば、たとえ下役相手にでも頭を下げることができるのだ。

そういう理兵衛に加平次は、ある意味、入れあげていた。

（そのままであってほしい――）

そんな気持ちと、もっと大人になってほしいという気持ちが、加平次の中で拮抗《きっこう》している。

そんな加平次の表情を見て、理兵衛は、

「面倒なことだな」

と笑った。

それに対して加平次は、

「面倒ゆえ、古来、大名家というものは成り立っているのでございます」

と諭すように言う。

「そのようなものか」

「そうでございます」

「加平次――。おまえは、亡き父の同僚であったな」

「は。そのような時期もありました。ですが、組頭は御父上で、わたしは下役です。わが川村家は、九十石ですから、はるかに身分が下です」

「父上なら、何と言うか」

「きっと、わたしと同じようにおっしゃるでしょう」

「そうかな」

理兵衛は小さく首をかしげた。

「わが父は、真面目一本やりの侍であった――。そのようなことはおっしゃらない気もする」

「お奉行は今、御家の仕法取り廻しという重役を担っていらっしゃる。やるべきことを、やらねばならぬ。そうであれば、味方につけるべきお歴々は味方につけておくべきであります。違いますか」

「うむ――。肝に命じる」

理兵衛は、頷いた。

それを見た加平次は満足し、

「さて」

と息をいれて、

「手代の分際で余計なことを申しました――。手紙の用事、確かに承りましょう」

と改めて手紙を掲げる。

「これを、いずれに」

「江戸橋の――」

渡された手紙は、城北の橋を渡ったところにある綿布の織物工房『槇野屋《まきの》』の棟梁にむけたものであった。最高級の綿布を、伊勢屋ではなく、役所に送るようにと指示した内容である。

「なるほど――。ですがそれなら、おかしら自らが行ったほうがいいのでは？」

「うむ。だが、お役目もある。身分の差は弁えねばならぬ」

「はあ」

「職人には、伊勢屋の三倍の手間賃を払うと言って聞かせよ。大坂に新しい販路ができれば、われらは大きな利を得ることになる。当然、職人どもにはしっかり報いるつもりだ」

理兵衛はやはり、わかりやすい成果が欲しかった。

少しずつでもいいから、伊勢綿布の卸売りの事業における菓木役所の存在感を増していきたい。

その利益が莫大であるゆえに。

◇

その日の夜、理兵衛はひとりで考えた。

夜、床に入り、寝る前に、行灯の暗い灯をつけたままにして、天井の板を眺めるのは、幼き頃からの理兵衛の癖である。

こうして、毎日、その日起きたことを思い返しては内省するのだ。

（加平次の言う通り、あの一言は、余計だった）

だが、だからといって、藤堂監物たちと距離を縮めるような芸当が自分にできようか――。

それは、無理だと思った。

そもそも身分が違う。

育った環境が違う。

年齢も違えば、考え方も性分も違う。

幼き頃――城下で、騎乗にて浜遊びに向かう身分の高いお歴々の子弟を見たことがある。確か、あの中に若き監物もいたはずだ。

理兵衛は父親に通わされていた新陰流の若山道場の仲間たちと、路上に出て頭をさげてその姿を見送った。

彼らは、どこまでも快活であった。

（自分とは違う――）

そう思った。

理兵衛たちの道場は、三百石以下の中級から下級の武士の子弟が集まる場所だった。お歴々の子息たちと自分では、立場が違うのだ。

それに加えて理兵衛は、子供の頃から、剣術道場や藩校のようなところに集まって、同世代の仲間たちとわいわいと楽しく過ごし、ある種の派閥を創ることが苦手な性分であった。

理屈ではない。

理兵衛は、無邪気に遊んでいる友達が口からつるつると吐き出す冗談のひとつひとつを、笑い飛ばすことができない。言葉の意味を、いちいち真剣に考えこんでしまう。それが自分の世界を狭くしているのだということがわかっていても、どうしようもない。

理兵衛は、そういう子供だった。

そして、そんな自分が嫌《いや》であった。

なぜ、武士の子として生まれたからには、もっと快活にふるまえないのか。

たびたび自己嫌悪に苛《さいな》まれた。

そんな理兵衛を、ただひとり認めてくれたのは、亡き父である。

「武家の嫡男は、それでいいのだ」

父は言った。

父は謹直な人だった。息子である重謙を、朝六つに起きての木刀による素振りから、道場での新陰流のふくろ竹刀《しない》を用いた稽古、午後の藩校における学問まで厳しく躾《しつ》けた。

「そもそも武士は、どこまでも一人の存在である。くだらぬ友などと交わり、つまらぬ言い訳などを身に着けるものではない。男は、只管《ひたすら》に自分を鍛えよ」

そして、こうも言った。

「家祖、高山公を省みよ――」

繰り返すが、高山公とは初代藩主、藤堂高虎のことである。

「高山公は『七度主君を変えねば武士とは言えぬ』とおっしゃった。その旨は、武士たるものは自らの実力のみを恃め、ということだ。自主独立であれということだ。自らに恥じることがなければ武士は自らの生き方を変える必要はない。武士《おとこ》には必ず働き場所があるというもの。くだらぬ徒党を組んでいるものを見て自分を疑う前に、どこへ出ても恥じることのない自分を作りあげろ。周囲に阿《おもね》る暇があらば、自ら学び鍛え、どこまでも見事なひとりの武士であれ」

だから理兵衛は、文武に励んだ。

今考えれば、父の言う言葉のすべてを理解していたわけではない。

だが、幼き理兵衛は、ただひたすらに、剣術と学問に集中することこそが、自分をひとりの大人にしてくれると信じるほかになかったのだ。

やがて、成長するにしたがい、理兵衛は、同世代の子供たちの間では頭角をあらわしていった。道場でも藩校でも優等であると目されるようになった。

そしてそれは、随分と気持ちの良いものだった。

理兵衛はここに至り、はじめて自分に自信を持つことができたのだ。

「自分は、自分を鍛える――そして、役立つ人間になる」

繰り返し、繰り返し、幼い理兵衛は自分に言い聞かせた。

やがて理兵衛は、文武のうち、文――つまり、学問に、強く惹《ひ》かれるようになっていった。

武勇を誇る藤堂家において、武芸の達者は山ほどいる。城下に道場がある流派だけでも、新陰流、若山流、一刀流……。それぞれに名人がおり、お互いに我を張りあっていた。若く聡明だった理兵衛には、その様子が、どこか形式張っており、ばかばかしく見えた。

今やもう、戦などはどこにもない。

それなのに、本当に戦場に出て勝てるのかどうかもわからぬ剣術家が、狭い津の町で、うちの流派のほうが上だ、こっちのほうが強いと言い争っている様子が、ずいぶんとくだらなく思えたのだ。

その点、学問は違った――。

藩主高嶷は、国内に学問を隆盛させようと、京都、大津などから学者を招聘《しょうへい》して塾を開かせていたが、そちらに通う子弟は少なかった。

そして、学者の多くが、流行の『心学者』であり、その学説は、儒家の示す論語の教えよりもわかりやすく、理解がしやすかった。

しかも学者たちの多くは、大名家に雇われて天下の余州を渡り歩いてきたものどもで、ともかく話が面白かった。

実は、理兵衛が惹かれたのは、心学そのものというより、伊勢国外を流浪してきた学者たちの見聞話を聞くことであったのだ。

この狭い津の外に、広い世界がある。

その世界は、実にさまざまな課題を抱えており、またそれに取り組む志の高い人々がいて、さまざまな人生がある――。

理兵衛が惹かれたのは、そういう話だった。

理兵衛は、津で手に入る限りの書を読みつくし、今のこの世界を知ることに夢中になった。

やがて理兵衛は、自分が生きるこの藤堂家のありざまを、疑うようになった。

この狭い社会の仕組みやありようを、どこか信じなくなったのだ。

（この世で起きていることは、天下の正義に照らして、おかしなことばかりではないか？）

父は、厳格で謹直な武士であったが、お役目は三百石相当の作事役に過ぎなかった。

あれだけ誠実で真面目で、剣も学問もできる父が、一生、作事の下役として、御殿の畳を入れ換えたり、壁を塗ったり、庭の垣根の手入れをしたり、そんなことをして年を取っていくことが、どこかおかしいと思うようになった。

一度、父が、路上で、傲慢で下劣な重役に頭を下げている姿を見た。

理兵衛はそれを、あたりまえとは思わなかった。

屈辱だと思えた。

この世界は、身分と人間関係でできている。

努力や、実力ではできていないのだ。

（おかしくないか――？）

心学という学問は、人はそもそも天のもとで平等であり、身分などというものは、たまたま世の流れで定まった職能にすぎぬ。そのようなことにとらわれず、誠意をこめて、心正しく生きることで人は幸せになれる、と教える学問だった。

（人間は本来、そうあるべきではなかろうか）

理兵衛は考え続けた。

確か、十歳か十一歳の時だ。

若山道場の子供たちが、上士の通う京橋口の藤井左衛門道場へ出稽古をすることがあった。

道場では、千石、二千石といったお歴々の子弟たちが、重い木刀を使って、若山道場の子供たちに稽古をつけ痛めつけた。若山道場は新陰流で、ふくろ竹刀を使っていたから木刀の稽古に馴《な》れていない。彼らは、わいわいと、仲間内でしか通じない符牒《ふちょう》を使って卑俗な笑い声を浮かべながら、年下の子供たちを、なぶりものにして楽しんでいた。

身分が低い軽格の子供たちなど、彼らにしてみれば、なんでもない、路傍の石のような存在だったのだろう。

（あの中に、監物も、主膳もいたのではあるまいか）

きっと、彼らは、忘れている。

だが、やられた理兵衛たちは、覚えている——。

なんのことはない。

剣という単純な世界にも、身分の差はあったのだ。

（ああ、そうか）

そこまで考えて、理兵衛はわかった。

（あの『生月』のことは、確かに余計な一言であった。わが未熟さから出た言葉である。だが——）

目の前の薄暗い闇の中に、役宅の整った天井の杉板の節目が見える。

ちりり、と油皿の燈心が焼け落ちる音がして、明かりが消えようとしていた。

布団に入ったままの理兵衛は確信する。

（わたしは怒っていたのだ。もう何年も、この藤堂家の重役として好きに生きてきた連中に。財政難の今もなお夜の街で集まって、商家のカネで呑んでいるような奴どもに、腹を立てていただけなのだ）

理兵衛は、改めて、自分は、外様だ、と思った。

実際、茨木家は、大坂の陣のあとの元和四年、旧主の越後村上家が改易になったおりに、人づてで藤堂家に移籍お雇いいただいた家柄であった。藤堂家とともに戦国時代を戦っていない。

今、津城の本丸御殿に集まる、あの者どもにとって、自分は『仲間』ではない。あくまで『外様』であり、あれは外様ゆえの怒りだったのだ。

仕法之三　人買横行

茨木理兵衛は、その日、部下の外山与三右衛門を連れ、一志《いちし》郡山田野《やまだの》村を訪ねようとしていた。

津城の裏手にあたる広闊《こうかつ》な安濃《あのう》郡、それにその西に隣接する一志郡――伊賀の山々から流れ出る清水に恵まれたこのあたりが、藤堂領内の穀倉地帯である。

馬が丘にあがると、東に伊勢湾がきらきらと光って見え、逆の西には伊賀の山々が見える。

伊勢は本当に美しい国である。

深い森。

ゆたかな水。

海と入江と、広い平野と――すべてが調和している。

(この国を守らねば)

理兵衛は、生まれ育ったこの国が好きだった。

好きだからこそ、なんとかしなければならないのだ。

いっぽう、村役場は、茨木奉行が来る、というので大騒ぎであった。

茨木理兵衛が郡奉行に就任してから五年。

菓木役場を作って、外山を取締に任命してから三年。

ふたりは、農地を改革するための『触れ』を矢継ぎ早に発してきた。

それらはすべて、この藤堂領内の経世のために必要な触れではあったが、そのたびに村は大騒ぎになっていた。

山々に果樹を植え、茶木の畑や、綿花の畑は、その面積を村ごとに調べて提出させる。空き家には風を通し、可能ならば、無宿人どもを住まわせる。

彼らには、牛馬の世話もさせる。

理兵衛就任当初の、新田の開拓や水堰の修繕などは、明らかに良政で、評判が高かったが、外山を得て、改めて本格的に改革に着手すると状況は一転した。

現場の百姓どもの負荷が、一気に増えたのだ。

みな、農地を改革するために必要なことだとわかっていても、仕事が増えることは嫌だった。理兵衛はつねに、目付どもに郷村を巡らせ、そういった状況を報告させていたが、ときには自分で見る必要もあったのだ。

「――わが菓木役場の施策は多岐にわたっております。少しずつ効果は出てきておりますが、一足飛びにというわけにはまいりませぬ。なにぶん、百姓どもは、何代にもわたる疲弊の蓄積ゆえか、どこかやる気がなく、懈怠《けたい》の気分がぬけませぬ。どうせ自分たちは、励んだとてたかが知れている、と思い込んでいるのでございます」

馬上、外山が説明する。

それに対し、理兵衛は言った。

「うむ。百姓どもの働きは、そのまま御家の年貢となる。百姓どもが立ち行くようになさねばならぬ。われらの施策が、結局はあのものどものためになるのだということを、懇切に説諭せねばなるまい」

「はい。ですが、なにぶん、文字もろくに読めず、学もないものどもです。まずは、善悪を教え、藩政のなんたるかを知らしめ、不正を糾していくことから始めるのが肝要なのです」

「ううむ――」

藩主高嶷は、農村の遵法意識をあげるため、雇った心学者や儒学者たちに村の巡回をさせていたが、なかなかそれも浸透しないようである。

「――学者どもが言うことは難しいですから」

外山は言った。

「毎日のやりとりで、規律を正すところから厳しくやるしかないでしょう。目付を増やします」

外山の言わんとすることはこういうことであった。

百姓どもは、地元の庄屋や、地方《じかた》の親分の言うことは怖れるが、法に基づく役人の諭告は守らない。役所に隠れて、年貢米のほかに、市場に流す闇米を扱っている。

また、茶木や、干し柿、炭などを余計に作り、役所には届け出ず、そのまま隣町であり御領（天領）でもある松坂の市場に持ち込んで現金化している。

さらに、役人や下級武士とも結託し、さまざまな不正を行って私腹を肥やそうとする例も、多々報告されていた。

賄賂を使えば、裏金は役所には報告されない。

これらはそのまま、庄屋や地元の親分衆の利益となるのだ。

百姓は、それのどこが悪いのかと思っている。

これが執政を混乱させている。

「耕作地は正しく申告し、地券を正しく受け取るべし。生産したコメは、触れに則《のっと》り、きちんと年貢に出させる――。これは百姓としてあたりまえのことです。残念ながら百姓どもの中には、こういった『遵法の義』を弁えぬものも多い」

「なるほど」

「それに茶木など脇仕事に励むことは許すなれど、田を潰して茶畑にするのはやりすぎだ。しっかりと役所のほうで帳簿につけたうえ、しかるべき祖税はきちんと納めさせることが大事です」

「いかにも、そのとおりだな――」

「それに最近の百姓どもは、貧しいとはいえ、どこか暮らしが奢侈に傾いておるようにも感じます」

「そうだろうか」

「人というより、村の習慣《ならい》によるものですね」

「習慣か」

「はい。祭礼や法事葬儀など、昔に比べ華美になっております。やたらと法事をするし墓参りもする。そのたびに菓子などを食すのです。野良仕事とは別に『楽しみ』に庭に木や盆栽などを育てるものもおる――綱紀を引き締めるべきです」

「ふうむ」

理兵衛は、

「そんなものかの」

判断をしきれずにいた。

勘定方の計算によれば、年々年貢は減っている。

理兵衛が郡奉行となり、外山が菓木役場の取締になってからも、それはなかなか変わらない。

他の藩に倣《なら》って、農地の転売を禁止し、百姓の逃散を取り締まる一方で、下草刈や救い苗などには藩からも手当を出すなど、しかるべき触れは出してきた。

だが、それでもこの三年、年貢量は増えない。

それは本当に、抜け米と懈怠《けたい》のせいだろうか。

先日、この山田野村より、耕作困難による農地返上の願書が出される事例があった。困窮のあまり耕作を継続できず、土地を藩にお戻ししたい、ということである。

実は、この手の強訴は過去よりあったものである。

だが、そのたびに、申し出た百姓は役所から叱責されてきた。先祖より預かった大切な本願農地の耕作を放棄するとは非道千万と処罰をしてきたのだ。

それなのにこういった申し出は一向に減らぬ。

むしろ、農地の売買を厳しく目付するようになってからは増えているような気もする。それは、百姓が奢侈に走って綱紀がゆるんでいることとも関係があるのだろうか？

これも、外山によれば、

「まだ踏ん張ればなんとかなるはずなのに最近の百姓は辛抱が足りませぬ。我ら武士も、どんなに困窮しようとこの伊勢の国の支配役から逃げるわけにはいかないでしょう。代々の責務《せめ》を放棄して、楽をしたいというのは、百姓というより、人として許せぬことです。最近の百姓どもは、天下泰平に慣れきって、緩んでおります。自ら工夫することをせず、お上のお救いばかりを望んでやまぬ。綱紀を、引き締め直さねばなりません」

ということになる。

確かに百姓は、自分の農地を守るために最後まで努力すべきであろう。

だが、それが能わぬのではなかろうか。

以前から、田畑の売買は禁じられていたが、それでも、現実ではそうも言ってはおられなかったのではなかろうか。

いくら禁じられていても、自分で農地を維持できなくなれば、土地を庄屋などの豊かな大農家に売って小作に転じることは、避けられぬことだ。

しかし、そうすると農作に必要な、種籾、肥料、牛馬などもすべて庄屋から出ることになる。庄屋は貸金もするから、困窮者はやがて、土地を失っただけでは済まず、借金まみれの『水呑み百姓』として転落していき、やがて無給で隷属労働する無産者となる。こうなるともう年貢は取れないし、本人の努力では這い上がることもできない。

いっぽう資産を蓄えた庄屋はやがて、あがりを管理するだけの金融業者となり、実生産を下僕に任せるようになる。

結果、貧富がさらに広がり、耐えられなくなった無産者の逃散が増えることで、人が減り、生産が質量ともに減ってしまう。

この状況は、藩としては、困ることだ。

（畢竟《ひっきょう》、この苦境は、昔からの農村が、田沼様が推し進めた江戸大坂の金銀による経世に巻き込まれてしまったゆえのことなのだ）

理兵衛の頭脳は、思索を止めぬ。

（先の御老中松平定信の危機感も、ここにあった――この全体の枠組みを、わが藩のお歴々は、わかっておらぬ）

今、わが藤堂家において、この現状を正確に把握しているのは、理兵衛と外山与三右衛門ぐらい。そして江戸屋敷の官僚たち、藩主高嶷様もわかっておられる。だが、国元の連中は、ダメだ。

（なんとかしなければ）

庄屋たちに資本が集約された結果、農業を始めるときに必要な支度金の相場もどんどん値上がりし、個々の小さな百姓どもは、農業の持続ができなくなってしまった。

狭い土地しか持たない百姓は、毎年値段が上がっていく種籾と、肥料と、牛馬と、小作人を用意して、耕作を行い、年貢を払い、その貯えを使って翌年も同じことをやるという、そのあたりまえの渡世が、今や、できない。土地を売るしかなくなるのだ。

（一部の庄屋どもに、力が集中しすぎている――。奴どもは種籾の価格から、小作の賃料まで、すべ

てを支配している）

　そのとおりだった。

（かつては、みな同じ大きさの土地を持っていたゆえに、みなが平等に協力し合うことで農村は維持されていた。だが今では百姓どもの間に貧富の差がひろがり、農村が崩壊した結果、土地の大きさに基づく『石高』が藩の収入に見合わなくなった。小さな藩でも豊かな藩は豊かだし、大きな藩でも苦しいところは苦しい）

　理兵衛は思う。

（もちろん、大農家は年貢を納める。だが、お上から見ると、年貢米の総量は減っているし、なにより農村が貧しさゆえに荒廃している――）

　外山の言うことは正しい。

　百姓は、百姓として、自分の責任《せめ》を果たすべきだ。

　正しく生産物を、役所に申告し、規定通りの正しいだけの金額を年貢として入れるべきだ。

（だが、それを健全にやらせるには）

　理兵衛は馬上で考え続ける。

（百姓の生計《たつき》が、健全であらねばならない）

　そういうことなのだ。

　収入のすべてを庄屋に握られているのに、申告と年貢だけはちゃんとやれ、というのは酷――いや、むしろ、無理ではないか？

　どうすればいいのか――。

　やがて。

　ふたりが、山田野村に到着すると、大庄屋の池田佐助《いけださすけ》が、転がるように出てきた。

「お、お奉行様、お取締様、よ、よくぞこんな田舎までいらっしゃいました。へえ、へえ。どうぞ存分にご検分を」

と、屋敷に招き入れる。

池田は、きちっと清潔に洗った麻地の着物を着た小柄で固太りの男であった。

目つきが鋭く、精力に溢れた風情である。

今の態度は慇懃《いんぎん》だが、怒ると怖い雰囲気の農夫の親玉だった。

池田の屋敷は、大きな萱葺《かやぶ》きで、田舎家ではあるが、立派である。

引き入れられた屋内は、土間の向こうに広間があって、柱と屛風《びょうぶ》で仕切られていた。向こうが見通せる作りで、山から吹いてくるさわやかな風が屋敷内を吹き抜けていくというぐあいである。

すぐに奥の客間に通されて、茶を出された。

「この村にて取れました伊勢茶にごぜえます」

「ふむ」

「き、きちんとお役所に申し出て、祖《そ》を納めたあとのものです」

「よろしい」

上座についた理兵衛と外山の前に出たのは、池田と、小庄屋の勘左衛門《かんざえもん》、それに年寄の忠蔵《ちゅうぞう》である。

勘左衛門も忠蔵も、身ぎれいにしているが、麻の服などを着ていかにも百姓といった、節々が太く日に焼けた、屈強の男どもだった。

三人とも、神妙に控えている。

「池田――。蔭刈《かげかり》の進捗を知りたい」

外山が言った。

繰り返すが『蔭刈』とは、外山与三右衛門が強力に進めてきた触れの一つである。

既存の田畑の生産効率をあげるため、田畑に日影をつくる場所にある木々を、伐採せよという政令であった。農村にはなぜか、松、杉などの巨木が畦《あぜ》や道などに群れて植えられていることが多く、それが周囲の田の生産性を著しく下げている。これを取り除くのだ。

これは、外山が、菓木役所の取締になる前から唱えていた持論だった。

なぜ農村は、あのような非効率を許しておるのか。

もし、万が一、どうしても木を植える必要があるのであれば、松や杉ではなく、栗や胡桃《くるみ》など、食料を産む菓木を植えるべきではないのか。

外山は、理兵衛に出会う前からこのことを大いに論じていたのである。

これはもっともであるということで藩でも審議され、加判家老押印による下文が出されたうえ、村落ごとに『蔭刈奉行』が任命され、領内全体で、強力に、かつ、ある意味乱暴に押し進められていた。

今回、外山は、この督励に来た形である。

池田は、おろおろと、

「も、もちろん、お奉行様のお達しに従って、蔭刈を行っておるです」

と言って、勘左衛門と忠蔵の顔を見た。

ふたりは、日に焼けた皺だらけの顔を歪めて、媚《こ》びるように、

「も、もちろんでごぜえます。刈れる木は、すべて刈ってごぜえます」

と揉み手をする。

「なあ」

「うむ、あたりまえぞ」

顔を見合わせて、何度も頷く。

「よろしい――。では、その現場を見せて貰おうか」

「へ？」

「い、今、でごぜえますか？」

「あたりまえだ。そのために来たのだ」

外山は居丈高《いたけだか》に言う。

「じゅ、準備が」

「せめてひと晩、お休みになって」

「へ、へえ。村の者もお迎えすることは知らず、田んぼにゃァ、牛馬も出ており、道も泥だらけだげな。お奉行様がたが、足を踏み入れるような場所じゃァごぜえません」

「そうだなあ。お役人様が来るンなら、畦にゃァ、筵《むしろ》ぐらいは敷かんと」

百姓らは口々に言う。

「構わぬ。案内《あない》せよ」

戸惑《とまど》う百姓どもを尻目に、外山は言い、半ば強引に、立ち上がった。

「足元が汚れるなど、もとよりじゃ」

やがて一行は庄屋を出て、池田の案内で村を歩いた。

家の外には、村の田畑が美しく広がっている。

「この道は、宮の社《やしろ》に繋がる道でごぜえますが、こっちに生えていた並木は、はァ、すべて伐採しましたです――」

「うむ。確かに、田んぼに影を作っていた木々がすべてなくなっているな。よろしい」

畦を、のんびりと牛が引かれている。

外山はぐるりとあたりを見まわしながら歩いていく。

少し進んで、やや道が高くなった場所から見ると、田んぼの真ん中に、島のように残された場所があって、そこに杉の木が群れるように生えていた。

「あれは、なんだ？」

「あれは、祖先の墓にございますげな」

「なぜ、蔭刈をせぬ。田んぼの真ん中にあんな森のようなものがあって、周囲に影ができているではないか」

「は」

池田は頭をさげて言った。

「ご、ご先祖の墓でごぜえますゆえ、勝手に伐るわけにはいかんですら」

横から勘左衛門が口を差し入れた。

「あらかじめ、代々この地を守ってくださっておる鎮守の神社に、卦《け》はァかけていただいたげな。あの森を伐れば、祟《たた》りがあるてえこって、あの木は伐ってはならぬと……」

それを聞いて、外山はあきれた顔をした。

「何を言っておるのだ？　まだそんな土俗の迷信を信じておるのか」

「いえ、鎮守様のお言葉は守らねば」

「領主の言うことは守らなくていいというのか？」

「決してそんな」

「あのような影を作る木を刈るのが、触れの眼目じゃ。必ず刈れ」

「そ、そんな」

「それに、墓は、あのようにまちまちの場所に立てるのではなく、寺院の敷地など、しかるべき場所に集約せよ」

「昔から、あそこにあるげな」

「わしのほうから、常廻りに申しておく。次に目付が見に来るまでに、必ずあの小さな森を刈っておくように」

「うぅ」

百姓どもは、小さくなって頭をかがめ、唸るばかりで言葉を発しない。

みな、悲しい、愁訴するような目つきで外山を見た。

だが、外山は、気にしない。

「しかし、だいぶ里は明るくなったな。蔭刈のおかげじゃ」

外山は満足げに言う。

そして、理兵衛に向かって、

「お奉行様。この跡地には、菓木を植えます。手間のかからぬ栗や胡桃などを植えましょう。これにより農閑期の生産は飛躍的にあがり、新しい津の名物ができることでしょう。伊勢街道で、伊勢参りの客に、焼き栗や、胡桃餅などを売るのです。きっと桑名《くわな》の蛤《はまぐり》のような名物になりましょう」

と、説明した。

「うむ」

理兵衛は、強く頷き、いっぽうで、

「池田」

と庄屋に聞いた。

「へえ」

「あれは、なんだ。あの遠くの丘の上、社の裏じゃ」

目を細めて、遠くを見る。

「綿花ではないな。煙草《タバコ》？　いや、桑に見える。この山田野では、桑を育てておったか？」

池田は顔色ひとつ変えない。

「は。これは、これは。目付様の『触れ』により、試みに植えました桑でございます。秋にはその効をご報告できるべえかと思いますら」

懇懃に答える。

「よろしい。楽しみにしておるぞ」

理兵衛は満足げに頷いたが、内心では気が付いていた。

理兵衛は、すべてを外山に任せきりではなく、菓木役所の触れや報告の書類についてはすべて自ら目を通して頭に入れている。

確かに菓木役所は、試みに煙草と桑の栽培を始めさせていたが、それらは城から近い安濃郡長谷場《はせば》村の大庄屋永谷助左衛門《ながたにすけざえもん》に委託したものであり、伊賀に近い一志郡では数を限っていた気がする。

ここは、津よりも、伊賀、松坂に近い。

(――抜け商《あきな》いかもしれぬな)

理兵衛は思ったが、顔色一つ変えない。

(そう思うと、万事、説明がたどたどしい庄屋が、あの作物についてだけははきと答えて見せた。誰かに入《い》れ智慧《ぢえ》されたか、もしくは、あらかじめ答えを準備していたのかもしれぬ)

ただ、理兵衛はここで、無理押ししなかった。

ただでさえ、池田と、配下の百姓どもは、薙刈について外山に叱責されて右往左往している。これ以上の動揺は不要である。あとで調べればよいことだった。

◇

その夜――。

理兵衛と外山は、池田佐助の庄屋家の離れに泊まった。

「御家は倹約のさなかである。余計な接待は無用である」

と、事前に言い渡してあったものだが、それでも池田は、雲出川《くもずがわ》とその支流の山田野川で獲れたという鮎《あゆ》を焼き、鮠《はや》の煮つけも添えて酒肴《しゅこう》とした。

百姓どもの気の使い方が、痛いほど伝わってくる。

昔から、城から役人が巡回にくるときは、よほどに派手に接待をしてきたのであろう。その成し様に馴れているはずだ。

それを今回、理兵衛と外山はわざわざ事前に使者を出し、

「倹約のための巡視である。接待など、ゆめゆめするなかれ」

と命じていた。

「お奉行様は、贅沢を嫌う。くれぐれもかつての役人の巡回のように、乱痴気騒《らんちきさわ》ぎなどをするのではない。お叱りをうけるぞ」

池田佐助は、よほどに戸惑ったのであろう。

せめて、食事と風呂だけでも、という具合の接待である。

その後、ふたりはそれぞれ、用意された離れに移され、寝た。

その、粗末ではあるが、清潔に干されている寝具に身を横たえ、理兵衛は考えた。

（いかに、すべきや）

この村は、一見平穏に見えるが、庄屋の池田家への農地の集約が進み、逃散百姓も多く出ている村である。池田は、いまは穏やかにしているが、ふと見せる横顔は悪相で、相当あこぎに土地を集約し、村を支配しているらしい。

このあたりは平野が終わり、やや山間部に寄っているため、村落が細かく分かれている。それぞれの村の役人は、横の繋がりを持ち、古い地縁に縛られている。村の掟《おきて》も古くから厳しい。

それは良いことかもしれぬが、いっぽうで、小さな農家のごときものが、なんらかの失敗をして農地経営が行き詰まると、噂がひろがり、庄屋の判断一つで処分されてしまう。個人では打ち手がなくなるのだ。

農地返上の申し出は、この村と、その周辺に集中していた。

一志郡は、安濃郡とくらべると、豪農、と呼ばれる大農家は少なかったはずだが、豪農がいる安濃のほうが、逃散が少ない。

（なぜだ——）

理兵衛は必死で考え、まんじりともしない。

繰り返すが、寝床であれこれとものを考えるのは、理兵衛の子供の頃からの癖である。

（あの池田と言う男——裏でどれほどあこぎな真似をしているものか）

窓の外からは、田んぼで鳴く蛙《かえる》の声が、うるさいほどに聞こえていた。

月があかるく、障子を通して差し込んでくる。

のどかな、農村の夜だった。

どれぐらい時間が経ったであろう。

もう、深夜の四つ半（午後十一時頃）にもなろうかという頃。

障子の外を静かに歩く足音がして、離れの木戸が静かに開けられる気配がした。

夜具に横臥していた理兵衛は、すぐにそのことに気が付いたが、あえて声をあげず、寝息を立てる真似をしたまま、枕元に置いた大刀を引き寄せる。

理兵衛は、幼き頃より父に徹底的に新陰流を仕込まれた剣客でもある。ゆめゆめ百姓どもに遅れは取るまい――。

(だが、ここは伊賀に近いな。もし伊賀者であれば手ごわいかもしれぬ)

理兵衛は緊張した。

やがて。

足音の主は、廊下に座り、息を整えて室内の様子を見ている風情であったが、やがて静かに障子が開いた。

夜具の上の理兵衛は、油断せずに寝息を立てたまま様子を窺っていたが、何か変である。

殺気が、ない。

しかも、なにやら、良い香りがするではないか。

するとその影は、理兵衛の夜具に近づき、滑り込むように体を差し入れた。

「女――」

理兵衛がつぶやくと、人影は、びくり、と驚くように体をふるわせる。

その機を逃さず、理兵衛は素早く立ち上がり、女の口をおさえて、そのまま後じさりにさがって行灯の火を寄せる。

闇の中に浮かび上がったのは、年の頃は十六、七の、幼さの消えぬ福々しく丸い顔つきをした娘であった。清らかな伊勢木綿の湯文字《ゆもじ》を着ており、その胸元に、豊かな胸乳の谷間が見える。

どうやら、女忍びでは、ない。

「なんだ、貴様は」

娘は、手で胸元を守るようにして、大きな目を潤ませて絶句している。

理兵衛は、刀を手に、いったん障子をあけて、周囲を窺った。

怪しいことはなかった。

田の蛙の、雨のように降り注ぐ鳴き声も、そのままである。

その様子をみて、理兵衛は、ほっ、と肩で息をした。

どうやら大丈夫だ――。

刺客でないとなると、これは、

「接待か――」

としか考えられなかった。

おそらく、城方から郡目付や手代が来た時など、役人に女を供することもあるのだろう。

娘は、しどけない表情でそこに座っている。

目の黒々とした、鼻先の丸い、野の香りのする若い娘だった。

娘は、理兵衛が事情を理解したとみて、改めて、湯文字を脱ごうとする――。

「待て。待て」

理兵衛は慌てて言った。

「そんなことをしなくていいのだ」

「ちゃんとしないと、おらが、叱られますら……」

「おぬし、池田の娘か？」

「いんや。おらは、この村の娘ですら。庄屋様と、お年寄様にきちんと接待するように仰せつかってきたです。ちゃんと風呂に入って、綺麗にしてきたに」

その様子を見て、理兵衛は困った。

どうやら、村の者の好意らしい。

「う、ううむ」

理兵衛は唸ると、枕元に用意されている清酒を引き寄せた。

「困ったものよ――」

「嫌なのか？」

「お前が嫌なのではない。お役目上、このような接待を受けるわけにはいかぬのだ。わたしは下僚ではない。奉行だぞ」

そんな理兵衛を、娘は、不思議なものを見るような顔つきで見ている。

「貴様、名はなんという」

「おらか？」

「ああ」

「さと、といいますら」

「ふむ。さと、か」

理兵衛はため息をつく。

さとは言った。

「お奉行様が抱いてくれないと、おら困っちまう」

「どういうことだ」

「これは、おらのお役目です――。役立たずになると、売られてしまいますら」

「売られる――」

理兵衛は改めて、その娘の顔をまじまじと見た。

「父ちゃんも、母ちゃんも、小作ですら。田んぼもねえ、畑もねえ、牛も、馬もねえ――。おらがお役目を果たさねえと、村にゃァ、いられなくなっちまう。なあ、お奉行様、ちっとでいいけ、抱いてくれねえかの」

「ふうむ」

「おらあ、この村じゃァ、一番の器量よしですらよ。そこで、お役目を果たすために、売られずに残っておる。この村に遊女はおらんけの」

「売られる——。村の娘どもはみな売られたというのか」

「そうだあ。みんな、貧乏百姓だからな。無駄な子供はみんな売られる。男は、松坂、四日市の商家の下男に。女は、妓楼《ぎろう》か、下女か。庄屋様ンところには女衒《ぜげん》の出入りもあるですらよ」

「——さようか」

理兵衛は考えた。

人売りは当然禁止されている。

理兵衛が郡奉行になってから五年間、農村の人口減少には歯止めがかからなかった。なんとか農村の働き手を確保しようと、あの手この手の策を考えては、触れを出してきたつもりだった。

だが、その効果は認められず、今なお人は売られているという。

しかも、それに庄屋が絡んでいるというのだ。

深刻だった。

闇に浮かぶ理兵衛の顔が真剣になったのを見て、さとは、

「そったら、怖い顔をして——」

と、泣きそうな声を出す。

「おら、庄屋さんに、叱られる。折檻《せっかん》されてしまう」

「怒ってはおらぬ。よし、こうしよう。今宵、わたしは貴様と添い寝をして満足した。明日の朝、わ

しは池田にさんざん貴様のことを褒めるとしよう。だが、そのかわり、物語をしてもらおう」

「物語？」

「そうだ。わしの問いに、答えてもらう。なにも包み隠さず話すのだぞ」

「おそろしいことを。おらが叱られるようなことは嫌ですら」

「心配するな。良きに計らうぞ」

ふたりは向かい合い、理兵衛は自分の杯をさとに渡して酒を注いだ。

◇

いったん、酒が入ると、さとの舌は陽気に回りだした。

理兵衛は、布団の上に胡坐《あぐら》座りし、さとの話を聞いている。

（ふうむ――もともと好かれてはおるまいと思っておったが、そこまでか）

理兵衛は思った。

さとの話では、この村とその周囲の一志郡において、理兵衛と外山率いる菓木役場の評判は、ひどく悪い。言葉を選ばずに言えば嫌われているというのだ。

理兵衛と外山は、菓木役所設置以来三年、果樹の栽培だけでなく、新田、新畑の開発や、水利の整理など矢継ぎ早に『触れ』を出してきた。

それらがことごとく山村の負担になっており、我慢の限界が近づいている、というのである。

「新畑は小作に任せているのに、それがうまくいかないというのか」

「――そもそも、小作者は、カネがないから小作なんだべ。いくら土地があったって、畑をやるのには肥料にも人手にもカネがいるべ。結局それは庄屋さんから借りねばならねえから、借金は増えるばっかりだ」

「ふうむ」

「それに、蔭刈――。これも、どこの村に行っても評判がわるいべ」

「それで、田んぼの実入りがあがるのだぞ」

「それは、平地の村ですろ。おらが山田野みてえに山間《やまあい》の村は、そんなに変わらねえら。むしろ、伐れない木もあるんだ。それなのに、お役人は、役立たない木はみんな伐れ、と、乱暴なお指図をされる。でっけえ木を一本伐るのに、どれだけ手間がかかるか。お役人は、簡単に伐れると思っておるんだから、始末に負えね。大変なんだぞ、木を伐るのは」

「そもそも、役立たない木は、伐りたいものではないのか？」

「――いくら松だ杉だといっても、昔ッからお地蔵さんの脇に立っている百年も二百年も経っている木を伐っちまうのは、気分が悪かろうよ。木は生きておる。祟りがあるかもしれねえでねえか。それに、ちょっとした木だって、年寄りが楽しみに育てている枝ぶりの木もあるですろ」

「ふうむ」

「隣村じゃア、田んぼの邪魔だろうってんで、役人が来て、先祖代々守ってきた神社の木まで伐っちまったら。ろくでもない話だあ――そのくせ、お役人様の屋敷の大杉は伐らねえってンだから、みんな怒るのも道理ですらよ」

「そこまでか」

「蔭刈奉行様と喧嘩して、牢屋にいれられた若い衆もおるでなあ」

「そんな報告は、受けておらぬな……」

さとは、まったく率直だった。

なにもかも隠さず話してくれる。

そのくるくるとよく変わる表情に、理兵衛は好感をもった。

どんどんと酒を呑ませて、語らせる。

「それに――。この頃じゃァ、このあたりの、人の値段が、上がっておるら」

「なんだと？」

「お奉行様。昨今のお触れじゃァ、藤堂領内じゃ『堕胎禁止』のご高札で、お役人様が村を目付に来てくださっておる」

「いかにも」

事実であった。

藩は、農村の人口減少に苦しむ折に、子供の口減らし――いわゆる『間引き』や、堕胎を行うことは、人の道に外れることとして『堕胎禁止奉行』を設置し、村々の指導にあたっていた。

改革の一環、という位置づけである。

藤堂家の堕胎禁止は、国外でも良政である、と注目されていた。

命を大事にするのはよいこと、と好意的にみられていたのだ。

だが。

「無理ですら。村は、貧乏ですろ」

現場の村人は言うのだ。

堕胎奉行の設置が、人買いの横行に繋がったというのか。

「うーむ」

「誰だって、赤ん坊を殺したくない。だけんど、どの家も子だくさんで、これ以上無理ですろ。みんな、てめえが食うのに必死で、ぎりぎりだ。家と田んぼを守るほうが大事ですら。到底、余分な子を持つ余裕なんてねえ」

「――」

「間引きや堕胎がダメてえなら、売るしかねえろ。津藩は、お役人のお達しで、赤ん坊がいっぱい出るってえ噂を聞きつけて、隣国の人買いがたくさんやってくる。とくに松坂は御領（徳川天領）だから、人の出入りが激しい――そこの人買いが、こっちにもどんどんやって来て、湧いた赤ン坊を、十把ひとからげで買う。ついでに、大人も買うんですすら」

驚くべき実態だった。

これは深刻だ、と理兵衛は思った。

（だが）

と考える。

（果たしてこれは、城から目付役人を回して厳しく取り締まるだけで、解決できる問題だろうか？）

堕胎の禁止は、人道的な観点から、菓木役場だけではなく、家老、中老も集う会議で審議して決裁した触れである。

それが現場では骨抜きになっているだけではなく、村落のさらなる荒廃にも繋がっているというではないか。

しかし、それは――。

（根本的には、農村の再興をなしとげねば、解決できぬ）

そのように思えてならない。

今までだって、正しい施策のもとに、厳しく取り締まってきたのだ。

その効果が出ていないなら、次の策を考えるべきだった。

（百姓が、百姓らしく――。いうなれば、目のまえにいるさとのような娘が、なんの心配もなく、平穏に暮らせる世を作らねばなるまい）

理兵衛の目から見て、さとはずいぶんと聡明な娘に見えた。
それが、貧しさに流されて、人に買われ、体を売る――。
(これが、正しいことなのだろうか)
理兵衛は思った。
(何か、本来、われら侍がやるべきことが他にあるのではなかろうか)
理兵衛は、じっと、さとの話に耳を傾けている。
部屋の外には、蛙が鳴いていた。

仕法之四　暗中模索

その頃、大坂城北、天満《てんま》川崎にある藤堂屋敷に、杉立治平の姿があった。

大坂の藤堂屋敷は、大坂城築城の御手伝普請のとき徳川家から褒美に拝領した広大なものである。

だが、津藩の場合、地理的に年貢米を大坂へ回航するより、名古屋や江戸の蔵元札差を使ったほうが便利であり、あまり活用されていなかった。広さの割に遊休になっている蔵が多かったのである。

茨木理兵衛は、この空いている蔵を、専売の拠点にしようとしていた。

留守居の、横濱民部《よこはまみんぶ》が出てきて、杉立に対応している。

「倉は、使えそうか」

横濱は、杉立に聞いた。

横濱は、武芸に鍛えられた肩の盛り上がりが目立つ、四十がらみの固太りの武士であった。

「うむ。風を通し、掃除して、足もとに簀子《すのこ》を敷けば産品を入れられるだろう。充分だ」

「運搬は大丈夫か」

「御用船を使う」

「ふむ」

ふたりは、がらんと空いている蔵を眺めながら、語り合った。

「それにしても、国元では、郡奉行様がずいぶんと暴れているようだな」

「ああ」

「まあ、大坂の留守居としては、もてあましている蔵を使ってもらえるのは、嬉しいことだがなあ」

にこやかに横濱は言う。

「どうした？　杉立殿？　浮かぬ顔をして」

「いや。倹約奉行としては喜ぶべきことであろう。徳川様からの拝領屋敷を売りに出すわけにもいかないからな」

「そこが、われら武士の辛《つら》いところだ。商人のように、無駄だから売る、などと安易なことはできぬゆえ」

「そうだな」

「しかし、あの茨木の奴が、あそこまで出世するとは」

横濱民部は言った。

「まったく驚いたよ」

「え？」

杉立は顔をあげた。

「貴殿は、お奉行をご存じか」

「拙者は、大坂留守居の前は、江戸在府であった。その頃茨木は、若殿のお世話役として江戸におったぞ」

「ふうむ」

「不思議な男であった。勤勉に御殿と若殿のおつきを勤めながらも、毎日夜中まで書見をしておった。隙を見ては、ご親戚衆の屋敷や学者どもの塾を巡っては、仕法についての意見を聞いて回っておった」

そして横濱は、秘密を打ち明けるように肩をすくめて、

「ここだけの話だが、稲荷町《いなり》にあった三井家の別宅へも、出入りしておったぞ」

と言った。

「越後屋の――ううむ」

三井越後屋は、津の隣町である伊勢松坂出身の豪商であり、津の川喜多家、田中家の商売敵《がたき》にあたる。これはきな臭い。

「まあ、茨木にすれば、いちばん新しい仕法や帳簿を学べるから、とそれだけのことかもしれぬが」

「それにしたって」

「まったく、何を考えているのかわからぬ奴だよな」

「ふむ。そうだな」

横濱は言った。

「おそらく茨木は、あの頃からすでに御家の債務を処分する方策を探っていたのではあるまいか。きっと殿の密命でも受けて、在府のうちに改革の眼目《がんもく》をつかもうと必死だったのであろう。その証拠に、殿の帰国後も一年半もさらに在府が許されたではないか。殿は最初からそのつもりだったのだ」

「――もはや、御家は、倹約一辺倒では立ち行かぬ」

「そのとおりだ。だが、それは、わが藤堂家だけではない。日の本じゅうのあらゆる大名家が、同じような問題を抱えておる。違うか」

「そうだな」

「ゆえに、江戸大坂長崎にある学者どもは、どれも仕法、つまり藩政経世の研究に余念がない。五十年前の享保改革の頃からの流行《はやり》さ。あのときは江戸の両替商と町奉行所が対立したんだ。商人どもが公儀の言いなりにならなかった。恐るべきことだよ。あおりを食うのは、下っぱの町人ども、つまり、貧乏人たちさ。今や、そういう時代に入って、どうすれば武家の経世を立ち行かせることができるものか――まさに、百家争鳴よ」

「どうしようもないのではないか？」

「そう思うか？」

「ああ」

杉立は言った。

「拙者は、もう二十年も倹約奉行をつとめてきた。最初のうちは倹約を徹底することでやりようがあるのではないかと思った。だが、頑張って働いているうちに疲れたよ。三十歳を超えた頃にはあきらめの気持ちがあった。今や日本中の大名家の借金は大きすぎる。一度すべて壊して全部を作り替えねばなんともならぬ。殿が麦飯を食うぐらいではどうしようもない」

それを聞いて、横濱は遠くを見るように言った。

「ふうむ――だが、今のお奉行は、あの若さだ。まだ希望をもっておられるように思える」

「――どうやって？」

「お奉行は、江戸では、さまざまな警世の学者の家にも出入りしておった」

「警世家ども、か。困ったものだ。勝手な乞食学者どもが、安全な場所から、経営指南とか仕法指南とか過激な舌を回して目立とうとする。そんな奴らの言葉など、役に立とうか？」

「だが、大名家の窮乏は抜き差しならぬ――。やってみるしかないとしたら？」

「ふうむ」

ふたりは、顔を見合わせて、黙った。

お互い、中年の疲れた侍である。

口の端には、自嘲ぎみの微笑みが浮かんでいる。

「お奉行は、やってみるつもりではないのかな？」

「――え？」

「お奉行は、若い。そして、強引だ。一気に、債務の処理に踏み込むかもしれぬ」

「――なるほど」

杉立は、考えた。

豪商からの借入金を、一気に処理する。

つまり、踏み倒す、ということであった。

そうか。

確かにそれは有益かもしれぬ。

だが、あまり力ずくで踏み倒すと、そのあとが大変だ。

二度と、藤堂は、商人に借金をできなくなってしまう。

「それに、切印金《きりいんきん》の処理――」

「まさか。御殿は、仁政を標榜していらっしゃる。ご許可なさるわけがなかろう」

「いや、数字を見れば負荷は明らか」

『切印金』とは、藤堂領内にある独特の貸金制度であった。

かつて飢饉が起きたとき、藤堂家の信用にて藩内の商家から余剰金を出資させ、その金を便宜的に困窮者に無利子で貸し出した。簡単にいえば、貧民救済のための共済金である。

「このままでは藩が立ち行かぬ」

切印金を処理するというのは、藩内の民の出資金を一気にひきあげ、共済を停止するという意味であった。

「大変な騒ぎになるぞ」

「――それに最近、江戸市中の学者どもの間で真剣に議論されているのは、地割（均田制）だ」

「地割」

「享保の昔に、秋田のおかしな学者が唱えた議でな――。時の将軍徳川吉宗《よしむね》様が笑って一蹴されたくらいの暴論なのだが、世がどこか追い詰められて先が見えなくなったせいか、また議論が始まっておるのだ。まったく学者は気楽だよ」

「ふうむ」

「だが、聞くべきところもある」

「――」

「つまり、今の、各大名の疲弊は、明らかに各領地における農村の貧富の差の拡大によるものだ。富農が、お救い、と称して、困窮した百姓から農地を買い上げるうちに、大地主と小作農の貧富の差が拡大して、農村は崩壊した。つまり仕法家が言うところの『土地兼併問題』だよ」

「確かによく聞くな」

「今や、郷村のことの多くは大地主が決めている。ときに地主は藩主の言うことも聞かない。聞いたふりして勝手をする。天下から見れば国の秩序の問題だ。決して良いことではない」

「ふうむ」

「地割とはつまり、藩内の豪商と豪農の、使われずに貯め込まれている金と土地を、無理やり取りあげて、貧しき者どもに再分配するということだ――。確かに、できればいいとは思うが」

「うむ」

「ありえないな」

「いかにも学者が考えそうなことだ」

「確かに。この世は、学者が書物を扱うようにはできておらぬ」

「まったく――世の中を知らぬというものは恐ろしいものさ」

ふたりは軽口を叩きあったあと、蔵の中で、顔を見合わせて笑いあった。

だが、杉立は、

「困ったものだ」

と、話をあわせながらも、どこか、心の奥で、

（ふうむ――もし、そうなったら面白くないか？）

と、いう気持がわいてくるのを、抑えられなかった。

（国に、富はあるのだ。それが、偏っているだけだ）

杉立は二十年前から倹約奉行を承り、藩内外の倹約を押し進めてきた。

倹約――つまり、あらゆる入用の削減である。

郷村を回り、すでに貧乏な百姓どもが贅沢をしていないか見て回り、指導する。

藩内の侍どもにも倹約を説いてまわり、派手なふるまいを慎むように触れてまわる。

絹を、綿に。

綿を、麻に。

地道に、みんなの衣服を安いものに切り替えていく。

領民からは、武士、百姓、町人問わず、嫌われる仕事であった。

そして、十年ほど前からは上方在勤となった。

借金の周旋をひたすら行う、地味な仕事だ。

大坂の豪商をめぐり、借金の申し入れをしたり、すでに借りたカネの繰り延べを頼んだり、という形で『倹約』を推し進める――。

商人どもは、いつも慇懃な態度をとり、口先だけは丁寧だが、あきらかに杉立のような貧乏な田舎武士を軽く扱ってくる。

（なぜ、当世の侍は、これほどに貧しいのか）

絶望的な気持ちになることが多かった。

（戦がなくなり、世はいつの間にか武士の世から商人の世になってしまった。今は、商人の力が強すぎる。カネの力が、ありすぎる）

それは、この徳川の世の構造的な問題であった。

江戸の金、大坂の銀による経世と、地方の銭の経世。

それを繋ぐ武士と、商人たちの富の偏り――。

その矛盾から生まれてくる、社会のひずみや貧民たちの不満を、この社会は支えきれなくなってきている。

飢饉のたびに、全国に百姓一揆や米騒動が勃発していた。

誰も――たとえば、公儀老中さえ、その問題を解決することはできないように思える。

米価の安定に力を尽くした徳川吉宗公とその部下の大岡越前も、また、そのあとをうけて江戸大坂で積極財政を進めた田沼意次公も、抜本的な改革はできなかったではないか。

（もう、無理なのではないか）

正直、そう思う。

さんざんいろいろやったのだ。

（なるように、なれ）

そんなふうにすら、思う。

そのいっぽうで、カネと、それを持った豪商、豪農どもの力は、ひたすら強くなっていくのだ。

そして、その『ちから』を持った豪商、豪農と癒着し、賂《まいない》を取って私腹を肥やす武士どもも、後を絶たない。武士の綱紀はどこまでも緩んでいた。

田沼公のあとを受けて、華々しく登場した老中首座松平定信は、この緩んだ綱紀を、緊縮財政、武芸振興、儒教導入、といった手段を使って引き締め直そうと躍起になっていた。今はその遺臣と呼ばれるお歴々がその政策を引き継いでいる。

だが果たして眼目通りにいくものだろうか。

（そう簡単にはいくまいよ――）

杉立は思うのだ。

それに杉立は内心、身分や役職を利用して私腹を肥やす者どもを、心から責める気持ちにはなれない。

倹約奉行のお役目としては、当然、責めて摘発しなければならない。

だが、いっぽうで、しかたないよな、という気持ちもある。

現場で働くものとしての、実感だった。実際に、藩からの御給米の支給は滞っている。誰だって、女房子供に、今日明日のメシを食わせなければならない。

つまり、ふつうの武士は誰も、多少は賂ぐらい取らねば、まともに生きてはいけないのだ。

だから、みな闇の金に手を出す。

そこへきて頻発する、飢饉、天災、恐慌――。

そのたびに、苦しむのは世の末端で暮らす農村の庶民や下級武士ばかりで、江戸や大坂といった大きな町はびくともしない。

むしろ豪商、豪農は、それすら好機と見て、藩内の産品を、江戸や名古屋といった大都市で売り捌《さば》き、稼ぎに稼ぐ。

産品を買う財力がない藩内はやせ細るばかりであった。

繰り返すがこれは、今や、日の本全体の課題であった。

（抜本的な、改革が必要なのだ）

そして、こうも思った。

（俺は、身分が低いし、それを行うには、年を取りすぎてしまった。何年も頑張った挙句に、どこか疲れてしまった。だが、茨木ならば――）

杉立は、脳裏に、理兵衛の若く潑剌《はつらつ》たる横顔を思いうかべた。

（やってくれるのかもしれない）

◇

「旦那様――お茶でございます」

登世が声をかけた。

茨木理兵衛は、めずらしく、役宅の縁に座って、庭の石を眺めている。

「旦那様？」

一度声をかけても返事をしないので登世はもう一度聞いた。

「どうなさったのですか？　御酒《ごしゅ》などを、ご用意したほうがよろしかったのでしょうか」

我に返った理兵衛は、

「あ、ああ。すまぬ。考えごとをしておったのだ」

と穏やかに言い、湯呑みを手にとる。

「ありがたい。これでよい――」

登世は、その横顔を見て、痩せたな、と思った。

よほどの心労なのであろう。

御城の重役というのは、よほどに大変なのだ。

「何かあったのですか」

「いや」

「わたしごときに、わかることはありますまいが、こう見えて、妻でございます。お話を伺うことぐらいはさせていただけませんか」

その言葉に、理兵衛はしばらく黙って、湯呑みを大事そうに抱えていたが、やがて、口を開いた。

「今日、寄合のために御城本丸に赴いたのだが」

「はい」

「松の廊下にて、監物様と、主膳様にお会いしてなあ」

「はい」

「会釈をして通り過ぎようとしたのだが、いきなり、怒鳴りつけられた」

「まあ」

「貴様、なんのつもりだ！　と、割れるような大きな声でな。振り向くと、ふたりとも般若《はんにゃ》のような恐ろしい顔をされていた」

理兵衛は、どこか苦笑するような表情を浮かべる。

「それで」

登世は聞いた。

「旦那様は、すごすごと頭をさげたのですか？」

「まさか――。わたしは武士であるぞ。御殿より藤堂三十二万石の財政・農政を預かる奉行である。堂々と、どういう意味でしょうかと聞き返したわ」

「はい」

目に浮かぶようだ、と登世は思った。

おそらく、頭から湯気をあげるようにして感情的に怒鳴るお歴々に対して、理兵衛は、表情一つ変えず、どこか相手をバカにしたような冷静さで、対応したのであろう。

「すると、――貴様は、伝統あるこの藤堂家をどうしようとしているのだ！　この国は、高山公とそれを支えたわが先祖がその血によって切り取ったものであるぞ。殿の寵愛があるをいいことに、先達たちが苦心して作り上げてきた国を、ことごとく打ち壊しおって。年に一度の高山公の祭礼に使う裃を、麻のものにしろだと？　ふざけたことを言うな。天下の藤堂家臣に何をさせる。こんなことを続けるならば、容赦しないぞと――また怒鳴られてしまってなあ」

「それは、監物様ですか？　それとも主膳様？」

「監物様だ――。主膳様はそのあと、低い声でこうおっしゃった。あの方は滑舌が悪いからな。よく聞き取れなかったが、こう言った。われわれは良いが、岩井道場や藤井道場の若い連中が我慢できまい。妻子の身に危険が及ぶぞ、とな」

「まあ！」

登世はあきれた声をあげた。

「そのような、まるでやくざ者のような脅し文句を吐くとは。大大名の家臣とは思えませぬことです。あきれました」

登世も、武士の妻である。

そのようなことに動じることはない。

「わたしも、子供たちも武家の者です。大丈夫でございましょう――旦那様、そのような些細なことで、落ち込んでいらっしゃったのですか？」

「落ち込んでなどいない。考えておったのだ」

「考えて……」

「わたしは、一度たりとも、この藤堂家を悪くしようとか、打ち壊そうとか、考えたことはない。むしろその反対だ。今や大借金を抱え、ただ息をしているだけで赤字が積みあがっていくこととなった藤堂家を、なんとか潰さずに持続させるためにどうすればよいかということを考えに考え、必要な仕法を行っているつもりだ」

「――――」

「考えてもみよ。わたしは高山公の祭礼を中止せよと言ったわけではない。倹約奉行の通達にしたがって費用《ついえ》を削減するべきだ、と言っただけだ。藩政の現状を考えるに、理に適っているではないか。倹約は、藤堂を守るために必要なことだ」

理兵衛は真剣だった。

真面目に、考えているのだ。

「なぜ、それが彼らには、藤堂家を壊しているように見えるのかな」

その表情は、怜悧《れいり》であり、目元がどこか冷たく見える。

この人は、ただ考えているだけで、こういう印象になるのだ。

だが、もう結婚して十年にもなろうという登世には、他人には冷徹で怜悧に見えるこの表情が、どこか幼く見える。

いい大人が、真剣にこだわることのように思えない。

男なら、そんなつまらぬことを考えて首をひねっている暇があったら、次の行動をとるべきではないのか？　言葉尻を、細かく真っ当にとらえすぎているのだ。

理兵衛は続ける。

「行事を質素にするほうが、御家を守ることになる。なぜ壊すことになるのだ？　どこかに、わたしのわからぬ別の理屈があるのか。監物様にもう一度、伺いに行くべきだろうか――そんなことを、考えておったのだ」

「まあ」

登世は、あきれて言った。

「旦那様――。監物様も主膳様も、高山公の祭礼を簡素にすることが藤堂家を害するなどとは思っていないと思いますよ。中止したわけではないのですし、扇子の板を棕櫚《しゅろ》から杉にする、袴を綿から麻にする程度のことでしょう？　どれもこれも、以前より杉立様から通達が出ていることで、些細なことです。ただ」

「ただ？」

「ただ、気に食わないだけです」

「気に食わない、だと？」

「人とはそういうものです。理屈はあとからつけるもの。単に気に食わないだけですわ。杉立様や旦那様のような下級武士の言い分が、城内で大手をふって取り上げられて、重役様たちも従わされるのが、気に食わないのです。自分たちの縄張りに入って来るな、ということですわよ――」

登世は、大きな目で夫の顔を覗き込んだ。

この夫婦は幼馴染みなのだ。

その気安さに、少しだけ理兵衛はほっとしたようだった。

「同じようなことを、加平次に言われたことがある」

「川村様に？」

「加平次はこう言った――おかしら、会議《だんごう》の部屋で決まることなど、本当は何もないのですよ――とな。人事《じもく》のことなど、実はほとんど夜の料亭の宴席で決まっている。国を動かす大きな施策の判断も、御殿の別宅や御妾様の寝室で決まることの方が多い。会議で出てくる意見や、書類への決裁の儀式など、ほぼ方針は決まったあとの芝居です、と言われた。加平次によれば、わたしは会議の場しか見えていないからダメなのだ、と、こういうわけだ」

「川村様らしい――でも、そのとおりだと思いますよ」

「そのとおりか……」

「旦那様は、昔から、真面目だから――」

登世は困ったような顔つきをした。

真面目だから困るのだ。

「昔、わたしの兄などが、道場や組長屋の子たちを引き連れて、隣町の子供たちに喧嘩悪戯《いたずら》をしかけに行くときなど、決して同道しなかったではありませんか」

「苦手なのだ」

「でも、男同士って、そういうことも大事なのではないでしょうか」

「わたしには、わからぬ」

「旦那様は、そういう人だから」

「すまぬ」

「いえ――そのままでいてください」

登世は笑う。

「そうでなければ、茨木理兵衛は、茨木理兵衛でなくなってしまいますからね」

そう言われて、初めて、理兵衛は笑った。

妻の顔を優しく見つめる。

「ありがとう。わかるぞ――」

そして、改めて茶を呑み、静かに言った。

「わたしには、誰にも言わぬ欠点がある」

「なんですか？」

「誰にも言わないでくれ。お前だけに言うのだ」

「あたりまえです」

「わたしは、会議で黙っていることが多い。よく、それが怖いなどと言われるのだが、実は違う」

「はい」

「ただその場で、当意即妙な意見が出てこないだけなのだ。とっさに反論や言い返す言葉が出てこない。じっくり考えないと、意見が出ない。だから、空を睨みつけている。きっと頭が悪いのだ」

「旦那様の頭が悪いなど――。誰もそんなことは思いませんよ」

「いや、本当なのだ。何か意見を言われたら、必ずその晩、布団の中で天井を見つめながらあれやこれや考え、腹ごなしをしてはじめて返答が出てくる。ああ、あの質問にはこう返せばよかったのだ、なぜこう言い返さなかったのか、と後から思う。だから、わたしは常に、むっとしているように思われる」

「まあ」

「このことは内緒にしてほしい。子供の頃から、ずっと、自分の性分の中でもっとも嫌なことなのだ。わたしは頭が悪い。だから、すぐに答えを出せず、ずっと考え続ける。毎晩、毎晩、布団で天井板を眺めながら、わざと油を減らしておいた火取皿の灯りが消えるまで――」

「今も、考えられているのですか」

「うむ」

茨木理兵衛は言った。

「毎日、毎晩、考えておる」

「はい」

「わたしのお役目は、この藤堂藩の、国と民を救うことだ――どうすれば、いいのだろう、とな」

「まあ、凄いこと」

登世は笑う。

「自分の旦那様が隣の布団で、そんなご立派なことを考えているとは思いもよらず、失礼しました」

「お前は、寝つきがよいからな」

「枕に頭をつけたとたんに寝ております」

「羨ましい――」

「はしたなくて、申し訳ございません」

「いや、それでいい。そのままであってくれ」

「はい」

登世は頭をさげると、

「ああ。まさか、わが夫が、そんな大役を担うようになるとは思いませんでした」

おどけて言った。

「わたしもだ」

ふたりは顔を見合わせる。

「であれば、考え続けるしかありませんね。わたしはすぐに寝てしまいますので、心置きなく考えなさいませ。でも、わたしは幼き頃からあなたを知っていますから、あなたのおつむが悪いとは思いません。反対です。おつむが良すぎるから、考えるのです。あなたのことですから実はもう、答えが出ているのかもしれませんね。すこし、お酒でもお召しになって、おつむの回りを止めてはいかがでしょうか。本当はもう、お心はきまっているのかもしれませぬ……」

そんな言葉に、内心、理兵衛はどきりとしたが、一切顔には出さない。

登世は平気な顔をして、庭を眺めている。

◇

地割――

理兵衛がその言葉を知ったのは、江戸在府の昔、江戸下谷《したや》稲荷町にあった三井家の隠宅の近く、下谷黒門町に隠棲していた中村慈風《じふう》という学者と出会ったときである。

その時、理兵衛は藩主高嶷の密命をうけて、国元の仕法の打開策を探索していた。

当時の江戸は、松平定信政権が始めた寛政の改革の混乱の中にあった。

田沼時代に勃発した天明の大飢饉からは、すでに七、八年という年月が経っていたが、その傷跡はざっくりとこの国の民の暮らしを傷つけていた。

東北地方を中心に農村経済が破綻をきたし、人肉を食うなどのすさまじい飢饉がおきていたし、そこから逃げた人々が続々と江戸大坂といった大都市に流れ込み、町の治安は極端に悪化していた。

この事態に、警世家と呼ばれる者たちが雨後の筍《たけのこ》のようにあらわれ、江戸の下谷や浅草、両国広小路のような繁華街に立ち、さまざまな論説を大声で叫んでは、幕閣や大商人たちを罵倒していた。

人々が苦しむのは、金持ちのせいだ、と――。

理兵衛は、公務の隙をついてはそんな町に出て、藤堂家の親類である三河《みかわ》吉田藩、伊予《いよ》宇和島藩などの江戸屋敷に出入りし、同役の学識を訪ねて議論をしていた。また彼らに紹介された幕閣の勉強会に出たり、伊勢の豪商の江戸屋敷を訪ね、武士ともおもえぬ神妙な態度で教えを請うたりしていた。

そこで理兵衛は、普段武士が下に見ている商人どもが、いかに洗練された仕法をしているのかということを知った。

武家の仕法がこの二百年ほぼ変わっていないのに対し、商人どもの仕法は、厳しい市場の競争に晒されて、どんどんと進化していた。

田沼時代まで存在しなかったという『予算』という概念には感銘をうけた。

予《あらかじ》め、算ずる――。

大福帳で積み上げていく単式の帳簿ではすべては出来高になってしまう。

そうではなく、複数の帳簿を作ったうえ、計画に従って作った見積もりにしたがって『予算』の進行を管理する――。

そんなやり方があるのかと思った。

これであれば、野放図な赤字幅の拡大を、ある程度抑えることができる。

この仕法を導入している大名家はまだ数えるほどだというのに、豪商の一部では、とっくにこれを導入しているというではないか――。

そんな現実を目の当たりにして驚いた。

藤堂は遅れている。

改革を急がねば、と危機感を募らせる。

だが、焦るばかりで、どうすればいいのかは、なかなかわからぬ。

そもそも、藩士のうちにどれぐらい帳簿を理解しているものがいるのか。

予算、などというものを立てられる士《もの》はどこにいる？

帳簿ばかりで現場を知らねば、予算などというものは到底立てられぬ。

同時に、現場ばかりで帳簿を知らねば、いつまでも改革が進まぬ。

いったい、どうすればいいのか――。

そのうち、伊勢出身の三井家の江戸屋敷の奥を仕切っていた当主脇腹の姪であるはつの紹介で、中村慈風と知り合った。

中村は、白髭豊かな、いかにも学者という感じの痩せた六十男で、見るからに怪しい老人であったが、その眼光は鋭かった。

理兵衛の話を聞くと、言った。

「――ふうむ。今更そんなことで驚いているとは大名侍の甘いことよ。今どきはそのあたりの妓楼でも二重、三重の帳簿を使っておるぞ」

などと悪口《あっこう》を叩いたあとに言ったのだ。

「今、江戸の学者の間で議論されているのは、地割だ」

「地割？」

中村は、言った。

「五十年前、享保の改革のあと、宝暦《ほうれき》の頃に『真営道《しんえいどう》』という議論があった。あまりに理想的であるがゆえに、捨て去られていたがな。だがそれからも何度も飢饉があった。民の困窮を前に議が復活してきた。貴様は伊勢であったな。平安の昔に、伊勢では均田制がとられていたはずだ」

「均田」

「いかにも。均田だ。あの、どうしようもない金持ちどもからその財産たる田畑を取り上げ、貧困層に配るのだ」

「な、なんと」

「徳川の治世が始まって、今や二百年近くなる。戦がなくなってからそれほどの時間が経ったということだ。戦国の昔であれば、貧窮すれば隣国に攻め入って、田畑と民を伐り取ればよい。上杉謙信の十三回に及ぶ越山《えつざん》、つまり三国峠《みくにとうげ》越えは、秋から冬の収穫期に集中している。戦という名の収奪だな。戦国時代はそれをすればよかったのだ。だが天下統一後、徳川家は戦を禁じた。それからは、土地には限りができたということだ」

「はい」

「それから、その限りある土地からの決まった量の年貢のあがりだけで、天下は百八十年間も回ってきた。ろくな成長もなしにな。凄いことだと思わぬか。だが、そもそもこの仕組みに無理があったのだ。限界がやってきた。経世というものは、停滞を許さぬ。土地の拡大が止まった大名領内では、金持ちによる土地兼併が進み、一部の豪農に土地が集中して、その力が大名家を凌駕し、身動きがとれなくなってきた。豪農は、その土地から搾取した資本を江戸大坂といった町に持ち込み、カネでカネを回してさらに稼ぐ――」

「そのとおりです」

「徳川吉宗公の享保の改革以来五十年以上になる。この間に、公儀の収支は赤字に転落した。大名も同様だ。さまざまな大名家に、さまざまな仕法家があらわれ、さまざまな改革をした。だが、それらはいずれも、表面的な改革であった。その根本――豪農による土地兼併の問題に切り込んだ仕法家は一人もいない。なぜだ」

「なぜでしょうか？」

「みな、カネの力に屈しているからだ。土地兼併の解消は、金持ちどもにとっては都合が悪いことだからな。金持ちどもは、硬軟いろいろ、もっともな理由をつけて妨害する。小利口な官僚では太刀打《たちう》ちできぬ。ご説ごもっとも、というわけだ」

「地割――」

「そうだ。もし、本当に、今の武家の困窮と、民の苦しみを解消しようと思ったら、土地兼併の解消のための仕法を行うべきだ。だが、そこに踏み込んだ仕法家は、今の時点では誰もいないのだ」

中村は、充血した目でぎろりと理兵衛を睨んだ。

理兵衛は絶句した。

あまりに迫力ある言葉に、心がその思想を消化しきれていなかった。

頭のいい人間ならすぐに反論できたろう。

だが、すぐになんらかの意見は、脳内に浮かんでこなかった。

何も言わない二十歳そこその理兵衛の顔を見て、中村は、ふん、と鼻を鳴らし、

「ここにも、意気地なしの侍がおったか」

と嗤《わら》った。

「本当に、万民のために必要なことは何か、身を賭して考えぬか！」

理兵衛は、その言説に圧倒されてその家を退去したが、その言葉は脳裏につき刺さって、ずっと考えざるをえなかった。

そんな理兵衛の様子を見て、三井家のはつは、

「――そんな真面目に考えなさりますな。あのような流浪の学者の言葉は、あくまで、頭の中で考えて、自分なりの答えを導くための材料にございます。真に受けるようでは、武士としてご立派な態度ではございません」

と諭してくれた。

若者を諭す、姉のような態度だった。

商家の娘が、立派な武家に説教していたわけだが、理兵衛は不思議と腹が立たなかった。そのとおりだと思ったからだ。

はつは、優しく言った。

「茨木様はまだお若いのです。さまざまな説に接して、自分なりの答えを導くがよいでしょう」

ただ、それからも理兵衛は、江戸で、多くの書物と出会い、さまざまな学者の話を聞き、武家、商家、僧侶、さまざまな人と話し議論して、藤堂家の仕法の眼目を探ったが、この地割ほど、納得させられ、かつ、深く心に刺さったものはなかった。

経世というものは成長がなければ回らないものなのだ。

その成長が止まってしまった国を再度活性化するためには、肥大して一ヶ所に集中して停滞する資本を、若く力に満ちた次世代の担い手に、広く、まんべんなく、再分配する必要がある。

とくに理兵衛は下級武士であり、家老衆から見れば外様でもある。その立場から見れば、私の既得権を打破して公の利益を優先するという考え方は納得しやすかった。

以来、理兵衛は、暗中模索の苦しみのなか、もうずっと、この地割のことを考えているのである。

(結論が出ないのは、やはりわたしは頭が悪いのだ)

そう思っていた。

だが、やはり、それは正しいのではないか。

だからこそ、わが心に残り、天はそれを自分に為させようとしているのではないか。

登世の言う通りだ。

ずっと昔から答えが出ていたのに、決心ができなかっただけなのかもしれない。

仕法之五　悪名奉行

常廻目付から、山田野村の大庄屋、池田佐助の畑に関する調査の報告があがってきた。

やはり、あのとき見た桑畑は、藩の役所に届け出をしていない『隠し畑』であった。

また、池田は巧妙に田券を工夫して隠し田や畑を作り、年貢をあげないで松坂の市場で直売する抜け道を作っていた。

つまり、藤堂家が把握していない農産物が、この国にはたくさん存在するようなのである。

（さて、どうしよう――）

理兵衛は考えた。

とりあえず人数を送ってなんらかの処罰をすべきだろう。だが、それで事態がよくなるのだろうか。

池田の隠し田では、山田野村の水呑み百姓が働いているのだろう。そして実質的な生産もされているわけで、それは止めたくない。

目付による懲罰はいままでもやってきた。

だが、いくら罰しても、闇米、闇田はなくならぬ。

懲罰以外の方法は、ないのだろうか。

結局これは、田券の管理の問題だ。

現実では田の集約が進んでいるが、公儀が田の売買を禁止していることもあり、その帳簿は一見ではわからぬように工作されている。誰が耕しており、誰が地主なのかがわからない。これを、ひとつひとつ土竜《もぐら》を叩くように整理していても、埒《らち》があかない。

この実態を見るに――

やはり、結局、根本的解決を目指すとなれば、地割（均田）しかない。

いったん、すべてを御破算にするのだ。

これはなにも、中村慈風の学説の鵜呑《うの》みではない。

同じような説は、今や、日の本じゅうの学者が唱えている。

複数の学者や政事家の間で議論が進んでいる話だ。

しかも、伊勢は、古来、均田の制があった土地でもある。

だが、実現するとなれば、現場の混乱もあろうし、本藩からの財政出動も必要になるに違いない。

そこが迷うところであった。

だが、いつか、誰かが、これをやらざるをえなくなるだろう。

どう考えても、抜本的な改革のためには、混乱の極みにあるこの国の経世の根幹である田券の問題から、逃げるわけにはいかないからだ。

何度考えても、その考えに行きつかざるを得ない。

こうして寛政七年末、茨木理兵衛の眼目は、明確となった。

それまで迷いも見えた理兵衛の仕法は、より急進的となったのである。

菓木役所の設置により、本格的な改革に乗り出して三年――そろそろ、結果を出すべきときであり、今後の茨木仕法の試金石でもある。

（しかし――）

その前に、債務を処理して本藩の財政健全化の道筋をつけておかねばならぬ。

そう思った。

そして理兵衛は熟慮のうえ、年が明けるとすぐに大坂表の杉立治平に密書を付け届けた。政務の手紙を密書にするのは異例であるが、旧守派の妨害を怖《おそ》れたのである。密書を預かったのは、伊賀者、澤村才蔵であった。

大坂の藤堂屋敷の長屋において、この密書を受け取った杉立は、その内容に震えた。

そこには、大坂道頓堀《どうとんぼり》大和屋利兵衛方の借入金を、急ぎ処分せよ、と書いてあったからだ。

——全テ　勘定方兼郡奉行　茨木理兵衛　之　責《せめ》ト致度
　　御指図　考頂キ　無構候

とも、書いてあった。

これは茨木理兵衛の指図と考えてよろしいという一文であった。

大和屋利兵衛は、二十年前藤堂家に巨額の御用金を拠出した豪商である。

（や、大和屋か）

杉立は唸った。

（確かに、わが藤堂にとっては大きな銀主《ぎんぬし》だ——しかし）

杉立は、いままで倹約奉行として京大坂にあり、大小さまざまな借金の処理に立ちあってきた。

処理、といっても、簡単に言えば踏み倒すのである。

あるときは国の産品を優先的に回すからとか、別の便宜をはかるからなどと方便を使い、またあるときは武家の威厳をもって強引にことを進めることもあった。さらには無理矢理債権をまとめさせ、小さなものは有耶無耶《うやむや》にしてしまうなどという手を使うこともあった。

武家、しかも名家と呼ばれる藤堂家の家臣のくせに、やっていることはそのあたりのやくざものと変わらないのだ。内心忸怩《じくじ》たるものがあった。だが御家のためにはやるべきことはやるのだと、覚悟を決めてやってきたつもりである。

そんななか、大和屋利兵衛の債務は『別枠』扱いだった。

こんな経緯があったからだ。

約二十年前、安永四年のことだ。

台風による大災害が全国で発生し、甲府《こうふ》など徳川家御領（天領）における水害の復旧のための御手伝普請の命令が各大名家に下った。

この費用に窮した各家は、江戸屋敷、大坂屋敷、総出で金策に走るような事態となった。

藤堂家もまた、諸藩と同様である。

そのとき、苦労の末やっと名前が挙がったのが、大坂の銀主として有名だった大和屋であったのだ。大和屋は江戸にも進出していた大坂の商家で、大和の薬卸から始まり、為替《かわせ》・札差・貸金業にも進出しており、藤堂家大和飛地の産品も扱っていた。

大和屋は、

「天下の藤堂本家の御用を承《う》けるは名誉なれど、昨今の大名貸しには難しいことも多く、何か保証がほしい」

と、商人らしい駆け引きをしてきた。

他に貸してくれそうな巨商はいない。

困りきった当時の藤堂の重役どもは、さまざまな押し引きの交渉をしたあげく、ついに、二万両に及ぶ巨額の御用金を獲得することに至った。

この過程で、家老家のひとつである藤堂式部の娘が大和屋に嫁ぐことになったのである。

天下の大大名、藤堂三十二万石の家老の娘が、大坂の商人に輿入《こしい》れする。

身分違いも甚だしい。

異例のことであった。

またいっぽうで、大和屋としては鼻高々である。

名家藤堂の令嬢を嫁に取る。

藤堂側は表向き、あくまでめでたい縁であるという態度を崩さなかったが、内心の思いは複雑であった。武士が、しかも名家『藤堂』の名前がついた家の武士が、借金のカタに、金貸しに娘をとられたのである。

もちろん、大和屋側は、この娘を粗略に扱ったりはしない。

姫君として、相応の扱いをする。

だが、裏では巨額のカネが動くのである。

その事実が外に漏れれば、どのような世間の誹《そし》りがあるかはわからぬ。

すべては秘密裏に行われた。

若い茨木理兵衛にとっては、物心つく前に行われた取引であり、数ある債権のひとつにすぎぬかもしれぬが、四十歳前後の藩の家老たち、ことに年寄衆にとっては胸に刻まれた苦々しい記憶である。

そしてその苦々しい記憶は、四十代の杉立治平にも残っている。

「式部様はどのように思われるか。姫様がご存命中は、このような無頼はしたくないものだが」

杉立は、ひとり、長屋で、声に出してつぶやいた。

だがいっぽうで、財務という目で見ると、茨木理兵衛の指示は正しいのだ。

大和屋への借金は、二万両である。

一割の利子を含めれば、二万二千両——十年賦であるから、毎年の支払額も大きい。どこから見ても巨大債務であり、藩財政への負荷は相当なものだ。

お奉行も、覚悟を決めてのご指示であろう。

やらねばなるまい。

（この手紙を密書としたお奉行はさすがだ）

藤堂式部の令嬢は、今は四十前後で、監物、主膳、多左衛門ら藩政の中心を担う働き盛りの重役どもにとっては同世代。

大和屋の姫君には特別な思い入れがある。

この動きが漏れれば、どのような妨害があるかわからぬ。

しかし――

（なにが、茨木の責任にて、だ。格好をつけおって）

手紙をあらためて読み込む。

なんとなく腹の立つ書きようであった。

全部、自分が決めるから、言ったようにやればいい――。

そんな書きぶりであり、上から目線で、冷徹だ。

（自分だけが過去と戦っているような気負いが、目に見えるような文章だな。藤堂家の将来を憂えておるのは、貴様だけではないわ。若造が）

もう少し下手《したて》に出て頼めないものか。

なぜ、自分が茨木改革を支持していることを感謝しないのか？

ありがとうございます、のひとことがなぜ言えない？

（悪いが、倹約奉行はこの杉立五郎左衛門《ごろうざえもん》治平である。この件、拙者の責任で、屹度《きっと》、処理してやる。わがやりざまに文句を言わせてなるものか）

そう思った。

やるべきことなど、みな、わかっているのだ。

わかっているのに、できないのだ。

それが世の中だと、なぜわからぬのか。

◇

ふた月後の御前会議――。

居並ぶ宿老たちを前に、大坂より戻った杉立治平が説明した。

「今般、倹約奉行杉立五郎座衛門治平、大坂道頓堀大和屋利兵衛より、二万両の借財について、無利子百年賦への借り換えの証文を取りたること、謹んで御殿に報告申し上げます」

無利子百年賦――。

商売の世界の論理で言えば、これは、事実上の踏み倒しであった。

世に悪評高き『大名貸しの踏み倒し』というものである。

だが、杉立は顔をあげて、

「拙者、数多くの債権を処理してまいりましたが、この件については処理ではなく、借り換えでございます」

と、強調した。

それを受け、藩主藤堂高嶷は、

「うむ。褒めて遣わす――大儀であった」

と言った。

褒美を出す、という意味である。

通例として褒美は裃であった。

両側には、月番家老を承《うけたまわ》る家格の重役侍どもが並んでいる。

藤堂仁右衛門、藤堂監物、藤堂主膳、藤堂多左衛門、そして大和屋に娘を差し出している藤堂式部。

式部家の元の姓は『磯野』で、先祖は、藩祖高虎とともに朝鮮の役で活躍した猛将である。

だが当代の式部は、髪の毛が白くなった老侍であった。

苦虫を嚙みつぶしたような顔をして、裃姿で座っている。

口元がぴくぴくと震えていた。

殿の言葉があれば、それを覆すことはできぬ。

その姿を見て、藤堂監物は、俠気《きょうき》溢れる勢いで顔をあげる。

苦労を重ねて年を取った先達の代わりに、自分が泥をかぶってやる、との覚悟の表情であった。

式部の娘はわが世代にとっては特別な存在の姫君であるのだ。恩ある式部とその令嬢に恥をかかせるとは何ごとか。天下における藤堂の沽券《こけん》にかかわる問題である。

「杉立。倹約奉行としてのふるまい、殊勝である。だが乱暴ではないのか？」

監物は殿様である高嶷を見て言った。

「殿――大和屋は、二十年前、御家の危急に、二万両の御用金を拠出した俠商であります。これから先も、親しく穏やかに付き合っていかねばならぬ義理がございます。先方の納得は、相応にあるものでありましょうか」

「もちろんでございます」

杉立は言った。

「拙者、天満川崎の拝領屋敷より連日、川を南に渡っては道頓堀に出向き、当主利兵衛との会談を重ねました。武家にして御殿代官である拙者が、連日自ら足を運ぶ誠意に、利兵衛、感服の様子これあり。拙者が説明する御家の窮状を深く理解したうえ、証文の書き換えに応じた次第でございます」

「バカな」

「そんなわけがあるまい」

「式部殿。本当か――」

重臣たちは口々に言った。

すると、藤堂式部は、顔をあげて、震えるように口を動かして何かを言おうとした。

元がよろけるような老人である。

老骨を奮い立たせて、必死で訴えるという風情《ふぜい》となった。

一同の同情が、老人の背中を後押しした。

「お、御殿に申し上げます――。拙者が知りえた情報によりますと、大和屋の交渉は、今、杉立が申したような穏やかなものではなかったとのことでございます。もとより大和屋は抜け目のない男でございます。それはお歴々もご存じと存ず」

式部は言った。

その歯は抜けており、言葉は聞き取りにくい。

「大和屋は、おいそれと自らが不利になるような証文を交わすような男ではござらぬ。おのおのがた、二十年前をお忘れか」

それを受け、監物は言った。

「二十年前の御手伝普請のことだな――。郡奉行殿は、まだ幼くあられた。知らぬだろうがの」

末席に、茨木理兵衛は座っている。

監物は、じろりとその姿を睨めるように見た。

理兵衛は、じっと黙って畳の目を見ていたが、監物のことばに、顔をあげた。

「確かに、拙者、若輩につき、その頃のことは存じ上げませぬ」

「いいか、茨木。大和屋には、式部殿の姫様が嫁いでいるのだぞ。姫様がいらっしゃる限り、われら藤堂家が大和屋を粗略に扱うことは許されぬ」

「それは、正しい商取引でありましょうか」

理兵衛は言った。

「武家が、商家に人質をとられるなど――。正しくありませぬ」

「なんだと」

「それに大和屋は、わが藤堂の大和飛地の御用商人ではありませんか。最初から無条件に御家の御沙汰に従うべきだ」

「それで、貴様は、杉立をけしかけたのか」

「けしかけてなど、おりませぬ」

理兵衛は怜悧な表情で言った。

「拙者が杉立様にお願い申し上げたのは、大和屋の二万両の債務を処分すべしということであります。決して、借り換えなどという半端なやりざまをお願いしたわけではござらん」

その挑戦的な言い方に、一同、どっと緊張した。

その言い方は、苦心の挙句に帰国した杉立に対しても失礼ではあるまいか。

老臣たちは、顔を見合わせた。

理兵衛は言った。

「杉立殿。此度《こたび》はなぜ、債務処理ではなく借り換えとなさったのですか。どちらが御家の利益に適うか、明らかでありましょう。御殿の御前であります。ご説明いただくほうがよろしいかと」

すると、中央に座った杉立は、不快を隠そうともせず、こう発言する。

「黙っておれ、若造」

そして、怒りをこめた語気でこう言った。

「拙者は、倹約奉行を承って二十年――。茨木様のようなぽっと出にものを言われる筋合いはございませぬ。拙者は殿の命にしたがって上方にあり、苦心の末、此度の判断をしたのだ。そして今、御殿は、大儀であったとお褒めの言葉をくださった。処分ではなく、借り換えとしたことは、拙者の判断だが、もともと大坂表にある借財の取り扱いは、わが責務《せめ》にして、お役目の縄張り。郡奉行である茨木様の口出しは、無用にござる――」

言われた理兵衛は、表情を変えぬ。

何を考えているのか、まったくわからなかった。

重役家の男たちは、今まで、仲間だと思っていた理兵衛と杉立が御前で言い争いを始めたことに驚いて思わず黙った。

沈黙を破ったのは式部老人だった。

唾を飛ばし、口元はおぼつかず、その言葉は聞き取りにくい。

「殿――。娘の手紙によれば、杉立は連日客で賑わう道頓堀本店を訪れ、商務で忙しい主人利兵衛を追いかけては面談を要求し、無理矢理のやりざまにて借財の取り消しを迫ったとのこと。断れば屋敷の人数を差し向けるなどと恐喝するがごとき態度まで取ったとのことでございます。か、か、仮にも、二万両の銀主に対し、このような非礼はありましょうか。今後、娘の、先方における立場はどうなりましょう。古来、武士に二言はなしと言います。二十年前のあの日、藤堂家は大和屋に、ゆめゆめ将来にわたって粗略に扱うことなしと宣言した――その言葉を忘れたかのような無頼。まことに武士の風上にもおけぬふるまいかと。せ、せ、拙者、は、は、腹に、むうっ――」

と思わず絶句し、

「す、据えかねる思いにございます」

と言い切る。

「これでは、藤堂は信用できぬと天下に誹られても、言い訳、できませぬ」

二十年前、式部がどんな思いで可愛い娘を差し出したものか。

そのことを思い、重役の老人たちはみな涙した。

それより若い世代の監物、主膳、多左衛門も奥歯を噛んで畳を睨みつけている。

大事な同世代の姫を国元で守れなかったのは、我ら当時の若侍に甲斐性がなかったからである。あの悔しさを誰もが忘れてはいない。

上から下まで、経緯を知る一同に、怒りに似た同情が湧き、その感情は広間を席巻しているように見えた。

「そのとおり」

「あのときの式部殿の心、みな忘れまいぞ」

「藤堂家の沽券にもかかわる」

「大和屋になんらかの配慮をすべし」

監物らは口々に言った。

すると、理兵衛は冷たい声で、

「昔のことは、昔のことでござる」

と、放言した。

「そもそも、商人に武家が女性《にょしょう》を差し出して借金の担保にするなどという行為が、商取引として間違っていたのでございます。今は戦国の昔ではありませんぞ」

「なにを言う！」

「此度、杉立殿は正しい処分をした。多少結末は手ぬるいものではありましたが。いいですか、今は、わが藤堂家の明日こそ、大事にござる。過去を捨て、万民の明日を作ることこそわれら武士の役目」

「何を言う」

「貴様、ふざけるな」

騒然とする中、

「お黙りを！」

そう叫ぶように言ったのは、座敷の真ん中に座った杉立であった。

「正論など、聞きたくもない――。茨木様の義なぞ、どうでもいい」

杉立は顔をあげる。

「拙者には、殿のお言葉だけで充分でござる。大儀であった、そのひとことで、今、拙者は報われたのだ」

◇

その日の夜。

木戸口内の郡奉行の役宅に、投石があった。

「ふうむ」

報告を聞いて、理兵衛は言った。

「わが屋敷はどうか」

妻の登世は言った。

「投石どころか、矢が射かけられているとのことです。子供たちと使用人はすべて、同じ伊賀口の兄奥田清十郎の屋敷に移そうかと思います。よろしいですか」

「ふむ。それでよし」

夫は、表情一つ変えない。

その態度を見て、登世は思った。

（何を考えているのだろう？）

夫婦となって、そろそろ十年。

この人の悪いところはずいぶんとわかった。

そして、たぶん、良いところも。

だが今は、どこか『悪いところ』が表に出ている気がする。

内心は動揺しているに違いないのに、それが外からわからぬのだ。

もっと、感情を外に出せばよいのに。

こういうとき、人は失敗する。

「旦那様。落ち着いてください」

「何を言う。わたしは落ち着いている。おまえこそ、気をしっかり持つのだぞ」

なにを言っているのだ、と登世は思った。

男と言うものはまったく面倒だ。

すると、手代の加平次が廊下を滑るように近づいてきた。

「――おかしら。澤村才蔵が参りました」

「なに――よし、通せ。書院で会う」

「は」

「人の目につくなと伝えよ」

「承知」

加平次はすぐに去る。

理兵衛は、登世を見ると、

「奥を頼む。この客に、茶などは一切無用じゃ」

と言い捨てて廊下を進んでいった。

その後ろ姿を見て、登世は思う。

澤村は確かに伊賀者である。

闇に生きる生業《なりわい》につき、確かに茶は不要であろう。

だが、それでも、気遣いは必要ではないか？

きっと相当な苦心の末の報告である。

一息いれるのに、茶ぐらいは出してもいいのではあるまいか。

それが人の情というものではあるまいか。

だが、わが主人は、そのような忖度はせぬ人である。

（あれで人の上に立てるものか――？）

登世は、ため息をついた。

（しっかりしてよ）

内心で毒づくと、すぐに兄の奥田清十郎に子供を預けるための文を書くべく、硯《すずり》に向かった。

そして、手を動かしたまま、

「誰か。実家に、お使いに行っておくれ」

と女中部屋に声をかけた。

登世の声は、どこまでも落ち着いている。

◇

理兵衛が書院に入ると、澤村才蔵は、すでに部屋の隅に影のように座っていた。やせ細った猿のような頭の小さな男である。

「才蔵、推参」

「御苦労」

理兵衛は言いながら傍らに脇息の置かれた座布団の上に座る。

「何があった」

「奉行様――。藤堂監物様の屋敷に、人数が集まっております。その数二十五。主に服部源蔵《はっとりげんぞう》道場に学ぶ上士の子弟の剣士たちと思われます」

「服部源蔵か――監物様ではなく、主膳様の手のものなのかな」

「いえ、監物組のものたちですね。屋敷表には篝《かがり》火《び》がたかれており、門番は二人」

「――まるで戦のようだな」

「若い侍どもが、茨と杉を根から斬れ、と騒いでおります」

「これは、杉立殿まで――。とんだ迷惑であるな。大坂に戻られるまで、護衛の人数を手配するように。これは伊賀衆でやれ」

「承知」

澤村才蔵は頭をさげる。

理兵衛はその澤村に、怜悧な表情で問うた。

「監物様の屋敷は、ここからわずか二丁先――どうだ。貴様の見立てで、こちらに打ち込んでくると見たか？」

「乱破《らっぱ》にそこまでの判断は僭越にございます」

澤村は、そういって押し黙った。

すると、廊下に控えていた加平次が、低い声で言った。

「畏れながら」

「なんだ」

理兵衛は声をかける。

すると川村加平次は膝を進めてするりと部屋に入り、頭をさげた。

「今宵は、まず、こちらに討ち入ってくることはないかと思われます」

「なぜ、そう思う」

「若手の暴発を、監物様は抑えるかと存じます」

「どうして？」

「監物様は政事周旋家です。冷静に周囲を見て、自らが不利になるような判断はされぬお方だ。今、おかしらの後見としては、御殿がおられます。また、もしその御殿に万が一のことがあっても、江戸に若殿と御側衆が控えていらっしゃる。おふたりの、おかしらに対する信頼は、揺るぎませぬ」

「ふむ」

「今、監物様は、乱暴に茨木理兵衛ごときを斬ることが自分を不利にすることを充分弁えておられる。もし若手の暴発を防ぎきれなかったとして、処罰されるのは監物様。あちらから見れば、機は熟していないのです」

「――なるほど」

「戦国の昔、わが高山公は大坂の争乱にて、石田三成に狙われた権現様（家康）を助けた。――その故事をこそ思い出すはずです。わが藤堂に混乱時の暗殺などという無理押しは似合いませぬ。機が熟すまでは決して無理せず情勢を見極め、いざ戦う時は、天下の昼間に堂々と正面から。それがわが藤堂の家風にございます」

「わかった」

「ですが、おかしら――。御身、くれぐれも大事になされ。本日のように、むやみに敵を作るような言動は控えるべし。杉立はわが親友でありますが、その人柄は、実直にして誠実無比。頼りになる男です。手放すべきではございません」

「うむ」

　理兵衛は頷く。

「杉立殿を怒らせてしまったのは、わが不覚であるな。反省せねばなるまい。だが、言うべきことは、言わねばならぬ。それがわたしの職務なのだから」

「おかしら……」

　加平次は、その言い方に、どこかがっかりしたような顔つきで、この若き奉行を見た。

　成長してくれ。

　実務家としてだけでなく、政事周旋家としても、目を啓《ひら》いてくれ。

　余計なことは言うな。

　そして、少しでいい、人が望むことを言うのだ。

「ありがとう――」

　そんな一言でいいのだ。

　簡単なことではないか。

　その願いが、このしょぼくれた中年の侍の表情に浮かんでいる。

加平次は、理想に燃えたこの若き上司が好きだった。

だからこその気持ちだった。

大事を成そうと思ったら、正しい、正しくないを論じるより、誰が味方で、誰が敵かを論じるべきときもある。

そして、そちらを優先すべきときもある。

なぜなら、人の世はそうやって動いているからだ。

「こんなところで、大事な味方の離反を許してどうする！」

許されるなら加平次は、この若造の首根っこを摑んで説教してやりたかった。

しかし、理兵衛の表情は変わらない。

「よし、才蔵、加平次、貴様らの言い分はわかったぞ」

どこまでも正論で押し切ろうとしている。

「今は、あの暗愚のものどもの乱暴などに気を煩わせず、われが、やるべきことを、やろう。勝手に騒がせておけ」

理兵衛は、遠くを見るような目つきをしている。

今より明日を見ている。

◇

翌日、津城内の御殿に、茨木理兵衛の姿があった。

謁見の間の脇に用意された小さな書院にて、理兵衛は、藩主藤堂高嶷と対峙《たいじ》している。

今この時、藩主とふたりきりになるということが外に漏れれば政事的に危険であるということは考えなかった。ただ、今は会うべきだと思ったのだ。

　高嶷は、脇息を使いつつ、鷹揚に言った。

「昨日の二万両の件は大儀であったな――。理兵衛。お前が勘定方、そして郡奉行に就いて以来、ずいぶんと債務の整理が進んでいるように思える」

「は」

　理兵衛は頭をさげる。

「だが、殖産のほうはなかなかむずかしいの」

「殖産は時間がかかります。新田を開発し、新しい菓木を植えたとしても、それが商品になって収益をあげるのには数年かかる。辛抱が必要です。まずは、無駄なカネの流出を止めるのが先決かと」

「そのこと、皆のものはわかっておるのか」

「残念ながら、ここまでの危機感をもっているのは家臣のなかでもごく一部でしょう。わたしと、杉立殿と、それに外山――それぐらいです。債務と年貢の周旋を行おうとすると、必ずお歴々の妨害が入ります」

「ふうむ――」

　高嶷は、扇をもてあそぶようにして言った。

「わしも、一日二食、麦飯に一汁一菜とするなど倹約を続けているが、焼け石に水だな」

「御殿みずから倹約されていることが、領内に喧伝《けんでん》されていることが肝要です。お続けください」

「ふうむ」

　高嶷は、しっかりと髷を結い、糊をあてた一分の隙もない裃を着て謹直に座っている茨木理兵衛を、改めて眺める。

「どうじゃ？　昨日の会議は荒れたが」

「いつものことです」

「貴様のやりたいことは、仕法できておるのか」

「は」

理兵衛は言う。

「まだ道半ばであります」

「今、貴様の眼目は、いったいなんじゃ」

「畏れながら申し上げます――今、わが改革の、本丸の本丸は『地割』にございます。昨日の債務処理は、その前準備でございます」

理兵衛は、ついにこのことを口に出した。

それほど、理兵衛の頭の中では、この地割の事は、抜き差しならぬものとなっていた。

これは、今の徳川の支配が続く以上、いつか必ず日本中の大名家がやらねばならぬ仕法であり、わが藤堂こそが、最初にそれをなしとげる大名家になるべきだという思いが膨れ上がっていた。

その思いが耐えられず、溢れ出たという形である。

言いながら理兵衛は、ああ、もう後戻りできないと思った。

この大きな存在である御殿の前で、嘘はつけない。

その信念は今、確信となった。

「地割？」

高嶷は、大きな目をぎろりと回して理兵衛を見た。

理兵衛は平伏して答える。

「地割とは――つまり、古来、均田とよばれた仕法でございます」

「均田、か」

「そもそもこの伊勢は古き土地にして、奈良平安の頃は均田により田畑をご支配されていたとのこと。ご支配によき法にて、江戸の仕法家の間では、最近はずいぶんとこの議論がなされております」

「そうなのか」

「はい。今や、領内農村の困窮は極まれり。百姓の多くは、土地を持たぬ貧農層に転落いたし、まさに草を食っておりまする。次の飢饉が来て最悪の事態となる前に、藩政仕法の負荷になっているこのものどもを一括救済し、自活の手段《よすが》を持たせるのです。これ以上の仁政はございません」

「ふむ」

「近々、どこかの藩が必ず、この仕法に踏み込むでしょう。それを、先んじて藤堂が行う――今、この地割をなしとげれば、徳川の治世以来初の快挙となります。名誉のことこの上ありません」

「なるほど……」

「しかし、ずっと決心がつきませんでした。決心したのは、先月でございます」

「先月か」

「拙者、この五年間、仕法内政を担当し、領内をこまごまと見て回り、考えに考え抜きましてございます。江戸在府のおりの人脈を使って調べられることはすべて調べました。結果、これしかあるまいと思うに至った次第でございます」

「うむ」

「殿――この国は、なかなか難しい。小手先の改革では民は救えませぬ。乾坤一擲《けんこんいってき》の一策が必要です。一部の金持ちばかりが跋扈《ばっこ》跳梁《ちょうりょう》し、まったく自由にならなくなったこの国の資本を、一気に藤堂家の手元に戻します。そののちに、これを誠実な小作百姓どもに割り振る。これにて、百姓どもは、生まれ持った親の財力ではなく、それぞれの創意と工夫により競うことができるようになる。その百姓の腕が、そのまま収入に反映される仕組みが作りあがる。このことで、疲弊した藤堂の農村は、ことごとく復活しまするる」

「む……むう」

「ただ、その過程には、ある程度の混乱はございましょう。そこは覚悟しなければなりませぬ。ですが、今、このとき、万民のために、これをやり切るべきなのです。その準備として、債務の整理、そして、後顧《こうこ》の憂《うれ》いである『切印金』の処分に目処を立てておきたい」

「切印金か——。先代からある仕法だ。面倒だの」

「は。ですが、どうしても必要です。切印金は、好景気のときは良いが、悪景気となったとき藩の財政を痛めつける仕組みです。万難を排して処分しておくべきです。しかるのちに地割を不退転の決意で決行する。この理兵衛、必ずや御殿の御恩に報いて申し上げます——」

理兵衛はここで、はじめて殿の顔を見た。

高嶷は、じっと見返している。

「ふうむ——。貴様が言うならば、そうなのだろう」

「はい。地割なされれば、今、全国の諸大名が取り組んでいるご改革において、わが藤堂がいちばんの成果を誇ることになりましょう。江戸表における面目は躍如たること間違いございません。御殿は、保科《ほしな》公（保科正之）、鷹山《ようざん》公（上杉鷹山）と並び称される名君として、その名を歴史に刻むことに相成ります」

それを聞いて、高嶷は、

「そのようなこと——わしは、望んでおらぬわ」

疲れたように言った。

「若いおぬしと違って、わしにはそこまでの野心はない。ただ、わしの望みは、この立ち行かなくなった藤堂三十二万石を、廃藩することなく、無事に次の世代に引き継ぐことだ。巨額の累積債務を抱え、家臣どもの給米は遅配し、商人どもは領外に進出し、百姓どもは貧困にあえいでいる――。この国を、なんとか、細々とでも回るようにしたい」

「御意」

「貴様は、十七の歳からわが股肱《ここう》にあり、それこそ衣食から習字や剣術の稽古までともにしてきた。息子の高崧の世話も頼んだ。何年も一緒におり、その忠義に一点の疑いもない」

「ありがとうございます」

「覚えておるか――不言色《いわぬいろ》の握り飯のことを」

「は――」

理兵衛は平伏した。

いわぬ色とは、少し赤みがかった黄色のことで、くちなしの花で染めた染料の色である。くちなしという名に掛けて、いわぬ色、というのは、平安の京貴族社会の言葉遊びだが、これが安永になって江戸の吉原遊郭で社交をしていた貴顕の遊び人の間で流行ったのである。

そのとき、理兵衛は十七。

父が死んで、小姓役として城に出仕したばかりのことだ。

ある日殿が、庭で働いていた下男や職人共が昼餉《ひるげ》に弁当をつかっているのを見つけて、周囲に、

「あの者どもの弁当は、なぜいわぬ色なのだ？」

と聞いた。

側用人、世話役だった老人たちは、いわぬ色、の意味がわからず、首をひねる。

ただ、若い主人が、下々の弁当などに興味を持っていることを不快におもったものか、

「藤堂三十二万石の国主たるものが、下々のものの食い物に興味を持たれるとは何ごとですか。下品でございますぞ。汚らしいものに興味を持たれますな」

と諫言した。

当時の側用人は、いわゆる藤堂本家譜代の高家である相楽《さがら》家の者であったため、この分家から横滑りで本家の当主になった野心的な高嶷を面白く思っていなかったのであろう。老人が若者を叱るように、そう言ったものだった。

その言いぶりに高嶷は鼻白んだような苦笑を浮かべ、

「まあ、いいか」

と収めたが、それを廊下に控えて聞いていた理兵衛は、あとで時間を置いてから殿ににじり寄り、

「殿――」

と、竹皮包みに包んだ自らの弁当の握り飯を見せた――。

「おお」

高嶷は驚いた。

「貴様の握り飯も、いわぬ色ではないか」

理兵衛の握り飯は、黄色かったのだ。

「どうしたことだ」

「は――。亡き父の教えにより、このようなものを食しております」

理兵衛は説明した。

「これは、粟《あわ》の握り飯でございます。下人どもは貧しきため、白米や麦飯などを食することが能《あた》いませぬ。稗《ひえ》や粟といった牛馬に与えるようなものを食しておるのです。われら武士の生活は、その百姓どもの苦労の上に成り立つもの。それを忘れぬように、貴様の握り飯は粟、粟、稗とする――。これが、わが亡父の教えにございます」

「ほう」

「拙者、父の死去に伴い、此度十七歳で家督を継ぎ殿の御傍《おそば》に出仕させていただく名誉をいただきましたが、これからも亡き父の教えを守り、この国の礎たる下民の気持ちを忘れず報国せんと、今もこのような握り飯を食しております」

そう語る、十七歳のまだ幼さの残る茨木理兵衛の顔を、十年前の藤堂高嶷はじっと見つめた。

（こやつ――、学がある）

高嶷は思った。

いわぬ色、という言葉は江戸の流行り言葉だ。

この伊勢の田舎にあって、どこでそれを学んだものか。

それに、百姓や庶民に言及するような家臣にも、初めて会った。

それは、密かに高嶷が望んでいたものだった。

武家がいつまでも城にこもっていては、治世はできない――。

高嶷は理兵衛に言った。

「よし。わしも貴様に倣《なら》ってこれからの中食は、いわぬ色の握り飯としよう」

「それは――。殿がなさることではありませぬ」

「百姓は国の礎――貴様が言ったのだぞ。あ、いや、貴様の父の言ったことばであったかの」

「は」

「その言葉を忘れず、我を助けよ」

以来、高嶷はこの幼い理兵衛に目を掛け、この古くなった国の民を救う方策を学ばせてきた。

江戸につれて行き、学者に引き合わせた。

剣のほうもできたので、嫡男の御側役も経験させた。

「あれから十年か。機は熟したな。こと、ここに至れば、わしはもう貴様を信じるしか道がない。このこと、しっかと心得よ」

「は」

理兵衛は、平伏する。

「わしはな、理兵衛――。そもそも傍流の生まれである。本来この藤堂本家を領する身分ではないのだ。わしは江戸に生まれ、田沼様華やかなりし下町にて庶民と交わり、それこそ放埓《ほうらつ》な若き秋《とき》を過ごした。吉原遊郭、浅草奥山、薬研堀《やげんぼり》――貴様は知らぬだろうが、いわば江戸の花町だな。その時から、この世のならいの理不尽さに忸怩たる思いをもっておった」

「――」

「吉原遊郭は華やかに着飾った選《え》りすぐりの美女たちが、美酒美食に歌舞音曲を打ち揃え、夢のような成し様で男たちを接待する。最初はわしもそこで浮かれておった。だが、やがて馴染みの女ができて真心を通わすようになると、その女たちが実は、貧しい泥の中を這うような寒村から、わずかな金で売られてきた女たちだということがわかった。貧しさとは何か――若かりし日、わしは、つくづくと考えた」

高嶷は言う。

「安永の頃、江戸は好景気に沸いていた。だがそれは田沼様の極端な商業中心の政策によるものであり、地方末端の百姓や郷士どもからの搾取の上に成り立った好況でもあったのだ。持てる者と、持たざる者。奪う者と、奪われる者。その不均衡の上に成り立つ繁栄であった。世の正義に照らして、こんなことは続くまい、続くはずはあるまい、そう思っておった。そして、そのとおりになった。不況の波がやってきたのだ――。ところで、理兵衛。貴様は、この津が好きか?」

「は」

「どこが、好きだ」

「広潤な大地。遠く見える伊賀鈴鹿《すずか》の山並みと、そこから流れ出る清らかな川。それに育まれた豊かな森に包まれた丸い丘。振り返れば伊勢湾の内海が、きらきらとお天道様《てんとさま》に光ってございます。それはすべて絵画のごとく美しい。温暖で、めったに雪など降らず、風は乾いて爽やか。これほど過ごしやすい国はあるまいと思います。そして、そこで生きる誠実で進取の精神に富んだ人々。古来交通の要衝であったこの国の人々の精神は常に内にこもらず、外に向いてござる。伊勢人は常に、外へ、外へと意識を向ける。拙者は、この国と、この国に生きる人どもが、好きであります」

「うむ――わしもだ。だが、今、この国は、江戸大坂の街道からわずかに遠いというだけで、貧困側に沈み、あえいでいる」

「御意」

「こんなことがあっていいのか――。好景気のあと、天明の大飢饉が起こると、東北諸藩は飢餓に沈み、北上川には連日死体が流れてくるようになったという。それこそ人々が、餓鬼や幽鬼のような顔つきで村々を跋扈しては殺しあい、人肉を喰らいあっているらしい。まさに地獄の様相だ。あの飢饉で、東北の郷村では悲惨な餓死者が何万と出たのだ。だが、江戸大坂にはひとりも餓死者は出ていない。この差はなんだ？　畢竟《ひっきょう》、それは、貧しさゆえのことではないか？　違うか？」

「殿」

「振り返って、この津はどうじゃ？　海山に恵まれ、人にも恵まれておる。だが巨大な債務がある。毎年の収支も赤字で、貧しいではないか。このままでは次の飢饉が来たときに、人は殺し合い人肉を喰らい合うことになる――。これを話すと家臣共は、そんなことはありえない、伊勢は人心穏やかな土地柄でございます、と笑う。だが違う。人はそんなに生易しい生き物ではない。貧しさというものはすべてを奪うのだ。この国の民を、そんな目にあわせないことこそ、われら為政者のなすべきことだ――庶氏の生まれである貴様には、きっとわかるであろう」

高凝の言葉は激しておらず、どこまでも淡々と穏やかだ。

それ故に、その思いの深さが、じんわりと理兵衛の胸に染み込んできた。

「今の、経世における天下趨勢《すうせい》の変化はただ事ではない。貧富の差の拡大の勢いは、もはや誰にも制御できないところまで来ておる。カネという、武よりも怖ろしいものが、人々の暮らしを食い荒らしておる。やがてとんでもないことが起きる――理兵衛」

「は」

「改めて聞くが――。来年、わしは参勤で江戸に赴かねばならぬ。その間は、大丈夫なのか」

その言葉に、理兵衛は胸を張った。

「大丈夫でございます」

「あと一年、わしの在国のときまで待てぬのか」

「手を打たねば、その間に改革の機運が緩むと思われます。今しかありませぬ」

「む」

「やるべきことは明確でございます。殿が御在府の間に、なんとしても『切印金』の処理と、農村の『地割』を成し遂げてごらんに入れる。これしかありませぬ。必ず、必ずやり遂げまする」

理兵衛の顔つきから。

その全身から。

炎が噴き出すかのような熱意が伝わってくる。

「殿が江戸から戻りたる頃には、藤堂の改革はひととおり終わっております。その成果を存分にご検分くだされ。その後の処分は、どうぞ自在になさってくださいますように」

「――その言葉、信じるぞ」

高凝は言った。

「この国の民を、守るのだ」

「御意」

「わしが不在の間、城代は藤堂仁右衛門じゃ。仁右衛門には、よくよく言って聞かせておく」

「は」

「あいつは、老獪《ろうかい》だが誠実な男だ。監物や式部など、家老衆や若い過激な連中とも付和雷同することはなく、常にどの派閥からも距離をおいており、しかもどちらからも信頼されておる。その仁右衛門に、貴様と菓木役所の改革は藤堂家の行く末を担う重要な仕法ゆえ、わが指図と弁え、心を一つにしてなしとげるようにと、強く言っておく。奴は、そうするだろう」

「ありがたき幸せ――」

理兵衛は平伏した。

やはり、無理をして御殿に会ってよかった。

そう思った。

貧しさは、悪である。

その悪を、撲滅する。

この世の出鱈目《でたらめ》を、打ち壊すのだ。

必ず、成し遂げてやるのだ。

仕法之六　地割勧告

高嶷不在の津城。

大広間における家老会議は紛糾した。

郡奉行茨木理兵衛より『切印金』の処分についての動議が提出され、それに対する意見が百出したためである。

改めて説明すると、切印金とは、藤堂藩領内に特有の金融制度であった。

六十年以上前の、享保十七年。

領内に飢饉が起き、郷村の貧困層に餓死者が出そうになったとき、藤堂家が責任をもって、藩内の物持ち（分限者）から余剰金を出資させ、その金を困窮者に貸し出した。

出資者には、一年一割の利子を払う。

困窮者からは、利子を取らない。

これらの証文には、藩の郡奉行及び加判家老二名が割り印する決まりとしたため、この切印金という名称になった。

この仕組みは、飢饉が収まったあとも、困窮者の救済のために保持され、藤堂藩領内に浸透し、今では、馴染みのものとなった。

つまり、上から下まである程度余裕がある津の民は、余剰金が出れば、藩に預け入れる慣習になっていたのである。

領民にしてみれば、藩の保証で、安全に預金できる。

そのうえ、困窮者の役に立つ。

万事、領民にとって満足度の高い仕組みであったのだ。

ただ、この仕組みは、藤堂家にとっては、財政的な負荷となる。

貧民救済のため、藩の財政にとってよくないことは覚悟の上で作られた枠組みなのである。

藩は、預金の利子を一割から七分へ、さらに五分から三分へと段階的に減らすとともに、困窮者からも低利ながら利子を取る、などの改善を図ってきた。

また天明の大飢饉の際には、資金不足から出資者への預金償還を一時繰り延べにしたし、困窮方から取った利子は、一部を積み立てて、いざというときの基金とする、などの、こまごまとした制度修正も行ってきた。

だが、切印金の制度自体は残していた。

いろいろな問題を孕《はら》みながらも、公的な共済制度としてはよくできており、領民にも浸透していたからだ。

だが、それを理兵衛は、あまりに簡単に、

「廃止しましょう」

などと言うのである。

みな、驚いた。

「藤堂の台所にとって百害あって一利なしである。天明の大飢饉では破綻寸前となり、役目をはたしておらなかったではないか。村の庄屋がこの基金を低利で借り、小作に又貸しして利ザヤを稼いでいるという現実もある。今や、貧富の差を広げることに資する仕組みに成り下がっておる」

「な、なんたる暴言だ！」

藤堂式部は反論した。

「領内の困窮民の救済を、なんと心得る。国を預かる大名の、大事なお役目のひとつであるぞ！」

切印金のよいところは、資金を藩が用意しなくていいところだ。

藩の負担は利子だけである。

だが、難しいのは、五十年、六十年と運用されてきた間に、当初の目的とは違う使われ方をされるようになっているという事実だった。

なにしろ、藤堂家の保証で、安くカネを借りることができるのである。

民間の高利貸しに借金するよりよほどに安全であった。

「このような制度、江戸にはございませぬ」

「江戸は江戸、津は津じゃ」

「ともかく、もうやめるべきです。もう藩の台所に余裕がない」

「いや、今となって、藤堂が切印金から撤退するのは現実的には無理である。領内ではこの仕組みを使って生計を立てているものもある。地回りに決定的な打撃を与えるであろう！」

「それが間違っているのだ。切印は金持ちが生計を立てるための仕組みではない。貧困者を救うための仕組みだ。その時点で、当初の目的を逸脱し、破綻しているのです」

「なにを！」

正論で押してくる理兵衛に、藤堂監物ら家老年寄衆は青筋を浮かべて必死で反論し、また、領内外に文《ふみ》を書いて、実力者の応援を求めるなどの論陣を張った。

国内外の知識人も反対の表明をした。

いずれも、この制度から利益を受けているものどもだった。

「――ここまでもやりたい放題をやってきた郡奉行茨木理兵衛が、ついに、わが藩の画期的な貧民救済基金である、切印金を廃止に追い込もうとしている」

この騒動は、全国に知れ渡ることになる。

「今、上に立つものは、貧民をこそ救わねばならないのに、真逆の仕法を企てるとは！」

藤堂の切印金は、全国の仕法家の間でも、善政の象徴のひとつとして考えられており、有名だったのである。

黒字にならぬから、と理兵衛は言うが、そもそも、武家は黒字にならなくてもいいのだ。領民が黒字になるのなら、結果的には藩のためになる。

それも、理屈であった。

だが、理兵衛は戦った。

現実問題として黒字になっているのは、余剰金を抱えた金持ちだけなのだ。

「悪評がなんだ。綺麗ごとの裏で、金持ちが理財に使っているではないか。わが藩には巨額の借財があるのです。これ以上の借財は抱えきれぬ」

「なんだと！」

「切印を出すたびに、藩の帳簿が赤字を抱える仕組みなのですぞ。そもそも無理があったのだ。このままでは、わが藩は破綻してしまいます」

「うるさい、商人のようなことを言うな。畏れ多くも大名家が破綻するようなことなどない。人の暮らしがかかっているのだぞ。国の借金など増やしておけばいいのだ。貴様はそれでも武士か？」

繰り返すが、切印金制度で藩側の負担は利子のみであり、ひとつひとつの案件の額は小さい。金主はあくまで民間であり、目くじらを立てなくてもいいじゃないか、という言い分も理解できるのだ。

ただ一方で、長年運用するうちに藩の負担が積もりに積もって相当な金額になっているのも事実であり、なかなか全員が納得する結論は出なかった。

監物と理兵衛の激しい議論が、城代藤堂仁右衛門の御前にて繰り返された。

仁右衛門は心情的には、監物ら家老衆の言い分に共感していた。

切印はよくできた制度で、藩政にしみこんでいる。

領民たちは、これを上手に利用していた。

多少の不正があっても領民のためになっているのならいいではないかとも思えるのだ。何より武士は、自ら困窮しようと領民のために尽くすべしとした『仁政』の教えを骨まで叩きこまれている。

（なぜ、今このとき、赤字とはいえ少額の切印金の処理をしなければならぬのか。先送りでいいではないか）

そう思わずにおれなかった。

（茨木め。次から次へ、面倒なことばかりを言いおって）

だが、同時に仁右衛門は、藩主高嶷から、

「藩の財務の改革は喫緊の課題であり、公儀の御手伝普請が止まっている間に何としても道筋をつけなければならない。なにごとも茨木理兵衛と菓木役所の方針を尊重するように」

と、言い含められている。

仁右衛門は会議の取り回しに苦悩し、日ごとに表情が暗くなっていた。

◇

紛糾した会議から役宅に戻ると、奥の私室に義兄の奥田清十郎が来ていた。

「義兄上《あに》」

「おお、理兵衛」

清十郎は快活に笑った。

恰幅が良く、口が大きく、目は黒ぐろとして、見事な男ぶりだった。

「登世に頼まれて、書物を取りに来た。知っての通り、子供たちを茨木家から奥田家にあずかっている。なんだか、少し長くなりそうだからなあ」

「それは――ご迷惑をおかけいたす」

理兵衛は、背筋を伸ばして、謹直に頭をさげる。

その表情は、相変わらず凜としており、口もとはしっかりと引き締められていた。

が、どこか疲弊しているおり、呼吸が浅く感じる。

理兵衛はどんなときも背筋を伸ばした無表情な男で、その心を人に見せない。

それが今は、どこか悄然《しょうぜん》とした雰囲気で、痩せた頰の上のギラついた目をぎょろぎょろさせている。

（これは、どうしたことか）

内心、清十郎は思った。

そもそも理兵衛と清十郎は、同じ組屋敷で育ち、同じ若山道場で新陰流を学んだ幼馴染み同士である。

何かあったんだろうな――。

（きっと）

この男は今、職場から、腹の中に仕事の興奮と憤懣《ふんまん》のようなものをまぜこぜにしたまま帰ってきたのだ。

酒でも飲んで発散できればいいが、こいつの性分じゃあそういうわけにもいかないのだろう。

どうしたものか。

しかし、清十郎は、そんな内心の逡巡《しゅんじゅん》を一切見せず、陽気に言った。

「なんの、なんの。元気な甥たちを預かっておるのだ。うちのガキどもも遊び仲間が増えて大喜びさ。我が家は笑いが絶えぬわ。楽しきこと、この上なし」

だが、なおも理兵衛の表情は変わらない。

「わが不徳の致すところにより、奥田家にご迷惑をおかけすることになり、申し訳なく思ってござる」

組屋敷の中にある茨木理兵衛の屋敷は、今や、落書きや投石などで、ぼろぼろになっていた。

「なにを真面目に――。お前と俺は、家族だろう？」

「は」

「理兵衛、家族の前ではもう少し砕けろよ。お前は昔から真面目で困る。貴様とおれは兄弟なんだぞ。お前の態度は固い。固いよ。理兵衛、おまえは今や御城の重役であるかもしれぬが、今は俺と二人きりなんだ。言葉と態度を、もそっと崩してもらおうか。誰も見ておらぬゆえ」

この元気で屈託のない清十郎の態度を見て、理兵衛は、ふ、と表情を緩めた。

その隙を逃さず清十郎は、よしよしと理兵衛の肩を叩き、無理矢理に言った。

「久々に会ったんだ。一杯だけでいい。付き合ってもらうぞ」

そして奥に向かって、

「誰か！　書院に酒を用意せえ！」

と大声で叫んだ。

「面倒だから冷《ひや》でよい。きゅうりもあったな。井戸で冷やして、塩をつけてもってこい！」

「それにしても――理兵衛はずいぶん暴れておられるようだ」

清十郎は嬉しそうに言った。

「申し訳ござらん」

理兵衛は頭をさげた。

「――またまた。申し訳ないなどと、思ってはおらぬだろ？」

清十郎は、いたずらっぽく、下から理兵衛を覗くように見あげた。

その顔は笑っている。

「おまえは、子供の頃から、頑固な男であった」

「頑固、ですか？」

「そうさ」

「そう思ったことはありませぬが」

「――そうかい？　おれは、そう思っておったぞ」

「わたしは、未熟なのです。修行が足りぬ」

「そうかな。お前は、昔から我が道を行く。態度は真面目で、謹厳であり、言葉も丁寧だが、内心は野心に満ちていて、頑固で、強情だ」

「はあ――」

「此度《こたび》もそうなのであろう」

「お恥ずかしい」

◇

「よい、よい。理兵衛はそうでなければ」

清十郎は酒を一気に呷《あお》って、目を細めて笑った。

きゅうりに塩をつけたものに手を伸ばしながら、聞く。

「覚えておるか——。若山道場の頃を」

「もちろんです。あの頃から義兄上は、剣術の上手。それだけではなく、明るくてみんなの人気者で、いつも人の輪の中心におられました。わたしはそれを、眩しく見ておりました」

「——そんな道場で、理兵衛はいつも一目置かれる存在でおった」

「それは違います。わたしは子供たちの中では浮いていました」

「そんなことはないさ。お前だって、剣の腕はたいしたものだった。みんな、貴様はどこか別格として畏怖していたのだ」

「もし、そうだったのであれば、わたしが親の取り決めにて、登世の許嫁であったからです。将来は奥田清十郎の弟になる存在だから、でしょう？」

「違うさ」

清十郎は笑った。

「今、おれは道場の師範代として子供たちを指導しているが、子供というのは素直なものさ。肩書や身分などで誰かを尊敬したりしない。お前が一目置かれていたのは、お前が、みんなが心の奥に隠している本当のことを言うからだ。みんなが言ってほしいことを、ずけりと口にしてくれる存在だったからだ」

「そんなわけはないでしょう」

「いや、そうさ」

「はあ」

「覚えているか」

と酒を呑み、清十郎は遠くを思い出すような顔をする。

「伊勢街道沿いのお蔦《つた》ちゃんのこと――」

「はい」

理兵衛もまた酒を呑んで、頷いた。

清十郎と理兵衛が、十三、十四歳ぐらいの頃である。

町なかにある道場から、心学の久世塾へ向かうのには、城下の伊勢街道を江戸橋のほうへ渡っていく。そこに小さな茶店があった。その茶店に年の頃が同じぐらいの目のくりくりとした働き者の娘がいたのだ。

若山道場の少年たちは、みなこの娘が大好きだった。

武士とは身分が違うので、すぐに遊び仲間になるわけでもなかったが、みんな遠まきに茶店あたりを歩きまわったり、小遣いがあれば店に入って団子を頼んだりしていた。

「お侍さん、お稽古ですか？」

ぐらいの話をすることが、少年たちにとっては、ひどく楽しみだったのだ。

娘は貧しく粗末な衣服に身を包んでいたが、その髪はくろぐろと美しく、小さな鼻筋は通っていた。

身分が低いというのも、気安くてよかった。

侍の家の子供は、家族以外の異性との接触を禁じられて育つものだが、思春期ともなれば異性への憧憬はおさえられない。そんな道場の少年たちの青臭い憧れの視線を、彼女は集めていたのだ。

そのお蔦の姿が、ある日突然、店先から消えた。

それは、道場の中で、ちょっとした騒ぎとなったのだ。

「義兄上、好きでしたな」

「なにを――貴様だって、好きだったではないか」

ふたりは顔を見合わせて笑った。

「いや、子供っぽい話だ。だが、彼女は我らの中では何か特別だった。あの頃はまだ幼く、身分の差なぞ、あまり深く考えなかった。お蔦は貧しくても気高く清潔だった。どんな良家のお嬢様よりも美しく思えたな」

数日後、そのお蔦は、城下京町の置屋に芸妓《げいぎ》の見習いに入ったのだと聞かされた。京町には、貴顕が使う料亭や遊郭が数軒ある――。

「ちょっとした騒ぎでしたな」

「ちょっとした、ではない。大騒ぎだ。お蔦ちゃんが妓楼に売られたと道場でみんな地団駄《じだんだ》踏んで悔しがった。おれなぞ、意味もなく伊勢街道を走り回ったりしてなあ。佐伯《さえき》の息子などに芸妓なら大人になって出世して宴席に呼べば会えるからいいではないか、などと言われて腹が立ってなあ。取っ組み合いになって大喧嘩したぞ」

「ははは」

「佐伯の家は八百石で、そこそこの大身だ。京橋の妓楼に行くカネもあろうよ。だが、おれたちのような下の武士《もの》には無理だ」

「そうですね」

「そんなときも、貴様は、顔色一つ変えずにいた」

「いえ――」

違うのだ。

「わたしも動揺していました」

「ふうむ」

「わたしは、顔に出ぬ質《たち》なのです」

その通りだった。

理兵衛もまた、内心では、ひどく動揺していた。

昨日まで、優しい笑顔で接してくれていた可愛いお蔦が消えてしまったことに。それがしかも、遊女になるための修業に入るのだということに。

あんな身近にいた自分たちと同じ年頃の女の子が、妓楼、などという大人の世界に行き、遠く貴顕の男たちを相手にすることになる――。

本当に、衝撃をうけた。

そのことを懐かしく思いながら理兵衛は酒を呑む。

きっぱりとした伊勢の清酒である。

「……」

その横顔を見て、清十郎もまた、ぐっと酒を呑む。

「お蔦のその後の話を聞いたか」

「いえ」

「――お蔦はその後、京橋の置屋からさらに三重《みえ》四日市の妓楼に売られてな。十六の年から客を取らされたそうだ。あの細い体で、さんざん客の相手をさせられて十七の年には体を壊して――。ぼろぼろになって、二十歳の頃に死んだそうだ……」

「……な、なんと」

ふたりは、お互いの顔を見た。

大人になってから聞いてよかった。

あの頃にそんなことを聞いたら、気を失っていたかもしれない。

清十郎は、低い声で続ける。

「お蔦はもともと、前野の地蔵脇で拾われた捨て子だった。それが人づてで売られて、あの街道沿いの店に流れ着いて働いていた。それが十三、十四になった頃、あれほどに美しくなってしまった」

あの頃の、お蔦の、若い、きらきらとした表情を思い浮かべた。

その目は黒々としており、頬には笑窪《えくぼ》があった。

「いい子だったな――ゆえに、茶屋の亭主もカネになると思ったのだろう。売られてしまった。あんなに一生懸命働いていたのに」

そういう清十郎は奥歯を噛みしめている。

「可哀そうだ。可哀そうだな」

そのことばを聞いて、理兵衛も下を向いた。

「でも、そんなことは、あの頃からみんなわかっていた。それぞれの身分と、この世の成り立ちと、町民百姓どもの貧しさと――あのとき、お前が言った言葉を覚えておるか」

「え？」

理兵衛は顔をあげた。

「覚えておりません――。わたしはなんと言いましたか」

「貴様は、こう言ったのだ」

「『われら武士は、大人になってあのように貧しさのために売られるような娘をなくす施政をしなければならない。心の学びに従って、人々が、それぞれにまっとうに生きられる世を作らねばならない。一生懸命働くことが報われる世を作ろう。身分に縛られず、やるべきことをやるのだ。これはわれら武士の仕事だ』とな。驚いて、みな、黙ったよ」

「……小賢《こざか》しいですな、我ながら」

「違うよ」

「そうでしょう。十四や十五の子供が言う言葉ではない。内容も『心学』で教わる先生の言葉の受け売りです。おそらくそれを聞いた道場の仲間は、どこか白けたでしょう。一緒に悲しんでほしいのに、なにをもっともなことを、と思ったのではないですか。そんな言葉を聞きたくないに違いない――」

「違うよ」

清十郎は言った。

「もちろん、その場ではみんな言葉を失くしたさ。むっとしていた奴もいたかもしれない。だが心の奥底ではみんな、そうだ、その通りだ、と思っていたはずだ。俺たちは武士なのだから」

「義兄上」

「あのとき、あのような言葉が吐ける男だから、貴様は道場の連中に一目置かれていたのだ。そりゃあ、一緒になってバカ騒ぎしたり喧嘩騒ぎをするような仲間ではなかった。だがそれでも、お前はおれたちには確実に信頼できる男だった。いざというときに、言ってほしい言葉を、言ってくれる男だったからな」

その言葉を聞いて、理兵衛は少し、泣きそうな気持ちになった。

敵だらけだと思っていた場所に、本当は、見えない味方がいたのかもしれない。

そんなふうに思ったからだ。

「今は、正反対のことを言われています」

理兵衛は言った。

「なぜ、みんなが望むことを言わないのか。なぜ癪《しゃく》に障ることばかり口に出すのか、とね」

「そう思うか」

「ふうむ」

それを聞いた清十郎は、鼻を鳴らす。

「くだらん。本当の声など、聞こえないものだ」

磊落《らいらく》に胸を張り、

「身分や肩書に縛られた人間が、評定の場で大きな声で言うことなんざ、どれもこれも本当の声じゃないさ。本物の人間の本当の声は、いつも小さいのだ。今、理兵衛殿の声を聞いて、表立って言えなくても、どれだけの人間が心の中で快哉を叫んでいるか。正しいことを言う貴様に、どれだけ励まされているか」

「義兄上──」

「理兵衛、これは俺がお前の義兄だから言うわけではないぞ。俺のような下級の武士にも城内でお前が暴れていることは聞こえてくる。悪口だって、さんざん聞こえてくるさ──。だが、それを聞いて、俺は笑っているのだ。ああ、お前らしいなあ、とな」

清十郎は言った。

「お前はガキの頃から全然変わらないよ。貴様は初志を貫く男だ。身分の低い、弱き者のために働ける男だ。何か大きなことを考えておるのだろう。気にするな、好きにやれ。弱きを助け、強きを挫《くじ》くのだ。それこそ、武士の規範の第一なのだからな」

そして、大いに笑い、

「お蔦のような娘を、一人でもなくすのだ。違うか？」

と言って肩を揺らした。

◇

結局、議論は、二転、三転したものの、藩財政は追い詰められているとして、ついに藩庁は、切印金の償還の停止の高札を掲げた。

一、天明の飢饉にて五年据え置きとした出資金の償還を、半額で打ち切る
二、残りの半額は、百年賦とする
三、その他、未進金、手尻金、諸借金支払いを、無期延期とする

堂々たる『踏み倒し』である。

つまり、領民どもが切印金のために藩に預けたカネは、事実上、戻ってこないことになったわけだ。

「なんてことをしやがる」

「おれたちの預け金はどうなるのだ！」

城門に商人どもが、証文を持って押し寄せた。

繰り返すが、この切印金に預金をしていたのは、いわゆる『分限者《ぶげんしゃ》』と呼ばれる金持ちだけではなかった。やもめ女の養い金、先祖のための祠堂金《しどう》、宮社の修復金、職人や農民の組合の伊勢講費用など、信仰のための積立金。そういった生活のための余剰金を預金していた庶民もたくさんいた。

「ふざけるな」

領民の怒りが渦巻く。

津城側は、いったん御前会議で決まったこととして、侍各組を武装させて領内巡視を行うなど、強権をもって領民を押さえつけた。

これには、不満ながらも、藤堂監物も協力せずにはおれなかった。

監物組、式部組、主善組、それぞれの武士が武装して城下の門を守る。

結果、大きな暴動には繋がらなかったものの、城外伊賀口の茨木理兵衛屋敷は、落書きと投石の雨

に見舞われた。

「あの茨木というものは、人のつらをした鬼である」

人々は、口々に言いあった。

監物ら、藩側に立つものも、決して納得はしていなかった。

「茨木め――どうすれば、あのものの暴走を止めることができるものか」

監物は、町民、農民の暴走を抑えながらも、

「わしは、最初から切印金の処分には反対だったのだ！」

と放言して止《や》まなかった。

農村の大庄屋の中には、三百両、五百両といった大きな金額を拠出しているものもいた。例えば、安濃郡長谷場村の大庄屋永谷助左衛門は、このとき三百両の損金を計上している。

そして、この基金に、それ以上の巨額の出資をしていたのは、川喜多久太夫（伊勢屋）、田中治部左衛門（田端屋）をはじめ、城下の豪商たちであった。

彼らは、千両、二千両といった単位の損金を出す事態となった。

金持ちの無駄な理財に、藩のカネをまわすことを停止する――それもまた理兵衛の狙いのひとつであった。国が財布を痛めて金持ちを養うのはおかしい。そもそもが余剰金ではないか。老人どもが蔵にため込んでいるぐらいなら、若者が使ったほうがいいのだ。

それが理兵衛の隠さざる思いだった。

◇

津の豪商伊勢屋の主人、川喜多久太夫は、その報を聞いたとき京にいた。

松坂の豪商、三井八郎右衛門高祐《たかすけ》の茶会に出るためだった。

三井八郎右衛門高祐は、百年前に呉服卸から商売を始め、今では京と江戸の一等地に店舗を構え、豪商として天下に名を馳せるようになった越後屋三井高利《たかとし》から数えて六代目の、現当主であった。

同時に、表千家八代啐啄斎《そったくさい》の高弟として茶の湯の世界でも絶大な影響力を持つ京の著名人でもある。

八郎右衛門の京の茶室には、武家、商家、高僧、仏師、学者、と国じゅうの『分限者』たちが出入りし、会話を楽しみ、親交を深めていた。

多くの客を迎えるためか、その茶室は台目《だいめ》の小間と三畳の次の間がついた四畳半となっている。伝統的な茶室よりも広い。

これは広めの茶室を好んだ師啐啄斎の影響もあろう。啐啄斎の茶室は七畳だったと言われている。

京の三井は、今は茶の湯を通じて紀州藩徳川家と親しい関係であるが、過去津藩藤堂家に御用金を出していたこともある。現在の三井は家内の騒動が大きくなって分裂しているというが、本家の八郎右衛門の影響力はなお絶大であった。

広大な京屋敷の隅に作られた茶室。

ふんだんに日の光を取り入れた明るい炉前から茶の湯を差し出しながら、八郎右衛門は言う。

「伊勢屋さんも大変でいらっしゃいますな。国元の騒動、聞いておりますよ」

それに答えて、川喜多久太夫は微笑みを浮かべて答えた。

「なんの、なんの。たいしたことではございません。下々が騒いでいるぐらいのことでございます」

「ふふふ」

「ですが、どうも藤堂は昔から武骨の家風で、仕法――つまりカネまわりの扱いは下手《へた》でございますなあ」

「いかにも。でも大名など、どこでもそうではありませんか」

「まあ、そうですな」

川喜多はにこやかに答える。

「殿様などは何も余計なことをしないで、よきに計らえ、と言っておいてくれればよいものですが、最近はどこの大名も細かくなりましたな。公儀が旗を振る『寛政の改革』以来、あちこちのお侍がこちゃこちゃと訳のわからないことを言い出すものだから困ります。三井様の本拠である松坂は、御領（天領）ですな。つまり、代官様はいらっしゃるが殿様はいない。さぞ、面倒もないでしょう。羨ましく思います」

「此度は、だいぶ損しはったのではありませんか？　われらは早めに藤堂から手を引いてよかった」

「わが伊勢屋は、藤堂家が切印金を処分したぐらいのことで揺らぐような商売はしておりません。確かに損はしましたが、どうということはありません」

川喜多は落ち着いて言った。

さすがは天下の伊勢屋である。

三井八郎右衛門は、頷きながら穏やかに言う。

「茨木理兵衛なるお方は、なかなか面白うございますな」

「そう思われますか？」

「はい——。かつて、うちの江戸の者どもとも交流があったようでしてな。もう十年近く前、寛政の改革が始まった頃でしょうかな。三井では、うちの若い連中と、公儀の勘定方、大名の江戸留守居などの子弟を集めて、隠し屋敷で書見の会などをひらいておったのです。まあ若い者同士の『顔繋ぎの場』ですな。そこに顔を出していたらしい。今考えれば、まだ茨木様が二十歳《はたち》か、せいぜい二十一ぐらいの頃です」

「ほう——。そんなことが」

川喜多は少し嫌な顔をした。

藤堂家の家臣なら、駿河町《するがちょう》の三井越後屋に顔を出す前に、大伝馬町の伊勢屋に顔を出すべきだ。茨木が挨拶に来たなどという報告は受けていなかった。その頃から茨木は津の御用商人と距離を置こうとしていたというのか。

「その場を見ている江戸の姪のはつからは、なかなか清潔で誠実な人柄と伝え聞いている」

「…………」

「その印象と、国元での乱暴でえげつないやりざまの差が、面白い」

「面白いなどと――」

それを聞いた川喜多は苦虫を嚙みつぶしたような顔をする。

「所詮何も知らない若造でございますよ。書物で得た知識や、学者に入れ知恵された怪しい理屈で頭をいっぱいにした子供です。まだ二十代――三十歳にもなっておらぬというのに、たまたま殿に気に入られて調子に乗っている。どうしようもありません」

「手厳しくていらっしゃる」

「それはそうです。損をさせられておりますからな」

川喜多は怒りに任せて、語気を荒らげた。

「旧知の家老格のお歴々を通じて賂を打ったのですが、どうしてもこちらの言い分を聞きません。今では城内は茨木派と反茨木派に分かれて大変だと聞いておりますよ」

「ははは」

八郎右衛門は乾いた笑いを浮かべる。

「ますます面白い。――数ある重鎮の老人どもに忖度せず、賄賂も受け取らず、正論のみで押し切ろうとするとは、なかなかな胆力と思える――」

「胆力ではないでしょう。若いだけです」

「伊勢屋はん」

八郎右衛門はあくまで口元に微笑みを浮かべたまま、言った。

「わたしは昔から生意気な若者が好きなのです。若い野心的な連中こそ、われら老人が思いもつかない挑戦をしてのける。わが三井は初代高利の頃から常に常識を無視した新しい仕掛けで暖簾《のれん》を大きくしてきた。わたしどものような商家は、新しい仕掛けを怖れるようになってはおしまいですからね」

「はあ」

「帳簿を見れば、切印金は藤堂家の損であることは明らかだ。商家からとった債務も、将来に禍根があると思えばどんどん処分しているようす。海千山千の商人どもへの忖度をしていない。御家の評判が一時的にさがろうとしかたがない、仕法の計算上必要とあればやるしかない、とのご覚悟でしょう。たいしたものだ。彼は数字を見て客観的に正しいことを、まっすぐにできる男に思える」

「正しいことなど――買いかぶっておられる」

「では伊勢屋さんは、茨木とかいう若造をなんと思っておられるのですか？」

川喜多久太夫は、差し出された、呑んだこともないような上等なお茶を呑み、その甘さに驚きながら、

「――ふうむ」

と唸り、こういった。

「世間知らず、ですな」

甘い茶を呑んだというのに、顔はどこまでも苦々しい。

「いつか、高転びに転びましょう――」

「面白い」

「生きることがどういうことかをわかっておらぬ若造の理想など、脆《もろ》いものです。そうでしょう？」

「いかにも」

八郎右衛門は、その言葉に逆らわず、嬉しそうに笑った。

「だが、ますます面白い――。わたしは、会ってみとうございます」

◇

いっぽう茨木理兵衛は、伊賀口の自宅には全く戻れぬことになった。

以前から投石などはあったが、それどころではなくなった。

石ではなく、矢や鉄砲玉が頻繁に撃ち込まれるようになり、屋敷の壁と言う壁には落書が貼られ、壁は穴が開いている。

楽書のなかには、このようなものがあった。

――愚に藤木　茨を摑む　蛍かな

これは、明らかに、藤堂領内阿拝《あえ》郡出身の俳聖である松尾芭蕉の有名な句『愚に暗く　茨を摑む　蛍《ほたる》かな』からの借用であった。

ああ、自分の愚かさには気が付かないものだ。

暗闇で、蛍を摑もうとして、茨を摑んでしまった。

藤（藤堂）は愚かにも、茨（茨木）の棘《とげ》を摑んで、血まみれになっている――。

著名な俳句を使った強烈な皮肉であった。

「おかしら――外回りのときは、必ず拙者をお引き付けなされ」

川村加平次は言った。

「老いたりとはいえ、城下岩井左衛門道場『勘斎流』切紙。御身、お守り奉ります」

「承知した。頼りにしておるぞ」

役宅の中ではそんな会話があった。

いっぽう藤堂監物は、城下の歓楽街などで若い侍らと宴席などを設けては、

「わしは、反対だった。あの若造、下々の暮らしも考えずに勝手なことばかりやりおって！」

と放言し、それは夜の街での話題となっていた。

「あやつは勘違いしておる。国の執政とは、学者が書物を操るようには参らぬ。民のことをこそ考え、下々に寄り添うべし――」

そんな言葉が広がるごとに監物の評判はあがり、理兵衛の評判はさがった。

「民の事を本当に考えているものは、監物様らお歴々だ。育ちの悪い茨木は民から搾り取ることしか考えておらぬ」

それを伝え聞いて、理兵衛は、

（みなの暮らしを考えたからこそ、強行したのだ）

と思ったが、発言の場はなかった。

あったとしても、その理屈は、通じない。

実際に領内のものが、切印金で損をしていたからだ。

この事態に、妻の登世は、城内の役宅で夫の世話をしながら、護衛を頼んで役宅を抜け出し、兄の奥田清十郎の家に預けてある子供の顔を見に行く――そんな暮らしぶりになっていた。

組屋敷で朗らかに暮らしていた自分が、世を憚る罪人のような恰好で津の町を忍んで歩くことにな

ろうとは、思ってもみなかったことだ。

しかし、役宅での夫は、一切、以前と変わらない。

穏やかで、怒鳴ったり、いらいらすることは一切なく、端正な生活を変えていなかった。

同じ時間に起き、同じ時間に着替え、髭をあたって正装して登城する。

夜には書見をし、酒は呑まず、茶を呑んで、ほうぼうに手紙を書く――。

（まったく――）

登世は内心、呆れた思いだった。

（大変だったら、大変な顔をしていたほうがよほどいいのに）

澄ましているのではなく、話してほしかった。

何が今、問題なのか。

何に困っているのか。

武士の妻として、夫に殉じる心構えはできているつもりではあったが、少しぐらい話してほしいと思った。

妻として、対処せねばならぬ問題もあるのだ。

ある日。

奥田屋敷を訪れた登世は、食事のあと、居間でふたりの息子たちに、こう問われた。息子たちはそれぞれ七歳と五歳である。

「母上――。父上は罪を犯したのですか」

登世は、一瞬、息を呑んだが、すぐに背筋を伸ばして、

「何を言うのです。御父上は、何一つ、罪など犯しておりません」

と息子たちを叱りつけた。

「御父上は御殿から命じられたお役目をきちんと守っておられます」

「でも、剣術の道場でみなに悪口を叩かれるのです。守銭奴《しゅせんど》の子よ、金勘定侍の腰抜けよ、とみんなが言うのです。わたしは武士の子であります。守銭奴の子ではございません」

「当然です。武士の子であれば、堂々としていなさい」

登世は、子供たちに向かって胸を張って見せる。

「いいですか、父上は、今、お国にとって大事なお役目をはたしておられるのです。このような時こそ堂々と胸を張り、道場や藩校に通って普通に暮らしなさい。わが茨木家が天に恥じることは何もございません」

「ですが――」

「いいですか。この際だから言っておきます」

「は」

「この世で武士《おとこ》が、その信念に従って正義を為《な》そうとすれば、必ず世間からは誹《そし》りを受けるのです。新しきことを為す気力のないものは、自らの場所から出ようとせず、為すべきことを為そうとするものを悪く言って溜飲を下げようとします。見下げた者どもです」

「母上――」

「御父上は今、正義を為しているからこそ陰口を叩かれるのです。そのような埒もない雀《すずめ》どもの悪口は捨てておきなさい――」

「はあ」

「あなたがたは藤堂の男です。しっかりなさい」

「は」

嫡男と次男は、その言葉に納得はしていなかった。

戸惑いが浮かんでいる。

幼いながら、もう少し、具体的に何か父のしていることを説明してほしい風情だった。いったい何が、武士として立派な仕事なのか――。

だが、登世自身も、実はよくわかっていないのだ。

息子たちは戸惑いながらも、

「はい、母上の言葉、胸に刻みまする」

と舌足らずに言い、頭をさげる。

「武士の子として、家名に悖《もと》らぬお稽古をいたしまする」

こんな会話があり、息子ふたりが寝間に去ると、登世は、どっと疲れてその場に倒れてしまった。

その姿を兄の奥田清十郎に見つけられ、

「おい、登世、大丈夫か」

と肩を抱かれて起こされた。

「あ、ごめんなさい。ちょっと眩暈《めまい》がして――」

「う、うむ」

奥田は、なんともいえない顔をしてこの妹の前に座った。

「お前も苦労するなぁ」

「いえ、武士の妻ですから」

「そうだがな」

「ただ、ときどき不安になるのです。さきほど、わたしが子供たちに言った言葉を聞いていましたか？」

「ああ、隣室にいたからな。おまえは立派であった。兄は褒めるぞ」

その言葉を聞いて、登世は、すこしだけほっとした顔をする。

「本当は、あんな自信など、ないのです」

「なんと」

「幼い子供たちの手前では、ああ言うしかなかったのです」

そして、兄にこう聞いた。

「兄上、正義って何ですか？　武士の信念って、いったいなんでしょう」

「登世——」

その目が真剣なことに気が付き、奥田清十郎は急にこの妹を慰めるような表情をする。

「しっかりしろ。頑張りすぎるな。ときどき、わしの許に来て、ゆるりと休むがよい」

「お兄ちゃん、ありがとう。でも——」

登世は、ほっとして、兄を子供の頃のように『お兄ちゃん』と呼んでしまった。

そして、そのことに気づくと、少しだけ恥じるような表情になって、だが、すぐに自分を取り戻し、続けた。

「旦那様が今、大変なお仕事をされていることはわかります」

「うむ」

「でも、もうすこし、眼目や志を知りとうございます」

「なるほど——」

「きっと、あの方は、よほどに立派なことをされているのでありましょう。ですが、それが重要なことかどうなのかが、わたしにはわからないのです。そもそも仕法とか改革とか、いずれもよくわかりません。今のままではダメなのでしょうか？　多くの人を不幸にしながら、みんなに嫌われながら達成する『正義』など、なんの意味もないように思えます。兄上は男だからわかるのですか？　女のわたしにはまったくわかりません」

「登世」

奥田清十郎は言った。

「おまえの言うこと、わかるぞ――。だが貴様は武士の妻だ。何も考えず、理兵衛殿の味方でおるしかあるまい？」

「不公平です」

「そうかな？」

「わたしは、三百石の奥田家の娘だったのですよ。茨木家だって同格です。ご先祖のお役目だって代々、作事、小普請、郷役――いわば下役でございました。千石、三千石といったお歴々の家というわけではありません。こんな藤堂三十二万石の命運を左右するような騒ぎに巻き込まれるなんて、慮外のことにございます」

登世は正直だった。

その顔を清十郎は好意的に見ながら、

「石高は関係ない」

と、明晰な言葉で言った。

「武士《おとこ》の仕事に、規模の大小、身分の上下など、関係ないわ」

「そうなのですか」

「そうさ――。武士の仕事はそもそも、やりたいことをやるなどという子供っぽいものではない。やるべきことを、やるってことだ。それは、どの時代も、どの身分でも、変わらない。理兵衛殿は今、たまたまやるべきことになった事と必死で向き合っている。男の仕事はそんなもので、お前の夫がたとえ下役であったとしても苦労は変わらぬものよ。だから、貴様も、やるべきことをやれ」

「やるべきこと――」

「そうだ。武家の妻として、やるべきことだ」

言葉はいかめしいが、その目は笑っている。

「わかりました」

登世は言った。

「では、役宅に戻って、台所の糠味噌《ぬかみそ》を引っ掻き回すことにいたします」

「うむ。それがいいな」

清十郎が笑うと、登世もつられたように笑った。

◇

今や茨木理兵衛の評判は、藩内では地に落ち、護衛なしでは城外を歩けぬほどになっていた。

しかし、理兵衛は改革の手を緩めなかった。

この農地の改革こそが、藤堂の財政を一気に立て直し、また百姓どもを救うのだという思いは、今や抜き差しならぬものになっていた。

（もうすぐだ。今が、胸突八丁《むなつきはっちょう》――あと少し頑張れば改革の本願を成し遂げることができる）

その本願とは『地割』であった。

切印金をはじめ、大きな債務の整理にあらかた目処《めど》を立てることができた。

だが、いわばこれはカネの流出を止める、止血の作業であった。

いよいよ、歳入の改革に着手しなければならない。

『地割』の策によって、今こそ、貧しさに苦しむ領民を救い、なお藩の歳入を倍増させ、これを継続させる。金持ちに寄り過ぎ、豪商と、賂をうけて忖度を繰り返す重役たちに集まったカネという権力を、国と民に取り戻すのだ。

それが茨木改革の全体像だった。

城に通って息を詰めるような毎日を送りながら、理兵衛は、外山に命じて、菓木役場の若者たちを動員して『地割』の可否を調べさせ始めている――。

すると、そんなある日。

理兵衛が外山に会おうと菓木役所に立ち寄ると、若い侍が、算盤《そろばん》を置き、墨の香りも新しい書類を抱えて駆け寄ってきた。

「お、おかしら！　こ、これをご覧ください！」

と、手元の書付を興奮気味に手渡す。

若侍は、理兵衛の顔を見て、思い余って駆け寄ったという風情だった。

役所の役人はみな、四十石、六十石といった軽格者どもを雇っている。また、百石、二百石の家でも嫡男を外した次男三男のうち、算盤の心得のあるものであれば、積極的に採用していた。今までの藩政では一切陽の目を見なかった若者どもだ。

「お奉行様。白山《はくさん》、一志、安濃――それぞれの郷村より提出された名簿と、われらの実測を突きあわせたところ、両者の数に大きな乖離《かいり》がございました。三郡あわせて、土地を持たずに貧困に沈む水呑み百姓の数は、実に七万――」

「む」

理兵衛は、書類をうけとり、じっとそこに視線を落とした。

若侍は、まだ十代の顔《かんばせ》。

継ぎの当たった決して上等とは言えぬ着物を着ながら、その着物はしっかりと洗濯してあり、どこまでも清潔である。

月代を青々と剃《そ》り、目はきらきらと輝いていた。

彼は、興奮している。

「三郡でこれです。領内八郡すべての名簿ができあがれば、その数は二十万に達するのではありませぬでしょうか」

「――ふむ」

「いや、清兵衛《せいべえ》。あとは山間部だから、そんなに人間はいないさ。だが、十万から十五万には達するだろうな」

横から、別の同僚が声をかける。

これもまた、十代の侍だった。

みな、若いのか、どこか態度が乱暴である。

だが、みな、表情が明るい。

「十五万――。これだけの百姓が、それぞれわずか三石の年貢を納めるだけで、四十五万石だ。わが藤堂は、面高《おもてだか》三十二万石――。大きく上回るぞ」

「まてまて。それはまだ試算だ」

「ですが、これは凄いことです。四十五万石といえば、毛利様、鍋島様を抜いて、黒田様に迫ろうかという金額ではありませんか！」

若者たちは、興奮していた。

その輝くような表情を、理兵衛は驚いたような顔つきで見た。

言葉が出なかった。

この城内で、こんな笑顔を見るとは。

　すると、その騒ぎを奥で聞いていた外山与三右衛門が出てきて、苦々しい顔つきで言った。

「こら、末吉兼衛門《すえよしかねえもん》、小川《おがわ》清兵衛、乱暴なお言葉でおかしらを困らせるではない。そのようなこと、お奉行様はとっくにご存じだ。だからこそ、この菓木役所を創り、貴様らのような石ころのようなものを集めたのではないか。このような地を這う仕事は、われわれ下々のものでないと無理ゆえな」

「は」

「今も、千石の年貢を納める大地主、豪農や富農は、領内に二十や三十はおろう。だが、たとえ三十人の富農がそれぞれ千石の年貢を納めたとて、三万石にしかならぬ。それに金持ちどもは、その余剰資産を領外に持ち出して、江戸や大坂で蓄財しておるから、その年貢とて全額は摑めぬ。それらを糾《ただ》して、たとえば一年に一万石の年貢を入れる大金持ちをひとり握ることができても、それは一万石にすぎぬ――わかるか」

「はい」

「つまりな。領内の一部の金持ちにカネが集まることは、決してこの藤堂の国を豊かにはしないのだ。今、必要なことは、底辺の貧乏人どもに殖産して、相応に年貢をとること。つまり領内の財政的な基盤を底上げする――。ちょっと貴様らには難しいかな？」

　外山は、いつもの、上から目線の辛辣な言い方で冷笑するように言った。

　しかし、その冷笑にまったくひるまず、その小川清兵衛という十代の若侍は、興奮気味に言った。

「わかります。はい、わかります」

「なにを、そんなに興奮しているのだ」

「嬉しいのです」

「嬉しい？」

「――これであれば、長年貧困に沈む御家を救うことができる」

「ふむ」

「しかも、貧しさにあえぐ、苦しむ人々を助けることができる」

「――」

「我らも、同じだ――違いますか？」

小川清兵衛は言った。

「所詮我々下級の士は、身分も低く、財もなく、ただ捨扶持を喰らって生きるしかなかった。この貧しい御家に迷惑をかけて、太い商家たちと結び私腹を肥やしていた一部の老人たちに、頭をさげ、屈辱に耐えて生きねばならなかった。でも――」

「でも？」

「今、わかった。この国の明日は、金持ちども、大人どもだけが動かしているわけではない。その証拠に、お歴々の仕法は今、行き詰まっているではないか」

その言い方は、外山そっくりだった。

外山はそもそも辛辣な、他人をバカにしたような口ぶりの若者であった。城内に巣くう老人たちの施策にも批判的である。若い侍たちは、その外山の悪い影響をうけているようだった。

「この仕法であれば、貧民を一気に救うことができる。二百年の間、利権をわけあっていた老人共から、われらのこの御国を取り戻すことができる。息詰まるような現状に、明日への風穴を空けることができることではありませぬか」

「われわれも、役に立てるというわけだ」

「おお！」

「そうだな！」

周囲で算盤をいじっていた若者たちが次々に声をあげた。

凄い熱気であった。

みんな興奮している。

「ふうむ」

理兵衛は唸った。

「つまり――『地割』に勝算ありということだな？」

「そのとおりです」

外山は進み出て、言った。

「おかしらに命じられた試算はまだ半ばでございますが、少し調べただけでも、充分に効果が見込めます。最初は『地割』と聞いて、よくわからなかった。地主から土地を取り上げて、貧乏人に配る？　そんなこと、なんの効果があるものか？　貧しいものは、所詮貧しいものにすぎぬ、そんなふうに思いました。その思い、ここにいる者一同、同じであったかと思います」

その率直な言い方に、理兵衛は苦笑する。

「ですが、調べれば調べるほど、これは妙案――。すべてをひっくり返す、凄い仕法だ」

「そのとおりです」

「今は、古くからの役人どもの癒着の陰にあって、いい加減な数字しか見えない帳簿が、この仕法で、しっかりとした新しい帳簿になる」

「その帳簿から、無理せず、少しずつ年貢を取る」

「するとそれが、藤堂三十二万石を越える」

「つまり、金持ちやお歴々よりも持たざる者どものほうが、強くなるということではありませぬか」

「これは凄い」

「富民でも貧民でもなく、ふつうの暮らしをする半ばの層を分厚くすることでこの国は復活する」

「富める者ばかりが富み、貧しきものはますます貧する悪弊を打破できます」

「愉快、愉快です」

若者たちは、興奮していた。

「今こそ、我らが藤堂家を、お歴々のものではなく、われわれに取り返すのだ」

「雑言はやめよ」

理兵衛は言った。

「仕法と言うものは、そのような安易なものではない。兜の緒を締めよ」

言いながらも、どこかで感動していた。

理兵衛は、今まで、どこか一人であった。

必死で正論を上司にぶつけながら。

本丸の広間で、飽くなき議論を繰り返しながら。

また一方で、孤独と戦っていた。

なぜ自分の正論は、誰にも通じないのか。

なぜ誰も、自分をわかってくれないのか。

そう思って、毎晩布団で、自分を責めてばかりいたのだ。

だが、今、この役場にいる、氏《うじ》も素性も、そして未来もなかった若者たちは、もろ手をあげて自分の施策を喜んでくれている。

「やろう！」

「やろうぜ！　貧乏人どもを、一気に救うのだ」

その興奮は、いかにも若者らしく軽薄で、どこか頼りなげだったが、それでも充分に理兵衛を勇気づけた。

たとえ、軽格たちだろうと、はじめて自分の賛同者があらわれたのだ。

理兵衛はその感動を見せず、冷たい表情を変えぬまま、外山に言った。

「ふむ、よろしい――。皆はこのまま、郷村の調査と、試算を続けよ」

「は」

「そして、外山――貴様は、菓木の専売も進めるように」

「は」

「わが悪名は、気にするではない。すべて、必要なことだ」

「承知にございます」

外山は、この若き上司を、尊敬の瞳でじっと見た。

かならず、その理想を達成する――その思いで全身を満たしているようであった。その気持ちが、痛いほど、理兵衛に伝わってきた。

理兵衛は、つぶやくように言う。

「いまこそ、藤堂を、今の時代にふさわしい国に生まれ変わらせるのだ」

そのことであった。

いつまでも古い組織としがらみに忖度して、非合理極まりないやり方を守ることで、この国の若者の未来を食いつぶしていくわけにはいかない。

理兵衛は、何事にも慎重な理兵衛らしく、さらに三日、毎晩布団の中で、天井の模様を眺めながら熟慮に熟慮を重ねた。

そしてついに、津城本丸広間にお歴々と地廻目付が集まる定例の家老会議において、ひとつの画期的な提言と動議を行った。

「今般、農村の疲弊を抜本的に解決するため、郡奉行茨木理兵衛は『地割』の勧告を行う――おのおの、議論のほどを、よろしくお願い奉る」

「じ、地割？」

集まったお歴々、家老、中老、弓大将、それにそれぞれの役人どもは顔を見合わせた。

聞いたことのない言葉だ。

「大庄屋など大農家の余剰たる田畑、遊休地をすべて藩のほうで召し上げ、百姓ひとりあたり五反の田を無償で支給する。このこと、領内の八つの郡役場、年寄役に諭告する。急ぎ田券の帳簿をそれぞれ郡役場へ提出せよ。新しい地主による耕作の実施は、寛政九年の作付けからを予定する。寛政八年の間に、制度の構築を行う。奉行各村を回り、聞き取りを行う故、役目にあるものを、しっかりと協力するように」

同日。

理兵衛は、加判家老を訪れ、書面を打ちそろえ、印章よろしく書面を用意し、これを高札に掲げた。

同日、津城を出立した地廻目付たちは、領内の郡村ことごとく回り、この勧告を伝達した。

寛政八年、秋。

藤堂三十二万石に、文字通り、激震が走った。

仕法之七　経世済民

秋――。

城代藤堂仁右衛門の許可をうけて、家老藤堂監物が、緊急に上府した。

監物は、早馬と駕籠を乗り換えつつ、七日で江戸に入った。

江戸神田和泉橋藤堂家上屋敷に到着した藤堂監物は、すぐに藩主藤堂高嶷に目通りを願い出る。

高嶷は屋敷にいた。

「何事だ――。国元から早馬で駆けつけるとは」

すぐに松の間で謁見《えっけん》する。

「殿！」

江戸在府の老臣どもが居並ぶ広間の中央で平伏した藤堂監物は、決死の表情をその顔に浮かべ、叫ぶように言った。

「郡奉行茨木理兵衛重謙、殿が江戸に参勤されご不在の間を利用して、やりたい放題の狼藉にございます。どうか、どうか、御殿のお力をもって、理兵衛の乱行を懲らしめていただきたく」

そして顔をあげ、懐より、連判状を差し出した。

「拙者、譜代一門同意のうえ、談判一任をうけ、お叱り覚悟の上、出府してございます。どうか、お聞き入れくださいい」

すぐに小姓がその連判状を受け取り、高嶷に渡した。

「奴ばらは、われら民の先祖代々の土地を、民から、すべて召し上げるつもりです」

高嶷は、すぐにその折り紙を開き、そこに、藤堂家譜代の家門の当主、城代、家老、番頭、弓大将らが、ひととおり血判しているのを確認した。

それを見て、監物はさらに声を張る。

「われら一同、藩祖高山公の代より、心ひとつにして、伊勢国安濃津三十二万石藤堂家のために忠義を尽くしてまいり申した。民どももまた、その仁政をよろしく承り、御殿をお慕いすること二百年。藤堂と、民どもの紐帯は、ゆるぎなきものと存じます。その二百年に及ぶ歴史と、臣君相慕う麗しき伝統を、あの若造は、すべて壊そうとしております。高山公が定められた民との信頼を醸すべきご支配の前例を、すべてご破算にしようという暴挙！」

その目は血走っている。

「城の席次を弁えず、実に勝手なふるまい。みな、腹に据えかねてございます。侍だけのことではございません。領民、万民も、すべて奴が施策によって塗炭の苦しみの様相。このままでは、われらが国が壊れてしまいます！　今、この監物が立ち上がらねば、先祖一党に顔向けできませぬ」

居並ぶ江戸留守居をはじめ、江戸藩邸の高官たちは驚いた。

国元は、こんなに大変なことになっているのか――。

すっかり、新しい郡奉行のもとに、債務処理と農政改革が順調に進んでいるのだと思っていた。

長い沈黙があった。

やがて、高嶷は、穏やかに言った。

「理兵衛の仕法はな、わしが、了承したものなのだ」

静かだが、よく響く、低い声だった。

その声を聞いた監物は、顔をあげる。

その顔は、驚きと怒りに紅潮していた。

「そもそも、此度《こたび》の改革は藤堂だけのものではない。公儀よりご指導をいただいてやっていることだ。わしは江戸城や東叡山にて、伊豆守様（松平信明《のぶあき》）、大蔵様（本多忠籌《ただかず》）と談合すること数度。国元に心学の学者を招き入れたのは、老中がたの御意見を容《い》れてのこと。堕胎を禁止したのも、その指導をいただいたもの。今さら、その奉行を罷免などできぬわ」

「――――」

「今、この日の本には、仕法の改革が必要なのだ。権現公の草創より二百年。武による統治の、その仕組みは完全に破綻してしまった。今、なんとしても、仁政の理想を実現せねばならぬ。貧富の差の拡大を抑え、一部に集まりすぎた富と力を分散の上、民の暮らしを充実させ、下々の領民どもを満足させねばならぬ。ここまで藩の財政が追い詰められれば、ダメでもともとではないか。まずは、理兵衛にできることはやらせてみよ」

　高嶷はそこまで言う。

　座の一同は、息を呑んで黙った。

　高嶷は、自分が言ったことが、皆にしっかりと染み込んだことを確認すると、急に砕けた表情になり、ざっくばらんに言った。

「さて、みなのもの――」

　と、江戸藩邸の官僚たちを見回し、

「これよりは、二人きりにさせてもらう。監物は、藤堂二百年のわが忠臣である。ふたりきりで話したいことがあろう。貴様ら江戸侍の青ッ白い顔を並べられると話せることも、話せまい。遠慮してもらおうか。ははは」

　快活に笑った。

その言葉に、江戸藩邸の士たちは顔を見合わせ、ぞろぞろとその場を去る。

そして、ふたりきりになると、高嶷は、上座から降りて、監物の近くに座り、小さな声で言った。

「――人払いをしてやったぞ。改めて好きなことを、申して見よ」

「殿」

監物は、言葉に詰まると、絶句して高嶷の顔をじっと見た。

長い沈黙があり、やがて、苦しそうに、また押し殺すように、言った。

「殿は、本当に、百姓どもが先祖代々大事に耕し、育ててきた大事な田畑を取り上げ、貧乏人どもに配ることが、良いことだと思われているのですか?」

「――」

「伊勢屋、田端屋、越後屋、大和屋、あの商人どもも同じです。奴ら商人どもは確かに冷徹にして強欲で、人としては見下すべき奴らかもしれませぬ。だが、このどうしようもない世の中で、少しでも豊かになろうと、こつこつと努力を重ねてきたものどもでもあります」

「監物」

「人間は、誰もが、与えられた環境で必死で生きる。百姓に生まれれば、目のまえの田を耕し、少しでもよい収穫を得るために、肥料や種籾を工夫し、必要に応じて小作を雇い、土地を増やす――それは自然なことではありませんか。それが人の世です。商人も同じだ。商家に生まれれば、必死でこの生き馬の目をぬく商世界を生き抜くために、さまざまな工夫をして利を追求する。商売のタネが、津になく、江戸大坂にあるとなれば、江戸大坂に打って出てそこで稼ぐのは自然なことだ。彼らの精進の賜物だ――」

監物は、必死で舌を回した。

「彼らは、努力してきた。何代も、何代も――。そしてその結果、彼らは相応の分限者となったのだ。

大庄屋も、大商家も、必死でこの人生を生き、努力と工夫の結果、こつこつと土地やカネを貯めて、つみあげて、やっと、分限者になった――。それなのに、後から来た人間が、その現象だけを見て、お前らだけが土地やカネ財産をもっているのはけしからん、と取り上げるのですか？　それが領主のやることですか？」

「では――」

高嶷は言った。

「貴様は、どうすれば、藤堂二十万の貧民どもを救えると思うのか？」

高嶷の声は落ち着いており、低かった。

「代案があるのであれば、言ってみよ」

監物は、思わず絶句する。

その顔に、高嶷は、低く、脅すように聞いた。

「監物――茨木の『地割』の策を聞いたとき、本当はどう思った？」

監物は、その大きな目をぎろり、と見開き、わが主《あるじ》の顔をじっと見返した。

彫りが深く、頬に深い皺が刻まれた、精力に溢れた顔つきだった。

監物はその威圧に負けるように、

「う、うう」

と唸った。

「どうじゃ？　地割は？」

高嶷は低く、痰の絡んだような声でさらに聞いた。

「貴様ほどの男なれば、これは妙案かも知れぬ、と思ったのではないか？　だが、貴様の立場となれば、大っぴらに茨木理兵衛のような軽格に賛同するわけにはいかぬ。貴様の背中には、家老家をはじめ、譜代の衆の命運がかかっている」

「ぎ、御意」

「そうだろう。わしも、最初に聞いたときは、驚いた。国中の土地を取り上げて、それを百姓どもに等分するなどと――。均田制など、もう、奈良、平安の昔にあったという仕法だ。それを今更」

「――」

「だがな。わしもそのあと江戸にて独自に調べたのだ。そしてわかった。わが藤堂にとっては、妙案中の妙案である。手に余る金持ちどもを、一気に支配下に置くことができる。経世済民を担うが、我ら武家の役割であり、次の世を創るは我ら執政の責務――であれば、これは、商家に押されて、資本の流出を招いてばかりいる武家側の起死回生の一策になる」

「う」

「それほどのことが、わからぬ貴様ではあるまい?」

「殿」

「さあ、正直に言え。ゆえにわれは、人払いをしたのだ」

高嶷は言った。

すると監物は、低い声で、奥歯を噛むような声を出した。

「確かに、地割の話を聞いたとき――。拙者は、驚きましてございます。そんな手があったものか。まさに、経世済民の一擲《いってき》。茨木め、なんという奇策を繰り出してくるものかと」

「――」

「ですが、同時に、このこと、かなり難しいのではないかとも思いました。古来、わが藤堂領内の民は、自主自立の気風根強く、簡単に、唯々諾々《いいだくだく》とわれらの命を聞くようなものどもではございません。また、天明以来、天下を蓋《おお》う不穏の空気。飢饉があった奥州だけでなく、全国で暴動、打ちこわしが頻発しており、その報は郷里を飛び交っております。百姓どもは、学を弁えぬものどもとはいえ、決してバカではない。わが領地の隣の松坂は御領（天領）であり、古来、学問の盛んな土地柄――。その民と結べば何が起こるか」

「ふむ」

「殿――。確かに改革は必要です。だが、性急に走ってはなりません。倹約、殖産と、長い目をもってゆるゆると進めるべきです。茨木理兵衛のごとき経験の浅い奉行などに任せ、ことを仕損じてはならぬのです」

その言葉を聞いて、高嶷は腕を組んで、深く沈思する。

「ふうむ」

「殿――。今の茨木は、走り過ぎです。必ず、藤堂の施政に禍根を残しましょう」

「――」

「あの男。常に表情を変えず、冷静な言葉を繰り返す。常に木で鼻をくくったかのような問答ばかりで、冷徹であると言われております。頭が良くて、冷静で、数字と正論しか言わぬと――ですが」

「ですが？」

「わたしの見立ては逆です、殿」

「なんと申すか」

「あの男は、怒っている」

「怒っていると？　あのおとなしい男がか？」

「いかにも。あやつは冷たく落ち着いた顔つきでいながら、いつも、腹のなかで何かに怒っています。譜代のものども、金持ちのものども、恵まれた奴らへの怒りで我を忘れている。わたしにはあやつが、すべてをぶち壊すことの快楽に走っているだけのように見える。畢竟、あやつは、未熟で無軌道な若者にすぎぬのです。自制の利かぬ若造どもの無軌道を糾《ただ》すのは、大人の役割にござる。このままでは、この国は、こなごなに壊されてしまいます。すべてが終わったあと後悔しても遅いのだ」

「そう思うか？」

「そう思います。蔭刈、植林、専売、奉行の入替による人事《じもくの》沙汰《さた》、郡組織改革と情報通信《つうち》先変更の沙汰、債権の処理、切印処分、すべては、このわずか三年の間に起きたことであります。それに加えて地割まで――。もう、持ちません。このままでは、この国はばらばらになる。拙者、この藤堂家を守るものとして、もう耐えられませぬ」

「――――」

監物の、理路整然とした説明に、高嶷は沈思した。

監物は、国元の譜代の老人たちの意見を代弁している。

その切迫感が伝わってきた。

ここに高嶷は、今日これ以上の議論は危険であろうと判断した。

「監物――」

「は」

「よう申した。今日はここまでじゃ」

「は」

「三日後――。中庭の茶室にて再び目通しを許す」

「殿」

「なんじゃ」

「殿は、われら譜代の家臣団よりも、茨木のごとき軽格が大事でございますか？」

「む？」

「茨木家は、かつて、元和四年、越後村上家が改易になったおりに浪人となり、人の紹介にて雇われた『外様』でございますよ」

「もう、百八十年も昔のことではないか」

「武家にとっては、大事のことでございます。かの家は、我々と戦国の世を戦い抜いた家ではないのだ。それでいいのですか？」

「監物、時代が変わったのだ。今は門閥よりも、個の才が大事な時代だ。今は、元禄の昔ではない。寛政だぞ？」

「違います」

監物は言った。

「国は、国でござる。伝統と仁・義・礼・智・忠・信・孝・悌――つまり八徳の君とわれらの紐帯により成り立つのです」

「む――」

「殿は、よほどにあの小姓上がりの男が、かわゆく思われておると見ゆる」

「――かわゆく、だと？」

「はい、そうです」

監物は、涼しい顔で堂々と言った。

「ですが古来、唐《から》つ国の言葉に『寵臣を愛するは国の亡び』と申します。御身、お気をつけ下され」

「監物、貴様、脅す気か？　その言葉、僭越だぞ」

「――我が家は、この藤堂家に仕えて二百年に相成ります。愛するこの国の為であれば、諫言を怖れませぬ」

監物は改めて、芝居じみた平伏をして見せる。

高嶷はそのふてぶてしい譜代侍を見て、舌打ちするような表情をしてその場を去った。

◇

三日後。

監物は再び、高嶷に目通りをした。

場所は、江戸上屋敷内茶室である。

「監物――。落ち着いたか」

「は。先日は、旅塵払わぬままのお目通りにて、失礼いたし申した。僭越な発言があったかと自らを省みること三日――。身を清めてまいりました」

「ふむ。確かに、三日前よりも、さっぱりしておるな」

高嶷が、場を和ませようと快活に言うと、監物はにこりともせず、

「はい。お気に召されぬことがあれば、御手打ちになっても仕方がありませぬ。そのつもりで、身を清めてまいりました」

とまた、威圧的に言った。

その言いぶりに、高嶷は内心、むっとした。

この者は、臣の分際で、分家から当主の座に就いた自分を軽んじている――。

（この野郎――本当に斬ってやろうか？）

一瞬駆り立てられるように思ったが、そういうわけにはいかない。

もしここで自分が監物を手打ちにすれば、その噂は江戸在勤の武家のあいだじゅうに流れるであろうし、なによりも国元の譜代の家老衆の制御がとれなくなるだろう。

そのような危険を冒すわけにはいかぬ。

今は、戦国の昔ではない。

町で奴《やっこ》どもが暴れ、忠臣蔵の故事が生まれた元禄の昔でも、ない。

今や、武家も感情に任せて刃傷沙汰を起こせる時代ではないのである。

「望みを、もう一度、申してみよ」

「――茨木理兵衛の罷免を望みます」

「それは、できぬ」

高嶷は明確に言った。

「茨木は今、民政の改革の仕掛《しかかり》である。ひととおり結論を見なければ」

「結論を見た後は、どうなります？」

「変わらぬ」

「変わらぬ、とは？」

「変わらぬとは変わらぬということだ」

「茨木は、家老に出世し、殿のお傍に侍《はべ》るのではありませんか？」

「そんなことはない。武家の秩序は守らねばならぬ。家老職の家格は高山公の時代から決まっておる。監物。わしは確かに茨木の『才』を認めておる。だが、それはあくまで『才』の話だ」

「――若殿の代では、どうなりましょう？」

監物は、言った。

「え？」

高嶷は思わず顔をあげた。

「今の御寵愛が、次の代も続くとなると、これは、誰も納得しませぬ」

「なんだと？」

「茨木は、かつて、江戸在勤の折に高崧様のご指南役もつとめられていた。高崧様のご信頼も厚い男だ」

「――――」

「当代だけではなく、次代高崧様の時代もなお、外様である茨木の天下が続くとなれば、到底、藩士一同、納得しないのではないか。拙者はこのことを、懸念しております」

高嶷は、この言葉を聞いて、正直驚いた。

そこを、ついてくるのか、と。

思いもよらぬ言葉であった。

だが、鋭い。

もしかしたら、ここ一年で、一気に議論が高まってきた高崧廃嫡の震源地は、国元の家老衆――つまり、監物たちだったのかもしれぬ。

このことに、初めて高嶷は気が付いた。

うかつであった。

「殿――。茨木の急進的な改革のごり押しにより、御城の求心力は急激に失われております。このままでは、藩内は、茨木とそれを支える菓木役場の若い下級武士どもと、われら譜代の家老衆の対立は極まり、取り返しのつかないところまで参りましょう」

「――――」

「このまま茨木が、その力を持ち続け、藤堂家中の伝統と結束を破壊する行動を続けるのであれば、それはせめて、今の、御改革の期間のみと、なさるべきかと存ずる――そうでなければ、藤堂の家臣団の分裂は、避けられませせぬ」

「むう」

「これは、今だけのことだと、家臣共が得心することが大事。つまり、茨木を更迭できないのであれば、他の手を打たねば――」

つまり。

（高崧を廃嫡にしろと？）

やりおったな、と、高嶷は思った。

この策が絶妙なのは、現実問題として高崧が病弱だからだ。

この長男は、子供の頃から線が細く、いくら剣術の稽古をさせても上達せぬ。

なにかあるとすぐ熱を出して寝込んでしまうし、必死で勤めを果たそうという意欲と誠実な人柄は認めるが、どこか、最後のところで気弱なところもあり、武家としては優しすぎる気質だった。

このまま大藩の藩主としてつとまるのかという問題は、誰の目にも明らかであった。本人も、跡など継がないほうが幸せなのかもしれない。

だが、本来、それとこれとは別の議論であるべきことであった。

一度嫡子となった長男は、その死など、特別な理由がないかぎり、廃嫡など認めるべきではない。

他藩に見られるお家騒動の多くがこのような原因で起きていたのだ。

万が一、今、この時期に高崧廃嫡となれば、その前提で何年にもわたって構築してきた藩内外の家臣団や、親類、閨閥《けいばつ》などの力関係の均衡が崩れることになる。

高崧の妻は、将来を見越して、越後の雄藩である新発田《しばた》藩の溝口家から取っていた。そちらにも不義理することになるし、そちらの処分も大変である。

いっぽう、高兊の妻は、摂津高槻《せっつたかつき》の出身であり、京在勤の譜代藩なのである。

（む、むう――）

瞬時にそこまでの考えが頭をめぐり、高嶷は唸った。

考える。

だが、どれもこれも、大藩を維持するには、重要なことであった。

政事とはそういうものであり、藩政の基本中の基本である。

そして、確かに家臣団のなかでもっとも政治的に打撃を受けるのは、高崧派の茨木理兵衛であろう。

次の瞬間、高嶷の頭に浮かんだのは、理兵衛への罵倒であった。

（バカモノめ。なぜ、人に好かれぬ！　いかに正しい仕法をしようと、ここまで譜代の老人どもに嫌われては、元も子もないではないか！）

高嶷は、理兵衛を叱りつけてやりたい気持ちだった。

（人づきあいが苦手だなどと子供っぽい甘えを言っている暇があれば、出るところに出て、にこやかに舌を回せ！　それも仕事だ！）

高嶷は、間違いなく理兵衛の才を愛していた。

身分が低い故の視野の広さも。

外様ゆえの、世間の見え方も。

百姓や町民どもの動静まで配慮できる人柄も。

あのいわぬ色の握り飯――。

あの初心を忘れずに、どこまでも立派な仕法家であってほしい。

そう願わずにおれない。

だが、二百年の歴史を誇る藤堂三十二万石の家臣団の崩壊と、理兵衛ひとりを天秤《てんびん》にかけるわけにはいかないのだ。

「う、ううむ」

高嶷は唸った。

そして苦し紛れに、監物を睨んだ。

すると、監物は、眉一つ動かさず、

「高兌様であれば、万事、国は治まりましょう」

と言った。

国元の譜代家老衆の、思いもよらない反撃であった。

「貴様――。いかに国元の月番家老の筆頭であろうと、その言葉、あまりに僭越であるぞ」

「――は」

監物は平伏する。

「御家が世継ぎのことは、家臣ごときが差し出るべきではない。ここは江戸である。どこに諸藩の目があるかわからぬのだぞ。滅多なことを口にするな、このバカものが！」

「人事のことはわしが決める。身分を弁え、慎め」

高嶷の言葉は厳しかったが、追い詰められた響きがあった。

反対に監物は、頭をさげながら、どこか余裕があった。

「失礼仕りました」

「――貴様は、この改革を邪魔するでない」

「は」

「貴様の中に『地割』を超える代案がないのであれば、理兵衛を邪魔することは許さぬ。文句があれば、代案を持て。国元の財務状況は、それほどに悪いのだ――。それでも藤堂は続いていかねばならぬ。常に藤堂三十二万石を第一に考え、己のふるまいを控えよ」

高嶷の言葉に、監物は深々と頭をさげる。

畏れ、控える態度を取りながら、不思議と監物は満足げである。

この愁訴が一定の効果をあげたことを、監物は、感じている。

こんなむちゃくちゃをして、わが藤堂藩を壊されてなるものか。

（地割など、どうでもいいわ。勝手にせい。だが、このままでは済まさぬ。すまさぬぞ）

監物は、思った。

「監物――この世には、乱暴に、一気にやらねば成し遂げられぬ改革もあるのだ」

最後に、高嶷は言った。

殿、それには賛同いたします――内心、監物はつぶやいていた。

自分たち、旧臣たちであろうと、ちゃんと、ゆっくり改革はできる。

急進過ぎる改革は、国の乱れの元なのだ。

仕法之八　貧民救済

寛政八年、稲刈りが終わった。

しかし、いつもなら秋の祭礼に沸く伊勢国津藩の様子は例年とは違う。

郡奉行茨木理兵衛による、地割平シ被仰付候、との勧告を受け、大混乱に陥っていた。

記録によれば、

「何《いず》レニ於イテモ、不承知ノ村方巳」

つまり、どの村も反対であった。

各郷村を担当する地廻奉行からの報告が次々にあがってくる。

どの百姓も、大事な田畑を召し上げられてはたまったものではない。

組頭は庄屋へ。

庄屋は大庄屋へ。

大庄屋は目付へ。

目付は城方重役へ、それぞれ愁訴という形になった。

城代藤堂仁右衛門は、すべての奉行と家老年寄衆による会議を招集。城内大広間において、激しい議論となった。

「――このような暴挙は、許してはならぬ」

江戸に行った監物は不在であったが、主膳、多左衛門、式部、いや、それ以外すべての家老年寄衆が激しく茨木を非難する。

「どの郷村も、反対ではないか！」

だが、

「――昨今の郷村の困窮、田畑山林の荒廃を、おのおのは、どのように弁えられるか」

茨木は、理路整然と反論していく。

年貢の量の数値。

農村における百姓の人口減少と、耕作地放棄の現状。

土地を持たぬ最下層民の増大と、治安の悪化。

その説明は、いずれもこのままでは、この国の未来は暗く、何か抜本的な対策が必要なことを納得させるのに、説得力のあるものだった。

コメを作る田は、大名家にとって、すべての財政の基本なのだ。

そのうえ、国を統治する側からすれば、均田制はやはり便利で、効率的なものだった。

今は、農村を藩庁側がしっかりと管理しきれていない。

基本的に村のことは村役人に任せてあり、その村役人は、庄屋、大庄屋といった豪農が兼ねている。

その豪農が土地を取引材料にして商売しており、所有と生産の責任が明瞭になっていない。

雇われて小作を行う『水呑み百姓』の数も不明瞭で、いたずらに貧しく、ひどい環境で生きている。

全てが、自主性の美名と癒着の闇の中にあり、目付が厳しく締め付けても、表面をひっかくような手当にしかならない。

地割をすれば、これを一気に解決できるのだ。

「いいですか――。既得権を持つ村の庄屋が反対するのはあたりまえです。ですが……」

理兵衛は誠意をこめて、くりかえし、くりかえし、説明する。

地割は、全体の農業効率をあげ、資本の極端な集中を抑え、貧富の差をなくして、土地全体の収益をあげる方策である。今、村ごとの有力者が、好き勝手に種籾肥料の値段から流通までを取り決め、自分の財を増やすための非効率を許している。既得権を取り崩し、現状を打破するには、一気に農地を、藩役所に集約させるのが良い。ひとりあたり五反、という給田の設定も、二反は百姓の自給、半反は換金、二反半は年貢と、考えに考え抜かれたものである。

「これは、天明の大飢饉以来、江戸大坂の仕法研究学者どもの間でさんざんに議論されていることだ。それが理に適っているから、その論はやまない」

つまり今、理兵衛がやろうとしていることは、天下の学者どもが考える『正しいこと』の、大いなる実験だった。農政として、民衆のために、理に適っているはずだった。

多少の混乱はあっても、結果的に、末端の貧困層は救われるであろう。

理兵衛は言う。

「そもそも、田畑とは、天下より、百姓どもが、一時的に預かりたるものでございます。誰かのもの、ではなくて、天のものなのだ」

「百姓ひとりひとりが自らの背丈にあった土地を天から預かり、土着し、実りを得て、天下に貢献する——本来そうなるべきはずなのに、今はどうですか？　一部の庄屋が土地を保有して、モノの値段を操作し、貧しい百姓を顎で使ったあげく、利益を江戸大坂に持ち出している。これが正しいことでしょうか。結果として、わが藤堂家の威光は郷村に行きわたらず、年貢は年々減少しております。これを、一体なんとする」

流行の『心学』や『水戸学』の影響がある言説であった。

土地は、地主や商人のものではない。

天のもの、であり、天より政《まつりごと》をあずかった国主と、民のものである。

「拙者、寛政四年より、郡奉行として仕法の責務《せめ》これを賜り、まず、郷村の現状の把握から地券を糾すべく努力してまいった。問題は小百姓が困窮すると田畑を売ること、つまり金持ちによる土地兼併にあることは明確でござる。さらに『また売り』『またまた売り』などが繰り返され、田畑の持ち主が誰かわからぬようになっている場合があり、実態の把握に大変苦労した。もとより田畑の勝手な売買はご禁制ではござるが、その網の目をすりぬけ、地権者がどこにあるのか、まったくわからぬありさまでござる」

聞いている重役も、追いつくのに必死である。

理兵衛の説明は、ともかく言葉が難しい。

なかには理解することを諦めている者もいる。

「いっぽう、土地を売買ではなく質入れをしている場合もある。そういった質入田は、誰もコメを作らず、荒れ地になっている。荒れ地や山林は、領内の豪農に集約されるいっぽう債権化し『二重買い』『高残し売買』『質入れ』『又質入れ』——これでは、まっとうに耕作などはできませぬ。これで、わが藤堂家は、きちんとこの国を統治していると言えるのか？　今こそ一括ですべて処理するのです」

理兵衛の説明は理に適っていた。

だが、理に適っているから、納得できるのかというと、まったく別のことである。

これを、家老年寄衆を代弁して、

「我々は、不承知である」

藤堂主膳が、言った。

多少鈍たる印象の主膳にして、唾を口角に溜めての、必死の抗弁である。

「ただでさえ『切印金』の処理において、茨木は乱暴をしたばかりだ」

「それとこれとは、話が別でしょう」

「別ではないわ」

「それに、乱暴とはなんですか。藤堂家の為を思ってしたことだ。『切印金』は、御家の損だ！」

「領民どもにとっては、得だったわ」

「だとしても、正しい取引ではありませんでした」

「――茨木。国を治めるとは、正しいとか、正しくないとか、カネが足りるとか、足りないとかの話ではないのだ」

「なんですと？」

「『徳』だ」

「なにを言っておられるのですか。それでは議論ができない」

「貴様こそ黙れ。国を治めるには『徳』こそが、もっとも重要なのだ。民衆が、ああ、あの人の言うことであれば聞こう、と考える君子がいてはじめて『徳』が認められ大きな改革が行われる。貴様のやり方はなんだ。力ずくで好き勝手しおって。まだ二十代の若造じゃないか。わしは不承知だ」

「いいですか、主膳殿。もう一度言いますよ。藩の財政上『切印金』は処理しなければならなかったのだ。そして今、国を立ち行かせ、貧富の差をなくすために、『地割』をやり切らねばならない。意思をもってやり抜くのだ」

「しなければならない、とはなんだ。勝手に決めて、上から押し付けるような物言いをしおって！そんなもの不承知だ！」

　このやり取りを黙って聞いていたひとりの役人が、末席から発言した。

　喜多野三太夫《きたのさんだゆう》という、郡代官であった。

　日に焼けた、精悍な侍である。

「拙者、お奉行の言い分、よくわかりました。その思いも伝わりました」

「喜多野」

「ですが拙者、長年、郷村を預かってきた現場の代官として、この義、決して承知するわけにまいりません。この伊勢の山野は、百姓どもが、先祖代々耕して大事に守ってきた土地だ。それを無理やり取り上げ、土地を持たぬ水呑み百姓どもに配るなどと――。真剣に耕作に取り組み、真面目に努力してきた百姓から土地をとりあげ、そもそも懈怠《けたい》のために先祖の土地を守れなかった無能な百姓どもに分け与えるなどということは、拙者の信条として、できません」

「何を言う」

「今、豊かな百姓どもは、相応の努力をしたから豊かなのだ。拙者は、そのものどもに常々『自ら努力すれば、その分だけ、豊かになれる』と言い続けてきた。拙者は、実際に泥にまみれて努力してきた百姓どもをこそ、大事にすべきだと存ずる。その誠実なものどもを踏みにじるような地割など――。奉行殿。拙者、この議反対でござる。もし、この地割が進められるのであれば、この場で代官を退かせていただく。あとはどうなりと処分ありたし」

そう言うと、立ち上がり、その場を去った。

このあと、喜多野は本当に辞表を提出して退職している。

喜多野のような誠実な現場の担当官が、身を賭した抗議をしたことに、場は混乱した。

現場の声だけに、その発言には説得力があった。

しかし、理兵衛は負けずに立ち上がり、叫ぶように言った。

「御家の借金は積もりに積もって、今や二百万両に迫らんとしている――。この借財はこれからも減る見込みがござらん。どれほどの金額かおのおのおわかりか」

言われて、みな、黙った。

二百万両——とんでもない金額である。

当時の貨幣の価値を、現代の数字に置き換えるのは非常に難しく、正確な計算はできぬ。厳密に計算すれば二千億円ほどであろうか。ただ、体感的には現代の二兆円、といった規模であろうと思われる。現代とは金銭に対する感覚が違う。

年間税収の五十倍以上——。

しかも、その借金は年々増え続けている。

つまりこれは、家中のもの全員を、戦慄させる規模の赤字と言うことだ。

誰かひとりが、背負えるような金額ではない。

ここにいる全員が、腹を斬ってもなお足りぬ。

もう、なりふり構っていられない。だからこそ、切印金も停止したのではないか。

「まさに、御家の危機。ゆえに、御殿は若輩たる拙者を郡奉行に召し上げ、仕法の大役を担わせたのでござる」

理兵衛は言った。

「その時より拙者、私心を捨て、すべて御家のため、あらゆる手を打ってまいった。新田開発、菓木殖産、債務処理、組織改革、財政改革——この地割はその総仕上げでございます。地割なされたとして、予《あらかじ》め算ずれば、年貢は今の二倍になる。われはこの仕法により、国と民を救いたいと存ずる。おのおの、他に手がござるのか？　もし他にこの藤堂を救う方策があらば、この理兵衛素直にそちらに従いまする。おっしゃられよ！　すぐに代案を出されいッ！」

するると。

そこへ、江戸から、藤堂監物が帰ってきた。

監物は、馬でゆるりと津に入り、自宅で風呂にはいってゆっくりと身支度を整えてから、登城したのであった。

監物は、広間での議論を知りながら、慌てずに待ち、頃合いを見て議論の場に訪れた。

「お」

「おお――監物」

年寄衆は皆、ほっとしたような感嘆の声をあげた。

「江戸はどうであったか」

口々にみなは言った。

しかし、監物は落ち着いており、

「おのおの、遅参して大変失礼仕った。江戸の事は別途、報告の場をもうけさせていただく。ご議論、続けてくだされるよう」

と言って、腕を組んだ。

みな、一瞬鼻白んだ顔をしたが、やがて議論を再開した。

喧々囂々《けんけんごうごう》――結論は出ない。

その一方で、主膳が耐え切れずに監物に声をかけた。

「今、地割について、議論をしていたのだ」

「うむ」

「貴様、地割については、どう思うのだ」

聞かれて監物は、

「不承知である」

と低い声で言った。

ほお、と、みなが嘆息した。

「だが――」

と同時に監物は言った。

「わしが本当に怖れるのは、地割がどうだということではない。わしが怖れるのは、この藤堂が、割れて分裂してしまうことだ」

監物は続ける。

「わが藤堂は藩祖高山公以来、その結束が自慢。どのような戦場でも、殿がどんなご決断をなされようと、心ひとつにして戦って参った。そうであろう。そしてそれは今も変わらぬはずだ。よって、今、御家の危機を迎え、われら家臣がいがみ合うわけにはいかぬ」

「監物――」

「わしはな、地割など不承知だ。領民どもの気持ちになってみよ。先祖代々大事に育ててきた田畑、山林、屋敷が、突然おかみに召し上げられて貧乏人どもに分配される？　ふざけるな。そんな仕法が認められてなるものか。藤堂家は古来、民を大事にしてきた。断固として不承知だ」

と、理兵衛を睨む。

「だがまた同時に、今がお家の危機であることも理解している。そして、藤堂家臣としての分裂は避けたい。このようなとき武士は、いかなるふるまいをするべきか。殿のお心にこそ従うべし」

「――」

「残念ながら、御殿は借金まさに二百万両近くとなったこのお家の危機に、この若造茨木理兵衛を郡奉行に指名され仕法の舵《かじ》を託された。今、この藤堂において、郷村仕法は茨木理兵衛の責《せ》任《め》である。すべて茨木の責任だ。ゆえにわしは、武士として地割などどこまでも不承知なれど、殿への忠のために、邪魔だてはせぬ。不承知なれど、邪魔だてもせぬぞ」

そう言ったきり、黙り込んでしまった。

◇

同時刻。

かつて理兵衛と外山与三右衛門が訪問した山田野村は、混乱していた。

この村は、山間にある一志郡のさまざまな郷村に出やすい場所にある。

続々と各村の年寄衆や顔役が、庄屋の池田佐助の屋敷に集まっていた。

かつて理兵衛が接待された、あの広大な百姓屋敷である。

山田野の隣にある谷杣《たんぞま》村の組頭、町井友之丞《まちいとものじょう》、川口村の森惣左衛門《もりそうざえもん》、八対野《はったいの》村の倉田金次《くらたかねつぐ》——いずれも、古来村々を耕し、百姓を束ね、苗字を許された屈強の庄屋たちであった。

みな日に焼けて真黒な顔で、節の太い指を持っていた。

「いきなり地割などというお触れが来て、承知できるものか」

憤慨している。

大事な田畑、先祖伝来の山林を失うかどうかの瀬戸際である。

それに今までの経験上、このようなお触れが来ると、どんな理不尽なお達しでも実施されてしまう。

つまり城方は、われわれの命である田畑を本気で取りあげようとしているのだ。

「御家の役人どもは何を考えておる？　さっそく不承知の書状を提出したが、まったく埒があかぬ。三日後には常廻目付の野郎どもが鉄砲なんぞを持ってやって来やがって、おかみの思《おぼ》し召しにつき、謹んでお受けせよなどと言われたらい」

「ふざけるものではない——貴様の村はどうだら？」

「当然不承知ぞ。みな怒っておるわい」

「あたりまえじゃ。田も畑も、われら百姓にとっちゃあ命だえ。簡単に渡せるもんかい」

みな、口々に言った。

「今回、怒っておるのは大地主様だけじゃァないら。百姓はァ上から下まで怒っておる。みな、山間のささやかな土地を、夫婦兄弟で必死で耕してきたんだ。どれだけ苦労して田んぼを維持してきたもんかい。大地主の分限者よりも、こつこつと気張って続けてきた普通の百姓がこそ怒っておるら」

「わかる。わかるぞィ――わしも、百姓だァ」

「あたりまえだえ。田んぼを持たねえ『水呑み百姓』どもァ、土地がもらえるってンで大喜びかもしれねえ。んだがそもそも、先祖の田んぼを売らねばならなくなった連中はみな、酒をくらったり、博奕をやったりして、借金でどうしようもなくなって売った奴らばかりでねえか。なぜ真面目にやって来た百姓がぁ損をばして、不真面目な連中ばかり得をするのだえ？　何を考えておられるのだい？」

町井友之丞が言った。

日に焼けた精悍な若者だった。

「茨木よォ。すべて、あいつのせいだァ」

唸るように言う。

「茨木かい――。いつかこの村にも来たな」

と、池田も言った。

「青っ白い顔をして、すましたことを言いやがる、いけすかねえ侍だったらい。接待無用、などといっておった。おれらが心づくしをなんだと心得る。百姓をバカにしおって、あんにゃろうが」

「野郎めが奉行になってから、ろくなことは起きねえな」

「田畑転売禁止、蔭刈、田調べ、堕胎禁止、切印金の廃止――細《こま》けえ倹約令も何度も出たぞ。いい加減にしろ」

「どれもこれも、学者の思い付きら」

「村に住んだこともないくせにの」

「昔ッから馴染みの郷役人様も廃されて、常廻目付とか若い乱暴な連中がこっちに回ってくるようになりおったわ」

「あの手下の外山与三右衛門とかいう若造も同じだわな」

「なにが蔭刈だ。木を一本伐るのがどれだけ大変か。鎮守様の杉の木まで伐りおって、売り払えとはなにごとだ。こんちくしょう」

「倹約奉行の杉立治平。あやつも同罪だえ――」

「いかにもそうだな」

「あいつは昔から倹約倹約とうるせえジジイだが、どうやら茨木と仲がいいらしいろ」

「口をひらけば、贅沢をするな、カネのかかることをするなと、うるさいことばかりいいおって。ちくしょうめ。百姓はァ、サムライどもと違って、一年中、朝から晩まで泥だらけになって働いておるのだぞ。一年に一度の村祭りぐらい、みんなで集まって酒を呑むぐらいよかろうがい！　腹に据えかねておったわ」

「今回の地割、茨木と杉立が相談して決めたんじゃねえやろな」

「であれば、ますます許せぬ」

口々に、近隣の郷村の庄屋や組頭どもは言った。

茨木と杉立の共謀の話は、根拠のない話であったが、この後、まるで事実であるかのように農民たちの口から口へ、広がっていった。

実際ふたりは、専売については連携している。

領内の郷村が、茨木、杉立憎しの怨嗟の声で満たされていく――。

「そこで、まず、村ごとに不承知の訴状を出したってぇわけだな。だが、みんな、聞き入れられなかったてえこった。どうにも埒があかねえ」

「郡の村、全部集まって、合名のうえ訴状を出すのではどうだえ」

「よいわさ。だが、役人に任せていては、また握り潰されちまう」

男たちは顔を見合わせた。

いったい、どうすればいいのか。

長い沈黙が重苦しく男たちを包んでいる。

やがて、庄屋の池田佐助が、吐き出すように言った。

「よし」

「な、なんだ」

「こうなればおらが、みんなを代表して、津まで、訴状を持っていく！」

「さ、佐助」

集まった百姓どもは、自ら津に訴えに出ると言い出した池田佐助を、驚愕の目で見た。

相手は城侍だ。

百姓の命など、なんとも思っていない。

それに、古来、直訴は大罪である。

不届きなり、の一言で斬り捨てられてしまうかもしれない。

庄屋が殺されたら、山田野村はどうするのだ。

「いんや——庄屋だからこそ、行かねばならんのよ。おらは、庄屋だ。この村のみんなを守る責任《せめ》があるらい。おらが行かねば、誰が行く」

「な、なんと」

「り、立派だぞ」

「ここまでくれば、他に手はねえ――。おらたち百姓が、どれほどの思いを込めて田んぼを守り育ててきたか。土地はおれら百姓の命だ。違うか」

「よく言ったぞ、佐助」

「よし。決まった」

池田佐助は、強く唇を嚙みしめて、皆を睥睨《へいげい》するように見た。

「貴様らの連判状、この佐助が預かった。かならずや役人に受け取ってもらう。だがもし、おらが殺され、もうこの村に戻れなかったら、町井、森、倉田、お前ら、後を託さねばなんね」

その日に焼けつくした顔には、決死の覚悟が浮かんでいた。

取り囲む町井は、目に涙を浮かべて、叫ぶように言った。

「心得た。もし、おまえが戻らぬ時は、おらにまかせろ。必ずや、先祖代々大事に守ってきたこの村を守るべい。これは、おらたちだけのためではねえ。孫子《まごこ》のためだ。おれらが命に代えても、みなの力をあわせて、守ってみせるど。おい森。大庄屋様にも連絡とるべ。それだけでね。ここまでくれば、伊賀、山田、松坂――領外の仲間や、俠客《きょうかく》の親分衆、無頼の雲助どもにも合力してもらうぞい。できることはなんでもするだ」

「おう」

「あの、茨の鬼めッ」

庄屋の囲炉裏のまわりで、男たちは、淀《よど》んだ瞳で、どぶろくを酌み交わしている。

◇

そんなある日。

山田野村の場末のあばら家に住む『さと』の家に、ひとりの侍がやって来た。

雨の日だった。

足もとは編み上げて固めてあるが、笠をかぶって、蓑《みの》を背負い、まるで農夫のような恰好をした、痩せた若い男である。

役人が来た、というので、縄を綯《な》っていた父はひょろひょろと土間に降りてお湯を沸かし、

「なにもありませんが――」

と白湯を出した。

若い侍は、足も洗わず、土間からかまちに座ったまま、油紙に包んだ帳面を取り出した。

そして、矢立てを持って、

「貴様は、山田野村の、八兵衛《はちべえ》であるか」

と聞き取りを開始する。

「へえ、そうでごぜえます」

「いつからここに住む？」

「へえ。もう、昔から、先祖代々この村に住んでおりまして、いつからかはわからず。普段は、庄屋様のところで日雇い仕事を。へえ。田植えやら稲刈りやら。草刈り、枝切り――肥溜《こえだ》めの掃除も、なんでもやります」

ふむふむ、と役人は帳面に何かを書き込んでいる。

「田畑はないのか？」

「田んぼですか？　お恥ずかしいのですが、貧乏がこじれてしまって、どうしようもなくなりまして、はい……手放したのでございます。へえ。安永の頃でございますかな。まだ大飢饉の前で、オヤジの代でございましたなあ。この目のまえの田んぼが、元はうちのものでした。最初は、ありがてえことに庄屋の池田さまが引き受けてくださいまして――。え？　荒れ地になっているではないかと仰せで。へえ、へえ。これは情けねえ。これもこっちにはどうしようもないことでござえますら。池田さまが、これをそのまま山田の質屋に出しまして。それが流れたとは聞いておるのですが、なにしろ地主が隣国なもので、持っていくわけにもいかねえのですら。かといってわしらのような者が勝手に耕すわけにもいかね。そのままってわけでござえます。いずれも、庄屋様の御沙汰を守らねばなんねえらい。へえ、へえ。なんも、なんも、情けねえこって。まあ、うちのごた貧乏人は、いつ死んでもおかしくありませんもんで。すいません、こんなボロ家に、お役人様に来ていただいて。ノミが移らねえとええが」

　八兵衛が言うのを、役人は、うんうんと頷きながら聞いている。

　横で聞いていたさとは、横から、口を出す。

「お役人さん――。城から来ただか？」

「こ、こら、さと。お役人様になんていう口の利き方を」

　父は慌てて言ったが、若い侍は気にもせず、さとの顔を見返す。

「ああ――津から来た」

「村を回っているだか？」

「いかにも」

　さとの無邪気な笑顔に気を許したか、侍は続ける。

「貴様らのような水吞み百姓を一軒一軒訪ねてな、このような名簿をつくっておるのだ」

「そったら名簿だら、庄屋の池田さまンところに行けばあるだろうに」

「庄屋が出してくる帳面と、こうして見て回る実態に乖離があるのだ。実際にこういって村の隅に住んでいる貧しい百姓どもが、何人、どれだけいるのかの正確な名簿を、お奉行はお望みなのだ」

「お奉行――」

さとの脳裏に、いつか、月夜の池田家の離れでひと晩、様々な物語をした端正な顔つきをした若い奉行の顔が浮かんだ。

「いかにも」

侍は言った。

「実際にこうやって村々を回って聞いていると、今までわかっていたよりも、水吞み百姓は多い――。つまり土地を持たず、池田のごとき庄屋に雇われて肥溜めや溝の掃除をしている連中だ」

「はあ。村のほとんどの百姓は、もう土地なんて持っていませんで。みんな先祖はあそこを持っていた、あそこはウチだったんだ、なんて言うだけでしてね。わしらみてえな、どうしようもない、虫けらのような貧乏人は、数にも入らねえってこって、いくらいても仕方がないで」

「お奉行は、そうは思っておらん」

役人は顔をあげた。

「みな、大事な藤堂の百姓だ」

「なんと――ありがてえこって」

「ゆえに、わしのような下僚が、このように村をめぐって、貧乏人の名簿を作っておるのだ」

「へ?」

「この名簿ができたあかつきには、お奉行様が、平等に田んぼをおぬしらに配ってくださるぞ」

その言葉に、父とさとは驚いた。

「え？」

役人は帳面に書き込みをしながら言った。

「この目の前の荒れ地。そこが貴様らの先祖の田畑だったと言ったな。この名簿にきちんと記録しておく。この名簿をもとに、お奉行が地割をしてくださる」

「地割――」

「そうしたら、精を出して働くのだぞ。博奕や酒などに走らず、自分のものとなった田畑を、誠実に、しっかり働くのだ。秋になれば実りがある。それを大事に、大事に育てるのだ。わかったな」

「あ、ああ――」

さとは、思い出した。

あの夜、自分をむやみに抱かずに、ただ村の下々のことを聞き取っていた奉行がつぶやいた言葉を。

「――ふうむ。おまえのような、土地を持たぬ貧しい者どもの暮らしこそ、立ち行くようにせねばなるまい。みなが、必要最低限の自分の住むところと、耕す田を持って、生産に従事できるようにしなければ、この藤堂領の明日はあるまい。さと、わしは、貴様のような娘が、体を売らなくてもすむ村を、子供が口減らしに売られていかずにすむ、そんな明日を、創ってみせるぞ」

ああ。

あれが、奉行の思し召しだったに違いない。

さとは興奮して立ち上がり、

「ああ。きっと、そうなる。ああ――」

と言った。

するとその若い侍は、

「そうだ。わしも、最初は半信半疑であった。だが、お奉行の指図をうけて、実際に村をめぐると、田んぼもカネももたぬ貧乏なものどもが多くて驚いた。優に十万人は超えておる。今では、お奉行のお指図を心から信じることができる。大丈夫。地割によって、この村は復活するのだ！」

と力強く言った。

目が、輝いている。

「われら菓木役場を信じろ」

「は」

「目の前の荒れ地、無事に貴様らの田んぼに戻るとよいな」

といって矢立てをしまって、帳面を丁寧に油紙に包むと、

「今日は、あと十軒は回るつもりじゃ」

といって家を出て行った。

役人が出て行ったあと、さとは、興奮して、父に言った。

「とうちゃん、田んぼがもらえるって！」

「――――」

「これで肥溜めの掃除をしなくてすむ。頑張って働いて儲かれば、松坂に奉公にでたお姉ちゃんや、四日市で働いているお兄ちゃんが戻って来てくれるかもしれねえ。綺麗な田んぼを創って、一緒に田植えをするんだ」

すると、父は、苦虫を噛みつぶしたような表情で、言った。

「バカを言うな」

「父ちゃん？」

「――今のは茨木とかいう郡奉行の手下だ。庄屋様のところに相手にされないからこんな貧乏家にも

やってきやがった」

父は、すぐに縄を綯っていた板敷きの上に戻ると、吐き捨てるような口調で言う。

「今、村方《むらかた》は大変な騒ぎだ。なんでも茨木は、庄屋様から土地を取り上げて、わしら貧乏人に配るつもりなのだそうだ。そんなことしてみろ。この村はむちゃくちゃだ」

「な、なんで？」

「いいか？　今、この村で田んぼや畑ができているのはどうしてだ？　種籾や肥料など、必要なモンを全部庄屋様が買って用意してくださるからでねえか。土地だけもらってどうする。貧乏人のわしらが、どうやって種籾や肥料や、それに問屋への荷出しを含めてやっていくのだ？　水もそうだ。水をきちんと庄屋様が分配してくれるから、おのおのの田んぼにコメが実るんでねえか。土地をもらっても水を分けてもらえなければ同じこった」

「え」

「こったらことは村のみんなが、心をひとつに合力してはじめてできることでねえか。庄屋様や、他の百姓たちが怒っているのに、わしら水呑み百姓だけが土地をもらって何が起きるか。恐ろしいことだ。きっと、もっとひでえことになる……」

「と、父ちゃん」

「侍どもは、城で書類ばかりをこねくり回しおって。百姓家業の実際も知らねえで勝手なことばかりを言って、始末に負えねえ。腹が立つら」

「そ、そんな――」

さとは、日々の厳しい労働に真っ黒に日焼けし、深く皺の刻まれた父の横顔を驚いたような顔で見た。

でも――と、さとは思った。

それじゃあまりに、明日への希望がない。

父ちゃんの言いぶりじゃ、ずっとこのままがいいってことじゃないか。

もう歳を取った父ちゃんはそれでいいかもしれねえが、若い自分はそんなのは嫌だ。一生このままなんか、まっぴらごめんなのだ。

今のまんまじゃ、自分たちのようなものは、一生土地などを持つことはできない。その結果、貧しいもんは、ずっと貧しいまんまだ。

それでいいのか？

このまま貧しいまま、なにをやっても変わらぬまま、俯《うつむ》いて生きていくのか？

あの日、うすぐらい月明かりの下で見た茨木の横顔。

(明日をこそ、創ってみせるぞ)

あの人はそう言った。

そうだ。

あの人は、今、あたしたち貧しい若ェモンの、明日を創ろうとしているのだ。

◇

地割の触れが出てから、城方に協力するといった村方、庄屋は皆無であった。

「それでも、地割はやるべきである――」

城中会議で、理兵衛は力説を続けている。

「土地を持っている大庄屋豪農のごときものが不承知であるのはあたりまえであります。だが本当に救うべきは、土地を持たず、際限なき貧困に沈む貧民どもである。彼らに殖産しなければ、わが領内の隆興はなく、それの殖産をできるのは、われら藤堂家しかないのでござる――。コメはわが領内の最大の産物だ。この最大の産物の生産に梃入れをし、土地の活力を取り戻し、国全体を浮上させることにより、年貢の規模そのものを大きくしていく必要があり、地割はその最たる打ち手なのでござる」

飽くなき理兵衛の奮闘により、最初は、

「前例がない」

「他藩の動向を見極めてからでもいいのではないか」

などと抵抗していた城内の侍たちの反発はだんだんと抑えられてきた。

「領内の郷村の人口は十七万人から二十万人――。これらがすべて平等にわずか三石の年貢を納め、それを和すれば、その石高は藤堂三十二万石を大きく超えるのだ。一気に藩の財政は好転する」

「それは、皮算用にすぎぬ」

「そう算盤通りにいくわけがなかろう」

そのとおりだった。

人はそれぞれ、才や力が違う。

働き者もいれば、怠け者もいる。

老人から子供から、女までもいる。

頭割で乱暴に皮算用するのは、あまりに乱暴だ。

「庄屋どもが反対するのは、それなりの理由あってのことじゃ」

議論は終わらない。

この間も、郷村からの愁訴は、止まることはなかった。

今日は一志郡の村から、昨日は安濃郡から。

さらに、鈴鹿郡から、伊賀のほうから。

あらゆる村から訴状が届く。

それらはすべて、同じ言葉から始まっていた、

――地割之事、当村差支ェ有候付　無理候
　　庄屋一同不承知致度　ご配慮賜度

つまり、まず、土地所有者の不明瞭個所があったり、地主が他国にいる場合などもあり、手続き上、現実的に不可能であるというような説明だった。

これら訴状は、すべて郡奉行茨木理兵衛に届けられ、しかるのちに城代御前会議に提出される。

会議は、あくなき議論を続ける。

「本当に大丈夫か」

「ここまで言われているのだぞ、無理はできまい」

「いったん百姓どもの願いを聞くべきである」

訴状の取り扱いを協議する会議は数十回に及んだ。

その結果をうけ、三度に一度は、

――諸所憐憫ニ付キ

と郡奉行茨木理兵衛の署名をつけた返信を用意し、地割の実施を延期し、準備の時間を用意する、とか、進んで協力したものに苗字帯刀を許す、など、さまざまな譲歩案を示したものの、地割そのも

のを見直すことはしなかった。

そして、あまりにその数が多く、埒があかぬため、訴状の受付を一時的に停止することになった。

だがこれは農村から見れば、城方から返事が来ても一向に地割令が撤回されることはなく、城内では小田原評定が続いたうえ、ついに訴状の受付まで拒否され始めたことになる。

百姓たちはこの事態に、さらに怒った。

「ふざけるな。実のある言葉をよこせ」

村の庄屋たちは、

「いよいよ侍たちは、村の地割を、強行するつもりだ」

と事態を深刻に受け取る。

「一度決めたら、どんな悪法でも実行する――役人とは、なんと怖ろしい連中なのだ」

「人を、人とも思っておらぬのだ」

「どうすれば、田畑を守れるものか」

農民は、村を越え、郡を越え、または領外の有力者たちへも、連絡をとりあい、前後を協議する事態となった。だれひとり、おとなしく地割に従うつもりのものはいなかった。

いっぽう、茨木理兵衛は、郷村で細かく聞き取らせた名簿を受け取り、土地を持たず、最貧民として郷村の最下層であえいでいる『水呑み百姓』の数が、想定以上に大きかったことに驚愕した。

その数、二十万――。

今、土地を持っている百姓とあわせれば二十五万人には確実に届く。

外山与三右衛門と菓木市場の若者たちを相手に、

「――本当に弱いものの声は、この城までは、届かぬのだ」

と唸るように言った。

数字は嘘をつかぬ。

心の奥底から、自信が湧き上がってくるのを感じた。

「この者たちを救えるのは、われらだけだ」

理兵衛が言うと、末吉兼衛門、小川清兵衛といった菓木役場の若い侍たちは興奮して口々に言った。

「そのとおりであります」

「この者たちに、土地を持たせ、殖産するのだ」

「『富者ますます富み、貧者ますます貧ス』の悪弊を、ひっくりかえすことができますぞ」

おお、とみな、拳をふりあげて気勢をあげる。

「明日を、創ろう。この国を、老人と金持ちの国ではなく、若者と、持たざる者の国にするのだ！」

それを眺める理兵衛に、外山が力強く言った。

「そうとなれば、なんとしても、農閑期である冬の間に、地割を実施せねばなりませんぞ」

「ううむ」

「機が熟さぬとか、城内の意見が軟化してきたとか言っていても埒があきません。すでに論を尽くしたのだ。理はわれらにあり。菓木役所の仲間を使って、もう、強引に進めましょう」

外山は過激である。

「あの眠い年寄りどもの空っぽの頭が、すべてを理解するまで待とうと言うのですか？　遅いッ！　遅すぎますよ！　あの連中は、徳川二百年の太平の暖衣飽食に馴れ、厳しい現状に対する危機感がないのだ」

「言葉が過ぎるぞ」

「いえ！　言わせていただきます。ジジイどもは、われら若者たちの明日など、どうでもいいんだ。自分の代を、なんとか無事にやり過ごすことしか考えていない。あんな連中に改革は無理です。この国を変えるのは、我々だ」

その言葉を聞いた若者たちは、そうだ！　そうだ、と賛同の声をあげた。

「ここまでくれば、我らのみでも進めるべし！」

「お奉行、ご決断ください」

確かに、郷村の仕法は郡奉行の職務範囲であり、理兵衛の判断で、強引に前に進めることは可能であった。

だが、それは慣例に反している。

いくら、規則上は大丈夫だとしても、慣例上、城内の実力者の裏書きなしに、この規模の改革を推し進めたことはない。

「春になれば、田植えは始まるのですよ。逆算すれば、この秋から冬のうちに、なんとしても、新しい田券の帳簿を調えねば！」

外山は、必死で迫った。

「時間が、ない、か……」

理兵衛は唸った。

そのとおりだった。

遅くとも、田植えの二ヶ月前にはすべてを終わらせなければ、施策は前に進まぬ。

このまま正月にはいってしまえば、どうなるかわからぬ。

政敵たちは、時間かせぎにはいっているような気もする。

おそらく、次の機会はあるまい。

なんとしても今年中にやり抜かねば、我々は排除され、おしまいだ。

役所で、談合の場で、そして公邸の毎晩の寝床で、理兵衛は考えに考え続け、苦悩の果てに、

「ううむ。外山の言う通りだ。ことここに至れば、仕方あるまい！」

と決意した。

翌朝。

理兵衛は、外山に命じて、菓木役所の若侍たち、および郷村奉行、庄屋の中の一部から有為のものを選抜して名簿を作成させた。そしてこれを、家老会議でなかば強引に通し、さらに加判家老の割印をつけた辞令を準備のうえ『地割奉行』として任命する人事を行った。

これを同時に、城外中町の高札にて公表する。

藤堂藩として、意思を以て完遂する、という決意を、改めて城の内外に示したのだ。

茨木と菓木役所のもとにいよいよ『地割奉行』という実行部隊が設置され、練りに練られた計画が、ついに実行の段階に移行したのである。

仕法之九　悪弊打破

風雲急を告げる寛政八年、十一月の、ある寒い日。

茨木理兵衛の姿は近江《おうみ》国草津《くさつ》宿《しゅく》にあった。

半月前、大坂の杉立治平から、密書があったのだ。


――於大坂表、袴屋九衛門他、商家五軒安濃津専売組合設立相成リ候。寄合場所ト致天満川崎大坂屋敷門外ニ、会所二十坪設置候。之、奉行ノ指図通ニ大和屋不含、内密ニテ進候。一番荷之時期等、契約ノ事談合致度、気効キシ部下ヲ二三、大坂表へ遣サレ度

これを読んだ理兵衛は、これは誰かを遣わすのではなく、自ら杉立と会うべきではないかと思った。

専売の事は、地割と並んで今の茨木仕法における最優先課題であり、歳入改革の両輪である。郷村の改革の総仕上げが地割であれば、物産の販路改革の総仕上げが、専売組合の設立であった。

ここまで杉立とは何度も打ち合わせて、入念に、進むべき眼目をすり合わせてきた。

だが、考え込んでしまった。

杉立治平とは、あの大和屋債権の借り換えの報告の会議以降、会っていない。

あのとき――。

苦労して大和屋との折衝をまとめて帰国した杉立に、理兵衛は乱暴な質問をし、怒らせてしまった。

そのときは予断なく疑問を口に出しただけであり、言うべきことを言ったと思っていた。今もなお、間違ったことを言ったとは思っていないのだが、杉立が怒ったことは事実であった。

（自分には、こういうところがある）

理兵衛は胸を押さえた。

率直に疑問を口にして、目の前にいる人間を怒らせ、世間を狭くする。

それでいて自分では、なぜ相手が怒ったのか、まるでわからないのだ。

正直、大坂に去った杉立が、もう、自分のためには働いてくれなくてもしかたがないと思っていた。しかし杉立は、その後も誠実に、打ち合わせどおりの周旋を前に進めて、この報告の手紙《ふみ》を送ってくれたのだ。

嬉しいはずのことであった。

だが、

「――気の効きし部下を二三、大坂表へ遣わされたし、か」

何気ない手紙の言葉尻が、理兵衛は気になった。

この言い方。

実は、杉立は、自分には会いたくないのではないか。

専売のことであれば、部下の外山与三右衛門が実務に詳しい。

外山を寄こせ、と言っているのかもしれない。

文机の前で逡巡していると、加平次が書院に書類を持ってきて声をかけた。

「おかしら。どうされたのですか」

「ふむ。外山は役所におるか？」

「外山様ですか――。地割の準備のため、目付どもを引き連れて一志のほうへ行かれておるかと」

「そうか」

「どうしたのですか」

「外山に大坂に出張してもらおうかと考えておったのだ」

「大坂に――。この時期にですか？」

加平次はくびをかしげる。

そして、文机に広げられている手紙を見て、

「おかしら。それは――」

と尋ねた。

そして、理兵衛に事情を聞かされて、あきれた顔をした。

「なにを言っておられるのですか。ここはあなた様が行くべきでしょう。専売の事はもう三年もやっておるのです。それに、外山様では過激に過ぎるきらいがあります」

「ふむ。だが、杉立殿はわたしに会いたくないのでは」

「なぜ？」

「先だっての、大和屋の債権処分の件で、わたしは杉立殿を怒らせた」

「わが朋友杉立治平はそのような男ではござらん。畏れながら、あの男は、あなたの何倍も修羅場をくぐってあの年齢《とし》になったのですぞ。些細なことにこだわり武士としての責務をないがしろにするようなことは決してござらん」

加平次は、胸を張って言った。

「また、たとえそうだったとしても、あなたが行くべきでしょう。違いますか」

正論であった。

理兵衛は黙った。

「おかしら。あなたは城内でどんなに罵倒されようと、逃げずに会議に出ていく。それが職務であると思っているからだ。ご立派でございます――。その義、目下の者にも使っていただく」

　加平次は言った。

「目上のものから逃げないだけが男の仕事ではない。目下のものから逃げないことも大事な仕事である。拙者が手配いたします。治平に会っていただきましょう」

「うむ――。では、手配を頼む」

「承った」

　加平次はすぐに手配した。

　加平次は、大坂にいる杉立と津にいる理兵衛が最短で会うために、会談場所を近江草津とした。

　杉立には、大坂から伏見、大津を抜けて来てもらう。

　そして理兵衛は、澤村才蔵をはじめとする伊賀衆の忍《しのび》に守られて、津から亀山《かめやま》、鈴鹿峠《すずかとうげ》を越えて、甲賀《こうか》、野洲《やす》と越えていく。

　今は大事の時。

　ことは全て、秘密裏に進められたのである。

◇

「お痩せになられましたな」

　草津でも街道から外れたところにある瀟洒《しょうしゃ》な料理屋の離れにあらわれた杉立治平は、開口一番、言った。

　それを聞いて、茨木理兵衛は驚いた。

自分のほうも、まったく同じことを感じていたからだ。

料亭の薄暗い行灯の明りのなかに浮かんだ杉立の顔は、げっそり痩せて、ずいぶん老け込んだように見えた。髪にまじる白いものが増え、顔にも深い皺が刻まれている。とくに、目の下のたるみが、頬に深い陰影をつくっており、ずいぶんと疲れて見えた。

「大事のときです。お若いとはいえ、御身を大事にされますよう」

杉立が、痰がからんだような声でそういうのに、

「杉立殿。それはこちらの科白《せりふ》です。お疲れに見える」

用意された奥の膳の前に座りながら、答える。

「いや――拙者は年にござる」

入り口近くに座った杉立は、年寄りじみた咳をする。

その態度があまりに枯れた風情で、理兵衛は、言葉を失った。

どれほど大変な周旋だったのであろうか。

理兵衛は、改めて、杉立の顔をじっと見て、

「此度のこと、誠にご苦労でございました」

と頭をさげた。

感謝の念が、素直に沸いてきた。

すると、杉立は、なんでもないように、ほろにがく笑う。

「いえ。専売のための販路開拓が、三年前にお奉行に託された拙者の責任《せめ》でございます。談合したとおり、ひとりの商人に利益が集約しないよう、複数の商人の合同で会所を設け、そこでやりとりをするように手配し申した。ただし大和屋のごとき藤堂の年寄衆と利害関係がある店は避ける――。その方針で枠組みを調えてございます。あとは実商品の入荷を待つのみ。よろしいかな？」

「あのとき、拙者は無礼な質問をし、あなた様を怒らせた」

「二ヶ月前、津城における大和屋利兵衛御用金二万両の償還借換の報告の場でのことです。

「あのようなこと、とは？」

「――あのようなことがあったにもかかわらず、誠実な手配、心より謝し奉る」

理兵衛は言った。

「いかにも。素晴らしい」

「――――」

「拙者、もう、杉立様はわたしとの約束は守ってくれないと覚悟しておりました」

「武士に、二言はございません」

薄暗い闇の中、背中をまるめて杯を持ちながら、杉立は言った。

「それに、あなたは全然無礼ではなかった」

「なんと言われる」

「拙者は、二万両の御用金を、一括処分ではなく百年賦償還とした。この判断を国元の判断を仰がずに現場で勝手に決済したのだから、藤堂家勘定役としてその眼目を問いただすのは当然であります」

杉立の表情は変わらない。

相変わらず、その目は深い皺の奥に埋もれている。

「ただ――」

杉立は言った。

「あのときは、拙者は、お歴々の前で、あなた様を怒鳴る必要があったのだ」

「杉立殿」

「わかりますか――。人の心、というものでございます」

「心」

「みな、わかっているのです。徳川の世の矛盾《むじゅん》というものを。今の大名家のどうしようもなさ、商人のおそろしさ、すさまじい借金を。ただみんな納得したいだけなのです。誰かに押し付けられるのではなく、自ら納得したいのです。わかりますか、お奉行様」

「はい」

「いいですか。お奉行はまだ子供だったかもしれませんが、二十年前の大和屋からの御用金の借入れは、本当に大変な事業だったのですよ。確かに、お奉行のごとき若者からみれば、なんであんな不利な契約をしたのかと不思議に思うかもしれません。ですが当時は必死だったのだ。徳川からの御手伝普請の命は必ず履行しなければなりません。しなければ御家は取り潰しです。改革の気運が高まった今とは、事情が違うのです」

「――ふむ」

「今のお奉行のお立場であれば、確かに二万両の債務はなんとかしたいでしょう。ですが、あのときのことを知る者にとっては無理です。なにしろ城下いちばんの美女を差し出して、金を出させたのですから。監物殿の世代にとって、どれだけ激しい相克があったのか想像もつきましょう。ゆえに此度は難しい交渉になりました。それがあの結果です。そしてあれは正しかったと拙者は確信しておる。大和屋には両手を合わせたい気持ちです」

それを聞いて、理兵衛は、膳から引き下がり、もう一度頭をさげた。

「申し訳ない――。それにもかかわらず、拙者は傲慢《ごうまん》な物言いをした」

「かまいません」

「いや、しかし」

「本当に、かまいません」

と、杉立はここで顔をあげ、

「いや、むしろ――実は拙者、お奉行には、そのままでいてほしいのです。こんな些細な行き違いを反省して、自分を変えてほしくない」

「些細と」

「はい、些細です。悪いのは貧窮だ。違いますか」

「――む」

「もし、自分があなたの朋友であれば、その性分を変えてほしいと思うでしょう。だが、わたしはあなたの朋友ではない。志を同じくする同僚にすぎぬ。だから、そのままでいてほしいのです」

「そのままで――」

理兵衛はその杉立の言葉の意味を測りあぐねた。

その不可思議そうな表情を見て、杉立は、言った。

「まあ、いい」

そして、改めて大きく息を吸い、此度の大坂の専売に話を戻した。

「ともかく拙者は、周旋のうえ、扱う品を運び入れる蔵を大坂屋敷内に準備し、会所も設けた。――まずは何から売りますか」

「う、うむ」

理兵衛は、改めて背筋を伸ばし、力強い声を出す。

「そうだな――椎茸、干し柿、花梨《かりん》あたりからですかな。これは藩の御用林で順調に育っておる」

「商人たちは、伊勢綿布を期待しております」

「綿花ではなく」

「はい。綿布です」

「なるほど。わかります。わが津の職人は、とくに繊細な織り方をする。腕が良い。ゆえに、他国の綿布よりも柔らかくなりますゆえ」

「いかにも、そのとおりです」

「実は、津の城外、江戸橋に槇野という織物の棟梁がおりましてな。この者の創る綿布が一番高級である故、それを役所経由で売るようにせんと、手紙を送ったり、役人を派遣したり、ずっと周旋しておる。だがこの者、生来の頑固者でしてな。いろいろ言い訳をしては、最上級の逸品は伊勢屋におろし、その次の階級のものを送ってくる」

「どのような条件を出しているのですか」

「津城下の商人どもの三倍のカネを出そうと言っております。必要なら職人に苗字と帯刀も許そうと。だが、あの者はそういうことではないというのだ。おそらく古くから関係のある問屋に遠慮しているのだろう。まったく、職人と言うものは……」

杉立はそれを聞くと、じっと黙ったあと、

「――おそらく、その職人は心配なのです」

「心配？　なにをだ？　藤堂家の保証以上の安心はあるまい？」

「川喜多の人夫を見たことがありますか？」

「人夫は人夫であろう。他に何があるのですか」

「川喜多の店の人夫は、綿布を馬でなく牛でゆるりと運びます。しかも雨の日は避け、よく晴れた乾いた日だけを選んで牛を出すのです」

「――――」

「それに、津の港から出津《しゅっしん》する川喜多の舟は、何十年にも渡ってさまざまに手を入れ、水と湿気に弱い綿布をいかに守るか、舟板から通箱《かよいばこ》まで、工夫に工夫を重ねております。最高級の綿布は、外海の舟を使わずに、宮から馬を手配するような配慮をすることすらあるのです」

杉立は、噛んで含めるように、ゆっくりと説明した。

理兵衛は素直に言った。

「江戸橋から城下までわずかな距離を、馬で運ぼうが、牛で運ぼうが、たいして変わらぬように思うが。馬のほうがずっと効率がいいではないか」

「――そういうものではないのです」

杉立は目をしばたたかせる。

「職人にとっては、カネや効率よりも大切なものがあるのです、お奉行」

「大事なもの」

「それは、自分のつくりしモノへの敬意です」

「敬意」

「精魂込めて作った織物を、はたしてお奉行様が、どれほど丁寧に大事に扱って、お客様に届けてくださるのか。棟梁はそれを気にしていらっしゃるのでございましょう。川喜多の店の者は商品を、本当に宝物のように扱うのでございます。心の底から職人を尊敬している。だから、伊勢屋は江戸表におきましても、信用があるのでしょう」

理兵衛は驚いた。

そのようなこと、考えたこともなかった。

「お奉行様。大切なのは、カネや効率の話ではありません。心の話なのです。商品を生み出す職人の、仕事の話なのです。わかりますか？」

理兵衛は、うん、と頷くと、

「あいわかった――。棟梁には、いかに拙者が綿布を大事に考えているかを伝えるとしましょう」

と、杉立の目を見た。

「はい。そうするのがよろしいかと。そして、できれば実際に会うのです。商売は数字と枠組みだけをそろえても駄目でございます。最後は人間が心をこめねばなりません。そうやって何年も何年もかかって信用を積みあげていくのです」

「うむ――。そうだな」

理兵衛は感心した。

「菓木役場ができて、そろそろ四年。これからが勝負だ。貴殿の努力があって大坂表に販路もできる。必ずや成功させよう。綿布の目処を立てねばならぬが、まずは椎茸と伊勢茶は来年からでも出荷できる。この冬に地割相成れば年貢米の余剰も札差を通さずに直売したい」

「は。では、その書付と割り印を、お奉行様の名前をもって書状にしていただけますでしょうか」

「相わかった。そのために拙者は、ここまで来た」

ふたりはお互いの顔を見て、頷きあった。

「大坂と津で互いに、確実にやるべきことを進めよう。十年後、二十年後には、藩の台所に、千両、二千両という金子をいれることができるだろう」

それから、酒宴となった。

草津は鮒《ふな》ずしが有名である。

ふたりは、その深みのある独特な塊を口に入れては、井戸で冷やした酒で洗うようにして呑んだ。

鮒ずしと冷酒は、非常に相性がよく、美味であった。

このような名物を、津でも作れぬものか――理兵衛はつくづく考えた。

この日の理兵衛は黒の紋付で、いかにも大名家の家臣と言った風情。

月代も髭も青々と剃り、髪も綺麗に油をつけて整えてある。

一方、杉立は、茶の衣紋《えもん》を羽織り、侍のなりではあるものの、どこか貧乏じみた埃《ほこり》っぽいいでたちだった。年齢も四十過ぎであり、そのあたりの井戸端で手でも揉んでいれば、到底大大名の家臣には見えない。

今、鮒ずしを手に取る姿も、いかにも貧乏くさい。

杉立は、その皺だらけの顔で、理兵衛の立派な顔をじっと見上げ、

「お奉行、たいしたものですな」

と言った。

「なんですか、急に」

理兵衛は笑った。

すると杉立は、羞恥の色を見せ、目をそらす。

「いや、余計なことを言いました。ご放念ください」

「何を言う。続けてください」

「いや」

「いいのだ――確かに、今はわたしが郡奉行の職にあり貴殿の上司だ。だが貴殿はもう二十年も倹約奉行の職にあり、苦労を重ねてきた。またあなたの祖父に当たる先々代の杉立治平様は、五十年前、元禄の頃に大坂にて、はじめて藤堂の綿布の販路を築いた仕法家でもあります。いわば先達ではありませぬか。いつも、その経験と知見に尊敬の念をいだいておる。家老会議において、お歴々の前でお叱りいただいたこと、感謝しておる」

「ふふ――」

杉立は、

「年を取りますと、くだらない知恵ばかりがつくものです。余計なことです」

「余計なことでしょうか」

「くだらないことには気が付く癖に、肝心の大きな改革からは逃げるようになる。若い頃、こうあるべきだと思ったはずの大志を、言い訳でくるんで捨て去ってしまって、小さなことをこなしては、自分は働いていると心に言い訳をするようになる。いや、年はとりたくないものだ」

「なにをおっしゃいますか」

「いいのです。お互い、お役目ですからね。わが藤堂家のためには、どうしても必要なことならば、前に進めねば」

と、そこで黙る。

もう一度、手で、鮒ずしの経木の包みをいじると、顔をあげ、

「お奉行」

と、理兵衛を見た。

「は。なんでしょう」

「拙者が、さきほど、お奉行を、たいしたものだ、といったのは、やっかみであります」

「え?」

「はい、やっかみです。羨ましいのだ」

「なんと」

「拙者が、あと二十年若ければ、あなたのごとき仕法ができたものか……。そんなことを考えて、多少、あなたが妬《ねた》ましく存ずる」

「どういうことでしょう」

「若いあなたにはわからないでしょう。拙者は年を取ったのです。倹約奉行という役割で、節約ばかりを説いて、小銭の節約ばかりしているうちに年を取ってしまった。若い頃、拙者も地を割れると思

ったものを」

杉立は自嘲気味に笑う。

「地割のことは、いかがですか？」

「役所総出で準備をしておる――。眼目はみな明確に理解しておるし、若い者どもは、やる気満々だ。あとは実行あるのみ。実際に土地に目印の竿《さお》を立てて、土地を割り振る。ふた月後には、地割の整理はついておるでござろう」

それを聞くと、

「本当に、やるのでござるな」

と顔をあげた杉立の深い皺の奥の目がぎらりと光って見えた。

理兵衛は、力強く頷く。

「うむ。わが存念は藩に提出したる地割令の『謹上陳情書』に記載した通りである。『富者ますます富み、貧者ますます貧ス』この悪弊を打破するため、意思をもって回天の志を、まっとうすべし」

「最貧民が、救われますな――」

「いかにも」

「ふうむ――。ひとりから二反から三反分の年貢を取れれば、百姓七万人で二十一万石。十万人なら三十万石。もっとも新しい帳簿では、百姓の数は二十万と聞いております。この半数から年貢を取れたとしても、今の藤堂の収入の倍です。少なくとも年間収支は黒字化する――。実現すれば、五年、十年のうちに、御家の財務も少しずつ好転するでござろう。うむ、う……む」

杉立は、そう唸って絶句した――。

そして、

「よくぞ、ここまで」

と言って、

「よくぞここまでしてのけなさった」

と、いきなり咽喉《のど》をつまらせた。

「す、杉立殿」

見ると、杉立五郎座衛門治平の目に、涙が浮かんでいる。

突然の杉立の表情の変化に、理兵衛は、驚いた。

「なんとされましたか」

「し、失礼――」

杉立は顔をあげ、

「これは、凄いことにございます。藤堂家始まって以来の、まさに快挙」

と言って、また絶句する。

その顔を、理兵衛は見据えた。

この、年上の、父ほどの年齢の老いた侍が、泣いている。

自分の倍近くの人生を生き、さまざまな世を見てきた男が、このようなことを言うとは。そもそも杉立は自分に対しても厳しい立場ではなかったか。自分は、この老侍に、嫌われているとばかり思っていた。役割上、仕方なくわが説に従ってくれているのだと思っていたのだ。

理兵衛はしばらく、息を呑んで、杉立が嗚咽《おえつ》するのを見ていた。

どれぐらいいたっただろうか。

杉立は言った。

「年寄りが、し、失礼仕った――」

「失礼などではございません」

「拙者――」

杉立は慌てて酒を呑み、

「恥ずかしながら、御家内では嫌われ者でござる。いや、嫌われ者までいかなくても、煙たがられていることはわかっておる。お役目柄でありましょう。ですが、仕事とはいえ、嫌われるのは辛いことにございます」

「――」

「言うまでもなく、倹約奉行の仕事は御家にかかわるすべてのことにおいて倹約を督促することにございます。城方が郷村に出しているお触れの中身はご存じでしょう。上着下着は木綿にせよとか、櫛《くし》笄《こうがい》は木竹のみにしろとか、くだらないことです。武家に対しても祭礼の雪洞《ぼんぼり》の数まで規制して倹約を奨励して歩く。誰でもよい気持ちはしないでしょう。お役目とはいえ、わしのような下僚に、帯の種類や持ち歩く煙草入れの材質まで口うるさく言われるのが嬉しいわけはない」

「――」

「それでもそれが国のためになるのだと思えばこそ奮励できた。だがそれも、五年十年と続けていくうちに、拙者、疲れ申した。どこか、心の奥がくじけて候。こまかい節約を必死でやって、百文、二百文、と支出を絞っても、一向に御家の借金は減りません。年間支出は赤字のまま、悲願の黒字化がどうしても実現できない。努力は報われず、人には悪口を言われ続ける」

「――」

「いっぽう江戸や大坂に出れば、我々とたいして変わらない年恰好の町人どもが、銀の煙管《キセル》で莨《たばこ》を呑んだり、絣の着物を着て落語や芝居を楽しんでいたりする。なぜ町ばかりが豊かなのか。なぜわが田舎は貧しいのか。なんという貧富の差。なんたる理不尽。そんな世を見ているうちに、自分が毎日の仕事を、なんのためにやっているのかわからなくなり申した」

杉立は洟をすすった。

「つくづく思うのです。この世の仕組み――公儀、御家、商家、郷村の百姓組合、株仲間。それらはすべて『今日より明日を良くするのだ』という眼目《もくてき》にて作られたものでござる。つまり、およそ世にある組織とは、今日より明日が、だんだんと良くなる前提で組み立てられたものなのです。だから、いったんそれを、逆に、縮小しようとすると、想像を絶するほどの痛みを生じる……」

「杉立殿」

「拙者、二十年、倹約の仕事にしながら、常々思っておりました。こんな小手先のことではダメだ。誰かが藤堂のために、古き仕組みを根から壊してしまわねばならない。だが誰も、それはできない。なぜなら、その仕事は、草創よりも難しい仕事だからだ。顔をあげて敵に向かって行くよりも、足元を見て屈辱に耐え撤退していくことのほうが、実は、ずっと難しいことだからだ。その証拠に御家においで過去百年誰も改革はできなかった。みな必要なことはわかっている。口ではいろいろ言う。だが結局、誰も実際にはやらなかった。だから、黒字化は達成されず、代々われわれの家はただただ苦しく貧しくなっていった」

理兵衛は、杉立の皺だらけの顔から一瞬たりとも目を離さなかった。

だるく皮膚の垂れ下がったゆるみの上の目が、行灯の暗い光に爛々《らんらん》と輝いている。

「撤退は、男の仕事でござる。やめること、捨てることは、男の決断でござる。どれもこれも、男らしい立派な仕事でござる。だが、それを知るものはいない。世間は撤退の仕事を軽んじているゆえ」

「杉立殿」

「しかし、このようなこと――誰にも言えませんでした。心の中で今の自分がやっているようなちまちました倹約では、決して御家を救うことはできない。『切印金』のような出鱈目な制度では金持ちを利するだけ。本当に困窮に沈む貧民どもを救ってやることはできぬ。もっと根本的な郷村の統治の仕組みに手を入れねば、そう思いながら日々に押し流され、拙者は年を取ったのでございます」

理兵衛は口をへの字に曲げてその言葉を聞いている。

「そして拙者、恥ずかしながら、子供のように夢想するようになり申した。いつか巨大な力があらわれ、この世界の仕組みがひっくり返るようなことが起き、その強き力で抜本的な、本当にやるべき改革をしてのけるのではないか。――そんなことを思うようになったのです」

杉立は、ここで、こほん、こほんと空咳をして、目のまえの杯の酒を、すこし口にふくんで、咽喉《のど》に染み込ませるようなしぐさをした。

「お奉行。借財の処理や専売は他藩もやっている仕法で、粛々とやるべきこと。ですが『地割』は、藤堂だけの快挙にございます。『地割』は、徳川二百年徳川家康公《ごんげんこう》と草創の重臣たちが作り上げた国を治むる仕組みを、根っこからご一新するという快挙」

杉立は、言った。

「よくぞ」

と、息を呑み、

「よくぞ、ここまでなされた」

改めて言った。

杉立と理兵衛は、料亭の暗い行灯の光の中で、しっかと顔を見合わせた。

杉立の顔に、深い、深い皺が刻まれている。

改めて、杉立が経験してきたさまざまな苦しみが、ここにあるような気がした。

武士に生まれたはずのこの老人は、細かいカネのことで苦労し尽くして、年を取ってしまった。

若い頃、見たであろうあらゆる夢を、主家の借金という魔物《ばく》に食われ、失い、すべてあきらめて生きてきたのだ。

みな、本当は心の奥底では、やらねばならぬとわかっていたことを、誰もやらなかった。

そうして、ずるずるとこの藤堂家は貧しくなっていった。

そんなことをモタモタやっているうちに、みんな年を取ってしまったのだ。

こんなことはもう、止めにするのだ。

今こそ、意志を以てこの国の収支を、黒字化するときなのだ。

「気を付けなされ」

杉立は言った。

「おそらく、御家内にはわたしのような感慨を持った者はほかにもいる。だが、その声は小さいと思われます」

「はい」

「そして、このような改革は大きな痛みを伴う。とかく、嫌われるものでござる」

「覚悟の上でござる」

「物言わぬ者どもをこそ、怖れるべきです」

「――ふむ」

「そして、監物殿」

「監物様……」

「監物殿は、今は、貫禄もつき、あのように譜代のお歴々を束ねるような立場にあられますが、二十年前、十五年前、本当に輝くような若侍であった。藤堂家をまたひとつ大きくし、天下にその威厳を誇るために、必要なことをしていかねばならないという志に燃えた、若き改革者のひとりだった」

「え？」

理兵衛は顔をあげた。

「意外ですか？」

「意外です。わたしには多少考えがお古い、感情的なお方だとしか思えぬ」

「いえ——。あの方は立派なお方です。拙者が倹約奉行になった頃よく励ましのお言葉をくだされた——多少、乱暴なふるまいもありますが、その心意気やよし。だから困るのです」

杉立は言う。

「あの人は、豪放磊落にふるまわれ、ざっくばらんである。ですがその実、さまざまなことに心配りができる。長き間執政の地位にあり、さまざまに学び、その仕法が若き頃よりもずっと慎重になっただけのことなのだ。今のふるまいも決してその場しのぎのいい加減なものではない。あなたの施策のことも、地割の事も、おそらくあなたが思う以上に理解している。そのうえで反対している」

「ふうむ」

「本当に恐ろしいのは、そういう人なのです。明るく、磊落で、何も考えていないように見える。しかしその実腹の底ではさまざまなことを考え、信念に従って行動できる——だから、多くの人が、彼に従うのです」

「なるほど」

「いっぽう、あなたは、頭はよいが、若く、鼻につく。その端正な顔も、好かれるものではない。腹の底が一枚しかないように見える。正しいことをおっしゃっているのに、なんとも勿体《もったい》ない。——いいですか、丁寧な態度や言葉は最大の護りなのです。もっと腹芸をしなさい」

「わたしは、なぜわたしが嫌われるのかわからぬ。丁寧な言葉を使っているつもりなのだが」

「ふむ——」

杉立は頷く。

「わかります。男にはできることとできないことがある。それも仕方がない。拙者も嫌われ者ですからな、そういうことはよくわかります。ですが努力するのです」

「はい」

「いいですか、お奉行。数字と規則を振り回して人を下に見る人間は、信用されません。数字も規則も、所詮文字でしかない。中身などないのですから。あなたは心学を修めておられる。本当は理屈だけの人間ではないとわたしは考えるが、そう見えるのだ――ふるまいが間違っておるのです」

「不徳の致すところです」

「ふふふ」

「いかがなされた？」

「今、嫌われ者がふたり、高山公がお生まれになったこの近江の国にて、藤堂家の明日のことを案じているのが、おかしいなと思いまして」

杉立は、疲れたように目をしばたたかせて銚子を取り、理兵衛に酌をした。

そして、しゃがれた声で、こういった。

「――拙者が大坂の藩邸を出る直前、江戸より通達がありました」

「なんの、ですか」

「高嶷様は健康上の理由で、廃嫡になられるとのこと――江戸屋敷にて、御殿がご本人とよくよく話されてご判断されたそうです」

驚いた。

そのような判断がされたとは。

理兵衛は聞いていなかった。

「聞いていらっしゃらなかったようだ」

「いかにも」

「お奉行、改めて、お気をつけなされ」

「う、うむ」

「真偽はともかく、あなた様は、城中では高崧派とされておるのです。あなたは大きな後ろ盾を失ったのだ――。これから監物派は一気に『茨木おろし』の風を吹かせてくるかもしれぬ。急ぐのです」

「――――」

「そして、大志をとげるためには、いまひとつ賢くなさりませ。この会合の周旋を、わが朋《とも》川村加平次は秘密裏に進めたとのこと。さすが加平次。賢明なことであります。その意味を、どうかよくお考えを」

「つまり」

「はい。わたしとお奉行は、旧守派にとっては目の上のたんこぶ。草津でこんな秘密の談合をもったことなどが露見すれば、どんなことが起こるかわかったものではありません」

「あいわかった」

「われらの繋ぎを伊賀者に頼むのもまた賢明。どうか、御身大事に」

杉立は、真剣な表情で何度も何度も繰り返した。

◇

杉立と別れて、澤村才蔵に守られて鈴鹿山中の峠を、津へと急ぎながら、理兵衛は考えた。

風雲は急を告げている。

だが、やるのだ。

自分の後ろ盾のひとりであった高崧は廃嫡された。

きっともう『次』はない。
なにが起ころうと、貧しきものどもを救わねばならぬ。
極限まで拡大した貧富の差を解消し、藤堂藩全体の活力を底上げする。
明確な成果が出れば、風向きは変わる。
急ぐのだ。
いまこそ『地割』にて、この国を救わん――。

仕法之十　鯨波響闇

やや雪のある近江から、冬の北風に乾いた津に戻ると、山田野村の庄屋、池田佐助が捕らえられ、牢にいれられているという報告があった。

「む――池田が。なぜだ」

池田は『一志郡小倭郷九ケ村百姓訴状』なるものを手にして、津の城下にあらわれ、岩田口の門脇の大木に隠れて、藤堂仁右衛門の駕籠を見るや駆け寄って、城代への直訴を試みたというのだ。すぐに護衛の武士が進み出て取り押さえたが、大暴れをして、叫びまわり、城方の侍への反抗の態度を見せたため、縄を打ってそのまま入牢させたということだった。

「お奉行、訴状の写しが来てございます。ご覧になりますか」

外山与三右衛門が説明に来た。

「――わたしの文机《つくえ》においておけ」

「どうされますか。どうせまた、地割をやめろと言うのでありましょうが」

「罪人の処分は郡奉行のお役目ではあるまい。隼人様の管轄ゆえ、任すことになるな。だが、池田のようなものが牢にいることはいいことだ。地割の事、邪魔をされることがないだろう」

「わたしもそう思います――。過激のものは牢にいれたほうがいい」

「天はこちらに味方したと見える」

外山の顔を見て理兵衛は頷いた。

だが、理兵衛たちは知らなかった。

この池田の捕縛を指示したのは、担当奉行の藤堂隼人であったが、隼人は、理兵衛不在のうちに開かれた加判家老の会議においてこのことを答申したうえ、お歴々の意見を仰いで判断したのだ。

下役の外山は、このときの議論を見てはいない。

実は、この場で、藤堂監物が、池田の捕縛と取り調べによる地方《じかた》の組織解明を、強く主張した。

「今は、大事の時。藩の秩序を揺るがすそのような直訴を許すわけには行かぬ。村には返さず、奉行所の牢に繋げ」

まったく、道理であった。

だが、監物にどのような意図があったものか。

池田佐助は、藤堂領の中でも伊賀に近い一志郡の中核に近い、山田野村の有力な庄屋である。

郡内に広い信頼がある親分肌の男で、各村の百姓どもの信望を集める顔役でもあった。

その顔役が城内に捕縛され、城方の取り調べを受けることにならば、一志郡の百姓がどう出るか。

取り調べとは、つまり、鞭打ち、石抱《いしだ》き等の拷問を行うということだ。

池田を救わんと、奪還のための人数が集まる可能性がある。

それを予測すれば、本来、すべては穏便に計らうべきではなかったか。

牢などに結ばず、里方に戻し、内うちに済ませることもできたはずである。

藤堂隼人は、加判会議における監物らの主張にしたがって、山田野村に目付二名を派遣した。

下文をもって、池田佐助、直訴の罪に付き奉行所に留め置き、御家老直々の御調べあるべし、とわざわざ告布せしめた。

それは、まるで百姓どもの怒りの導火線に、火をつけるがごとき行動であった。

いっぽう、それを知らぬ理兵衛と外山は、次の手を急いでいた。

体制、人員、すべて整った。

あとは地割の実施のみである。

◇

十二月十九日。

理兵衛は津城に地割目付を集め、領内郷村に、下記の『触れ』を伝えさせた。

百姓への補償金を申し出たのだ。

一　地割承知の者には
　　千石あたりに下行金三十両三万束を支給する
一　百姓共の申し出を配慮し地割を均等にせず
　　遠近・広狭・小作多少　ごとに配慮なす
　　以上、郡奉行　茨木理兵衛　百姓憐憫の上　手配為也

「これで、転ぶものも多いはずです」

外山は言った。

（そう、目論見通りにうまくいくだろうか）

理兵衛は思ったが、いまはやってみるしかあるまいという気持ちだった。

目付どもは、翌二十日朝、この『触れ』を持って、それぞれの持ち場の村に散っていく。

理兵衛は、それを見送るとすぐに屋敷に澤村才蔵を呼び、伊賀者を動員して、郷村の様子を採り報告せよと指示した。

これが、十二月二十日夕方である。

いっぽう『触れ』を受けとった郷村の庄屋や村役人どもは、激怒した。

つい先日、山田野村庄屋池田佐助を逮捕したとの連絡があったのに続いて津城から、

「補償金を出そう。強引に地割を進めるぞ」

という、いわば最終宣告に似た布告が届いたのだ。

な、なんということか――。

「ど、どこまで我らをバカにすればいいのか」

「城方は、何を考えておる？」

「――千石あたり三十両だと？　この程度のカネで、先祖代々の田畑を手放せるものか」

だが、この時点で、郷村には表立って不穏な動きは見えなかった。

郷村はそれぞれ山のあちらとこちらに分かれており、具体的な動きとするには時間がいる。

二十三日、二十四日になり、外山が放った目付役人たちが各担当郷村から戻ってきて、村々は今のところ不穏な動きはないとの報告をしてきた。

また、澤村才蔵以下伊賀衆からも、二十五日、郷村はまだ表立っては平穏で、普段と変わらず静かであるという報告があがってくる。

同日、郷村を回っていた、菓木役場の勘定役であり、今は地割奉行に任命されている小川清兵衛が戻ってきた。

小川は、一志郡の山奥の里まで視察に行っており、帰城が二日伸びた。

「お奉行様――大農家、中農家は、いずれも腹を立てている様子。不承知の機運大きくあり、何かで

きぬかと算段をしている気配ですが、土地を持たず貧困に沈む『水呑み百姓』どもは、期待しているものも多くございます。もしかしたら土地がもらえるかもしれぬ、と内心では待っている。百姓どもとて、決して一枚岩ではございません。拙者は、直接話を聞いてまわったのです」

小川は、目を爛々と輝かせて報告した。

「あのものどもを、救わねば」

横から、外山も鋭く言った。

「庄屋どもがよからぬことを考える前に地割を実行すべきかと思います」

「そのとおりです！」

小川が叫ぶ。

呼応するように、菓木役場の若者たちが口ぐちに叫んだ。

「よからぬことが起きる前に田券を糾すべきだ」

「貧しき下々の期待にこそ、応えるべし！」

彼らは、事態がここまで切迫したことに興奮している。

「ふうむ」

茨木理兵衛もまた、頷いた。

「そうです。声なき声に、答えるのだ」

もう、師走も押し迫ってきた。

今しかあるまい。

「よしッ！」

理兵衛はその夜のうちに登城し、加判家老岡本五郎左衛門、城代藤堂仁右衛門へ地割実行の報告をあげた。

それが二十六日。
冬の、凍《い》てつくような北風の吹く夜であった。
しかし、時を同じくして、津城下町より五里、一志郡山田野村に、
「大庄屋池田佐助放免の事」
と大書した幟《のぼり》があがったことを、理兵衛は知らぬ。
すぐに、松明《たいまつ》を手にした百姓どもが、声もなく、ぞくぞくとあつまってくる。
暗闇の中に、その数、百、二百――。
みな手に得物をもち、顔つきは怒りに満ちている。
やがて彼らは、山を下り始めた。

◇

それから一刻のち。
奥榊原高山村《おくさかきばらたかやまむら》に小倭郷《おやまとごう》内庄内、下松の三ヶ所に、異様な姿の百姓どもの姿を見た。
みな、笠、蓑をかぶり、手に手に竹槍を持ち、腰には鎌を提げている。
その数、数千。
やがて。
ひときわ大きな松明を脇に持たせた首領が手をあげると、一斉に、

　おおおおおううう！
うおおおおおう！

と雄たけびをあげた。

鯨波《げいは》（雄たけび、鬨《とき》の声《こえ》）である。

その咆哮《ほうこう》は、真っ暗な冬の一志の、乾いた山々に響き渡り、暗闇は異様な咆哮で満たされた。

その声を合図に、それぞれの村から武装の百姓どもが群れ起き、篝火《かがりび》を掲げて山を下りて、集まってくる。

その数は、数千から、あっと言う間に万を超え、二万近くに達した。

まるで、夜の闇の中を真っ赤な炎が、河の流れのようにこちらに向かってくるように見える。

やがてその炎の河は、平野の村々も巻き込み――。

「池田佐助を助けろ！」

「無罪放免せよ！」

と大声で叫びながら、津の城に向けて進軍を開始した。

「ひと出ぬ村は、焼き打つべし」

「役人役場は、焼き打つべし」

「ええい、茨木の首を取れ」

藤堂領内のあらゆる村という村に、全員招集の回状が密かに回っていたのだ。

百姓は上から下まで、すべてが手に得物を持って行進に参加していく。

これが、のちの世に『寛政の安濃津地割騒動』と呼ばれる、巨大百姓一揆の始まりであった。

記録によれば、暴徒が最初に襲ったのは、家所村常廻目付清水恵蔵宅、志袋村庄屋吉岡専蔵宅、菓木役人河村重右衛門宅である。

いずれも茨木理兵衛の理念に賛同し、地割の準備を手伝っていた役人どもの家であった。

これらは、家人が寝静まった夜に、

「うわあああ」

という雄たけびとともに襲われ、屋敷を破壊された。

反撃の準備を整える暇《いとま》もない。

家財略奪の上、放火され、家の下人どもは犯され殺されたのだ。

「ざまあみやがれ！」

農民たちの、勝利の鯨波が深夜の伊勢の山野に響き渡る。

目を血走らせた農民たちは、金持ち、役人たちの家を襲いながら、やがて津城下を目指し、やがて明け方、津城南神戸《かんべ》村から半田山に進軍した。

◇

藤堂家がこの報を受けたのは、十二月二十七日の未明であった。

地廻目付の使者が城門に飛び込んだわずか半刻後、朝まだ明けぬ冬の津城に、陣触れの太鼓が打ち鳴らされた。

「土民蜂起！」

「武士はすべて武装の上、各組頭の指揮にしたがえ」

侍大将が住む城下武家屋敷に使者が飛ぶ。

津城および各城門には、すぐに篝火が焚《た》かれ、すべての武士は先祖伝来の甲冑を身につけ、槍を持ち、薄明るくなってきた朝もやの中、続々と集合した。

城代藤堂仁右衛門は、直ちに津城本丸に入り、夜明けともに緊急の宣言を発する。

「城門を固めよ。百姓どもに決して岩田橋を渡させるではない！」

怒号が飛び交い、それぞれの侍が、目を血走らせて走っていく。

「監物組、集まれぃッ！」

「主膳組の鉄砲、前へ！」

百姓三万以上の蜂起となれば、内戦と同規模である。

（こ……これは、なんたることが起きてしまったのか）

（江戸の公儀に知れれば、改易や取潰しもあるぞ）

（すぐに鎮圧せぬと、大変なことになる）

在国の武士たちは、身震いするような恐怖を感じながら、それぞれ武装して持ち場である城の城門へ走った。

このときの、主な武将たちの配置は以下である――。

古川口　藤堂監物　三千五百石
岩田口　藤堂多左衛門　千二百石
半田口　藤堂外記　千五百石
塔世橋　藤堂数馬　三千石
八丁口　内海左門　千石
京口門　藤堂内匠　三千石
同外門　中川蔵人　千五百石
伊賀口　横濱内記　千石
中島口　多羅尾四郎左衛門　千石

下馬先　梶原右膳　千七百石
御城　　藤堂主膳　三千三百石
　　　　　　　　他　計四十三軍団

藤堂の軍制はその綱紀、天下に響いたほどのものであった。

すべては事前に取り決められたとおりであり、その行動と対応も早い。

彼らはすでに切印金処分のときにも出動しており、その意味では訓練ができていた。

伊賀者の報告によれば、一揆勢は、城南の岩田町、伊予町に乱入。

綿屋平座衛門宅の、商品、衣類、道具類などを切り裂き、川に打ち込むなどの乱暴狼藉を行っている。

町屋の商家は、一揆勢に茶やまんじゅうを出すなどの懐柔を試みるが、いったん城方に繋がる金持ちと思われればすぐに、打ちこわし乱暴などの餌食となった。

「金持ちどもを折檻せよ！」

「茨木の味方は、みな殺せ！」

「好き放題やっておる商家の蔵は、打ち壊せ！」

暴徒のなかには、やくざや雲助なども交じっている。

無頼のものどもが、ここぞとばかりに暴れ出た形だった。

これを城中で聞いた城代藤堂仁右衛門は、まず、

「南方の一揆勢を岩田町で留め、川を決してこちらへ渡らせるな」

と改めて指示したうえ、

「鎮撫方《ちんぶかた》を任命する」

として、民政を統括する加判老中の岡本五郎左衛門、永田三郎、そして、農政の責任者である郡奉行の理兵衛と、神田又三郎を任命した。これはかねてからこのようなときには加判家老と郡奉行を任命する決まりになっていたものを忠実に実行したものである。

夜明けの公邸で一報を受けた理兵衛は、驚くよりも先に、腹を立てた。

「いったい、何をやっておるのだ！」

登世に手伝わせ、武具を召しつけ、鉢巻きをする。

「この大事の時に、邪魔だてをしおって！」

屋敷を出るときも、なお、怒っていた。

「旦那様。御武運を！」

声をかける登世に、

「うむッ」

となお、吊り上がった目顔で頷くと、ずかずかと城本丸へと向かった。

茨木理兵衛が登城すると、城につめかけた武士たちはみな、一歩下がって仰ぎ見た。

此度の一揆、百姓たちは、筵旗《むしろばた》に、

茨の首は今が切りどき

竹八月に木六月

——伐ってとれ

と、落首していた。

一揆勢の要求は、理兵衛の首であったのだ。

爆発するような不満が、叫び声となって国中に満ち満ちていた。

「茨木！　岡本がすでに、岩田口へ鎮撫に向かった。まずはここに沙汰を待て」

理兵衛、城代に指示されて平伏したが、

「御城代。拙者、鎮撫に出陣したく」

と立ち上がろうとする。

顔は、怒りに真っ赤であった。

珍しいことである。

理兵衛は怒りに我を忘れていた。

「今、家老年寄衆が十一の門を固めておる。貴様が出ていっては前線が混乱する。ここにて待て！」

「しかし」

「うるさい、待つのだ！　貴様はむしろ今、文官であろう。武官に任せ、まずは控えておれ！」

「いえ、拙者は——」

すると、城代の脇を固めていた藤堂主膳が叱りつけるように言った。

「黙れ！」

そして、問い詰めるように言った。

「貴様は邪魔なのだ！」

「なんですと？」

「茨木、この始末、なんとする！」

その姿も甲冑陣羽姿。

まるで戦国時代から飛び出てきたような恰好である。

理兵衛は、直ちにこれに反論する。

「主膳様――これは、モノの道理のわからぬ無学のものどもの乱暴狼藉でございます。御家を救い、万民を助ける地割の朝に、このような騒動を起こすとは言語道断。断固として許さず、しかるべきものどもを処分し、初志を貫くべし」

「まだ、そのようなことを言うのか！」

主膳は立ち上がり、足を踏みしめて叱りつけた。

「貴様が、この暴徒を創ったのだ！　なぜそれがわからぬか」

「主膳殿。何度もこの広間にて皆で議論致しましたではありませぬか。地割こそ万民を救い藤堂を日の本一の大名とする施策にございます。ものを知らず、学びもせず、国のなんたるかを知らぬ志の低きものどもに、決して屈してはなりません。いざ初志を貫徹し、藤堂のなんたるかを天下に知らしめるべし！」

「なんたる奴だ。一揆を起こしていながら」

「わたしが起こしたわけではない！」

「この期に及んで、詭弁《きべん》を弄するか！」

「詭弁ではござらん。このような時こそ、正道を進み、毅然と仁政の道を進むべし」

「き、き、貴様ァ！」

主膳は顔を真っ赤にして、

「申し訳ない、の一言も、出ないのか、愚か者め！」

と、いまにも卒倒せんばかりに怒った。

すると主膳の親友の藤堂多左衛門が進み出て、大声で怒鳴る。

「まずは、すみません、だろう！　この若造！」

理兵衛は内心、しまった、と思った。

理兵衛の、傲慢ともとれる堂々とした態度に、周囲の武将たちの顔はみな怒りと敵意に燃えている。

「待て」

城代の藤堂仁右衛門が上座から、落ち着いた声で言った。

「今ここで、そのような言い争いをしてなんとする。まず、この一揆勢を鎮撫することのほうが先だ。茨木、貴様はここで待て。さきほど言ったように、今、岡本五郎左衛門が城南に向かっておる。伊賀衆も与力につけておいたぞ。岡本は一揆勢に乱破を放つことで策を弄し、首領どもと直接話すとのことだ。それを待つのだ」

しばらくすると、岡本は、訴状を持って城に戻ってきた。

武将たちが居並ぶ広間に、武装のまま、

「御免！」

と叫びながらずかずかと進み、城代の前に平伏のうえ、報告する。

「拙者、橋を渡り、岩田町阿弥陀寺《あみだじ》にて、一揆首領谷杣村組頭、町井友之丞と相対峙、直接説諭を試みまして候。町井、よくよくわが説を聞けど、万世百姓を生業《なりわい》とするものとして、地割の儀、どうしても不承知として、ここに訴状を提出。また、牢内にある池田佐助の釈放を求めております。拙者、いったんこれを城内に持ち帰り、よくよく談合すると約束し、岩田橋から一揆勢をいったん城から遠くへ引き退《の》かせてございます」

「ふむ、よくやった」

藤堂仁右衛門は満足げに頷いた。

理兵衛はそれを聞くと、

（町井だと――？　田舎者めが。何を言うか）

と内心の怒りを抑えきれず、それでも岡本が持ち帰った訴状を回覧する。

――万世代々　百姓の儀承り
　地割の沙汰　万死を以てして　不承知
　　全て　郷村方仕法の事　旧知の通りに復旧ありたく

「下々のものどもは、決して藤堂家の転覆や、戦を望んでいるわけではなく、寛政四年の菓木役所設置以来、茨木奉行の仕法により発出された様々な触れをすべて撤回し、旧に復することを望んでおる次第。ありていに申せば、茨木殿の罷免を求めてございます」

「バカな」

　思わず口に出したのは、当の茨木理兵衛だった。

　藩政における人事の権は、藩主のみにある。

　士民や庶民の、乱暴な強訴にいちいち耳を傾けていては、藩政など取りまわせまい。こんなことを認めては、以降、藤堂家は民のいいなりになり、どんな施策も打てなくなる。武家の沽券にかかわることであった。

　城方は一枚岩となって、百姓の申し出を却下すべきである。

　あたりまえのことではないか。

　だが、そこにいた武将たちはみな、そうは思わなかったようだった。

　みな、非難の目つきで、理兵衛を見る。

　岡本五郎左衛門は続ける。

「一揆勢は、郡奉行茨木理兵衛、菓木役場取締外山与三右衛門、倹約奉行杉立治平の罷免と引き渡しを求めておる。とくに茨木殿を『農業ニ而渡世致させ見申し度』との言い分でございました。これは、拙者、即座に百姓どもを叱りおきてございます」

それを聞くと、武将たちの多くが、理兵衛を嘲笑する声をあげた。

「ははは。茨木に百姓をさせろ、か。いいではないか」

「さんざん百姓にあれこれ指示してきたのだ。まずは自分でやってみるのもよかろう」

誰かが、軽口を叩く。

（なんだ、この者どもは）

理兵衛は思った。

（百姓側の道理に立つというのか？）

なにか、知らない動物を見ているかのような気持ちになる。

（貴様ら、ものの道理や、あるべきことわりを知らずに生きておるのか？　ここで百姓の言い分を聞いたら、ずっと聞き続けることになるぞ。その程度の腰のもろさだから、ここまで御家の改革ができなかったのだ！）

そのとき。

城外の町の遠くから、うおおお、うおおお、という、農民たちがあげる雄叫びが再び聞こえた。

格子から見れば、ばあん、ばあんと、焼き討ちした屋敷の板材が爆《は》ぜる音がして、煙があちこちにあがっている。

ぱんぱん、と鉄砲を打つ音。

どん、と火薬のようなものに火をつける音、打ち壊す音。

それは、城内の侍どもが生まれて初めて見る、戦場の姿だった。

戦など、もう二百年も、三百年も前の、物語の中の話かと思っていた。まさかそれが、御藩の城下町で起こるとは――。

居並ぶ重臣はみな、動揺に引きつっている。

そこへ、斥候が戻ってきて、告げた。

「一揆勢、新手が攻め寄せました」

「な、なんと。岩田口の奴らを、岡本が説諭したばかりだというのに」

「津西、八丁口方面に、一万」

「今度は西か」

「さらに、津北、塔世橋方面に五千。いずれも、商家や庄屋を襲い暴れております。鎌、竹槍、鉄砲などで武装し、寄らば戦うという姿勢を崩しませぬ。訴状を掲げて乱暴狼藉」

「城方はどうだ」

「総員、万事武装の上、固めてござる。藤堂数馬配下、西川善衛門は、槍をもって飛び出し、十名ほどと斬り結び、ひとりで五名を刺殺仕《つかまつ》った」

「うむ。見事である」

「しかし――」

藤堂主膳が言った。

「囲まれた」

その通りだった。

津城の東は、伊勢湾である。

南、岩田橋方面に、町井友之丞率いる一揆本体一万五千。

西、八丁口方面に、新手が一万。

北、塔世橋方面に、河内谷、加太などの亀山に近い山間の一揆勢が五千。

武士たちが武装して籠る津城は、このとき、周囲を三万人の武装の百姓どもに、ぐるりと取り囲まれる形となった。

だが、いっぽうで幸いなことに、一揆勢はまだ、藤堂の武士たちと組織的な戦闘には入っていない。百姓どもは、それぞれの道の途上にあった商家庄屋役人など、金持ちと目される屋敷を襲っては、乱暴狼藉、打ちこわしや放火を行ってはいたが、津城の武士たちへの直接的な宣戦布告はしておらず、一定の敬意をもって距離をおいていた。

主膳は言う。

「――百姓どもの眼目は、戦にあらず」

「あくまで、われらに『願い』を受け入れてほしいというだけでござる」

そして、仁右衛門を見て、

「民の声を聞くは、領地の支配を承る武家の役目である。ここは訴状を受け取り、解散を促してはどうか」

と言った。

「なにを言いまするか」

理兵衛は反論した。

「愚民共の声を聞き、愚政を行うというのですか」

「貴様は、黙れ!」

「いえ、黙りませぬ」

と答えておき、

「――と、岡本様」

と加判家老を振り返る。

「一揆勢は、阿弥陀寺にて、岡本様の説諭を聞いたとのこと。まことですか」

「うむ。その通りである」

「つまり、聞く耳は持っている、ということですな。拙者、郡奉行として、この言説にて、奴らを解散させてご覧に入れます」

　理兵衛は立ち上がった。

「何をする、貴様の出馬は無用である」

「なにをおっしゃるのか、この件の責任者はわたしである。わたしが行かねば誰が行くのだ。天理は我にあり。わが仕法は、民を救うことこそ眼目なのだ。誠意をもって説明すれば、わかるはずであります」

◇

　津城西の八丁口に行くと、そこは、内海左門（千石）、沢田平太夫（千五百石）、加藤六兵衛（八百石）が篝火を焚いて守っていた。光るような槍を連ね、大砲を設置している。

　騎乗にて駆け付けた理兵衛を見ると、

「おお、茨木」

「下知は出たか」

「いつでも打って出ることはできるぞ」

と口々に言った。

いずれも、旧禄三百石の茨木よりも家格がよい家のもので、どこか茨木理兵衛を軽んじるところがある。

「そのようなことではない。説諭に参った。城南は、岡本様が説諭されたらしい。この西は、拙者が持ち場である」

そう言ったとき、背後から若輩《じゃくはい》の侍どもが数名、胴巻き襷《たすき》がけという姿で駆け付けた――菓木役場の若者たちであった。

文官ながらキリリと白の鉢巻きを締めた小川清兵衛が進み出て、馬上の理兵衛に爽やかに言い放つ。

「お奉行様！　お下知に従うを、お許しください！」

「むっ」

「大事の朝に騒ぎを起こすとは、不届き千万。民を憐《あわ》れむお奉行の思いをなんと心得るか！　拙者、屹度、下々の者どもを懲らしめてごらんに入れます」

「小川――懲らしめるのではない。誠を以て説得するのだ」

「はっ」

「よしッ。ついてこい」

理兵衛は木戸を開けさせ、騎乗のまま敵の面前に出た。

馬側には、小川清兵衛、末吉兼衛門をはじめ、菓木市場の若者が五名。

さらに内海、沢田、加藤の手のものが三十名ほど寄り添っている。

二百丁ほど先に、百姓どもは、そのあたりの商家や屋敷から持ち出した椅子や縁台を打ち並べ、鎌や竹槍を振り回していた。

理兵衛は大音声をあげ、

「――茨木理兵衛なるぞ、静まれ静まれーい！」

と叫んだ。

「畏れ多くも御殿が参勤にて留守の城下に押し寄せる無礼をなんとする。だが、われは郡奉行である。貴様らの心根を強く憐憫《れんびん》の上、罰することはなし。わが説を聞き、まずは本所に帰るべし！」

その声は、群衆の中に吸い込まれていく。

すると、一揆勢のなかから、

「あれは、茨木でねえか！」

という声があがった。

「なに！」

「本物か！」

「あれが茨木か！」

一揆勢は、すぐに興奮状態となり、投石を始めた。

石の中には、瓦や土器《かわらけ》のようなものも含まれている。

サムライの軍勢の足もとに、それらは飛んできた。

「わが説を聞け」

「鬼じゃ！　鬼じゃ！」

「話を、聞くのだ」

「首を刈れ！」

話にならぬ。

やがて群衆は、目を血走らせ、怒りに雄たけびを上げながら進んできた。

そのうちのひとりが、矢を射かけ、その矢が理兵衛の頬をかすめる。

「お奉行」

末吉が悲鳴のような声をあげた。

馬上の理兵衛は頬を押さえている。

その眼前に小川は刀を抜き、

「おのれ」

と大声で威嚇した。

呼応するように、守備兵たちが馬下に並び、次々抜刀する。

一瞬、百姓どもがひるんだのを見ると、小川清兵衛はそのまま進み出、

「無頼をやめろ！　お願い出の儀、御奉行は、自らお聞きになられる。このような機会はめったにないのだ。聞け、聞け、聞けーい！」

と叫んだ。

素晴らしい大音声であった。

その声は、確実に群衆に届いた。

木戸口は一瞬、しん、と静かになった。

機を見て茨木理兵衛が説諭を試みようと、一歩前に出たとき。

「なぁにが、話を聞く、だ！」

「われらが、何度訴状を提出したと思う」

「さんざん無視をして、なにを今更。血の凍った役人なぞ、信じてたまるか」

百姓どもは、口々に叫んだ。

「黙って、池田佐助を返せ！」

「わしらを、人間扱いしろ！」

「役人どもなど、みな鬼だ！」

最初のうちは耳に届いていた言葉も、やがて、うわあああという、怒号のような、唸り声のような轟音となった。

「殺せ！」

「あの男を殺せ！」

「子供たちのために、鬼を殺せ！」

馬上の理兵衛は、目をむいた。

「なんだと」

「殺せ！」

「話を聞くのだ」

「殺せ！」

どおおお、と大地がうねるように鳴り、餓鬼のようにボロボロの着物を着た土民たちが、手に刃物をもって、目を血走らせて、こちらに走ってきた。

「なっ」

理兵衛は立ち尽くす。

馬側に並ぶ守備兵たちは、必死で前に出る。

斬りあいが始まった。

「なぜわからぬ」

理兵衛は叫んだ。

「――一揆勢は、鎮撫役の岡本様の話をちゃんと聞いたというではないか」

すると、抜刀して理兵衛を援護していた沢田平太夫が言った。

「そりゃァ、てめえだからさ」

「なに」

「嫌われ者のてめえの話なんざ、誰も聞きたくねえさ。どうせ言いくるめられるのがオチだからな」

「な、なんだと」

迫りくる妖鬼のごとき土民たち。

「茨木、覚悟しろ！」

「鬼め！　茨の鬼め！」

その前線の興奮は、すぐに全軍に伝わり、八丁口の町は、揺れるように荒れだした。わあああ、と人々の、怒りの叫び声が、まるで大地が割れて溢れるように噴きあがってきた。

大地震のように大地が震えている。

理兵衛の心の奥底に、初めて、恐怖がわきあがった。

「茨木、今は、引け！」

加藤六兵衛が叫ぶように言った。

興奮して暴れ出した馬の手綱を引きながら、茨木理兵衛は、見た。

人間で埋まった大地が、割れている。

怒りに、悪意に、敵意に、割れている。

「お奉行！　お逃げください！」

馬の前に立ちはだかる若き小川清兵衛が、勇敢に刀を振りながら、百姓の長柄に応戦しつつ、言った。

その瞬間だ。

百姓の一人が振り回した長柄の先につけた草刈り鎌の、鋭く研いだ刃先が、小川清兵衛の端正な顔の、こめかみの下、白い頬の上あたりに、ぐさり、と突き刺さるのが見えた。

「小川！」

悲鳴のような声は、菓木役場の同僚、末吉兼衛門である。

「小川ァ！」

「茨木、引け！」

と、加藤。

「引け！　引け！」

内海左門の組下の侍が、無理矢理に馬の手綱を引く。

薄暗い夕やみに、小川清兵衛の頭蓋が引き裂かれ、その脳漿《のうしょう》が、瓜を割ったかのように飛び散るのが見えた。

「小川！　小川！」

「茨木、戻れ！」

もう、小川の姿は見えぬ。

理兵衛は、興奮する暴徒の怒りの激しさに圧倒されたまま、警護役の武士たちに守られ、八丁口の木戸の内側に撤退した――。

◇

城内の広間の隅に、茨木理兵衛が座っている。

その顔は、真っ青であった。

やがて、武装した藤堂監物が持ち場の古川口から戻ってくる。

監物は、

「わが隊に、大砲を。すでに陣地を構築しておる。大砲を回してくれ。もう、奴らはどうしようもないぞ」

と騒ぐと、

「湯漬けをもて！　これは一揆にあらず。戦ぞ。藤堂を守る戦であるぞ」

とずかずかと廊下を歩いてくる。

体全体から、怒りの炎が噴き出しているように見えた。

そのまま上座の藤堂仁右衛門の前に進んで座り、城北の暴徒の様子を、

「当方、槍立てて蹴散らしたところ、敵は三丁ほど逃げましたが、まだ留まって身構えております。わが手の者が、ひとり殺して首を投げつけてやったところ、そこは百姓だ。腰を抜かして動かなくなり申した。が、その場を動かぬ」

と、報告する。

そしてさらに、唇を嚙みしめ、残念の表情にて唸る。

「みなの者――、一揆発生より一日が経ち申した。これ以上長引いては、天下の諸侯、ご公儀への聞こえも悪い。今は、御家の危機である。まずは、ともかく百姓どもを鎮撫し、解散せしめ、帰村させるが最優先だ」

「うむ」

「覚悟を決めよ――明朝一番、一揆勢に『願いを聞いてやるからまず解散せよ』との一筆を、加判家老両名押印のうえ、提出するのだ。それしかあるまい」

その言葉に、末席の理兵衛は顔をあげた。

そんなことを、してはならぬ。

この国が、十年、逆戻りしてしまう。

そのような弥縫策《びほうさく》では、この国が抱える課題は、なにも解決しないではないか。

今は一枚岩となって、信念を貫くべきだ。

為政の責務《せめ》を負うものは、このような騒擾《そうじょう》で揺らいではならぬ。

それは歴史が証明しているではないか。

明日の藤堂の仕法をなんとかしたければ、ここで踏ん張るのだ。

理兵衛は、そう言わなければならなかった。

だが、先ほどの八丁口で対峙した百姓どもの、怒り狂った顔を思い出して、震えがとまらない。脳裏に、小川清兵衛の最後の姿が焼き付いて離れぬ。

理兵衛は、絶句したまま、監物を睨んだ。

すると監物は、その顔を見て、

「不満か？」

と言った。

「わかっておらぬようだな――」

監物は、理兵衛を上から睨む。

「今、この城の中に、貴様の味方はひとりもいない。みな、貴様が大っ嫌いじゃ」

理兵衛は顔をあげて、監物の顔を見る。

「むろん、城の外にも、貴様の味方はいない」

「――」

「いいか、貴様は、負けたのだ」

「な」

「もう一度言ってやる。貴様は、負けたのだ！」

監物の目は大きく見開かれ、怒りに燃えている。

「武士らしく、認めよ！」

その目を、理兵衛は必死で見返した。

「この国を、むちゃくちゃにしおって」

「むちゃくちゃに？」

「今まで貴様がやってきたことはな、領民どもの望みも聞かずに、偉そうに上から難しい理屈をこね、机上の空論を振り回しただけのことだ。誰が貴様の仕法で幸せになった？　誰も幸せにはなっておらぬではないか」

「そんな」

「茨木、貴様はいったい何をやった？　よく考えよ！　貴様がやったことはな、浮世を必死で生きているひとりひとりの小さき者たちを、上から見て、バカにしていただけのことだ——ふざけるな！」

違う、と思ったが、すでに理兵衛に反論の力は残っていなかった。

監物の言葉でなく、さきほどの、百姓どもの一揆衆の、口々に叫んでいた言葉が脳裏に大きく響いて聞こえた。

（子供たちのために、茨木を殺せ！）

と、誰かが言ったのである。

（鬼め。本物の、鬼め）

泣きながら、そう叫ぶものもいた。

（やりたい放題に下々を叩きおって！）

いったいわたしが、何か間違ったというのか？

いつも、民の事ばかりを考えて努力してきたのに。

この世を良くしようと、思ったのに。

涙目で絶句した理兵衛を見て、監物は言った。

「貴様、その歳になってまだわからぬのか？　おつむはいいのに、バカなのか？」

「――――」

「貴様、いったいなんのために生きている？　その根本が、まったくわかっておらぬのではないか？　貴様にできるのは、カネの計算ぐらいか？」

「――違う」

「現場を知らず、生活を知らず、仕事を知らず、人の営みを知らず、帳簿のつじつまをあわせることぐらいしかできぬ阿呆《あほう》め」

「――違います」

「畢竟、貴様の心の中には、本当に大事なモノがないのだ。実は誰も愛しておらず、冷たく世を見ている。だから数字に頼る。ひ弱な人生しか生きておらぬから、いい年をして数字以外に語ることがない。俺はな、この天下に誇る名家、わが藤堂の心と暮らしを守りたい。ここにいる仲間をみんな守りたい。この城を、領民どもを、農民どもを。そして今、この城に乱暴をしている奴らすら、守ってやりたい。だがてめえには何もないではないか。所詮てめえの正義などその程度だ。この騒動で何人が死んだ？　貴様、何人殺した！」

その言葉に、脳裏に浮かんだのは、顔を百姓の鎌に切り裂かれる、小川清兵衛の最後の目だった。

その澄んだ目は、驚きに見開かれ、理兵衛を見ていた。

（小川――）

理兵衛は思った。

小川はまだ二十歳にもなっていなかった。

（わたしが、菓木役場など作らなければ、小川にはこれから、素晴らしい人生が待っていたのだ――）

見上げた理兵衛の目に、言うに言われぬ感情の色が浮かんだ。

怒りではない。

悲しみではない。

ただ、なぜ、こうなったのか。

理兵衛にはわからなかったのだ。

「世間知らずのてめえが守りてえものなんざ、そのおつむの中で組み上げた独りよがりな『正しさ』だけなんだろうよ。そんなもの周りからみたら、くそ迷惑なだけだ。守りたいもの、背負うものがない人間など、どこまでもひとりで生きていくがいいのだ。消えろ、小童《こわっぱ》」

それを聞いて、理兵衛は立ち上がった。

その背中に、監物は言う。

「われらは、明日の朝、一揆連中に書面を出す。城代様が不承知てえなら、おれの名前で出してやる。これほどのことで御殿のお叱りを受けるなら、腹なんざいくらでも切ってやるぞ。この城を守るのだ。この国を守ってやる。おれは武士だ。藤堂の武士だ！」

「監物、不承知であるものか」

誰かが言った。

「みな、お前と思いは同じだ。いま、この大事を迎え、やるべきことは決まっている。国を守ることだ」

「茨木ごときでは、国は守れぬ」

「殿のために、死ぬのだ！」

重役たちが、口々に言う。

それを聞いて、藤堂仁右衛門が上座から、しゃがれた声で言った。

腹の底に響く、驚くほどしっかりした武士の声であった。

今までの城代からは想像できぬ。

「——監物。よく言ったッ。貴様の指図などではなく、城代家老たるわしの判断で、明朝、加判家老二名の割り印をつけた『百姓どもの願い出、受け入れ候』の書面を出すように命ず」

地割令を撤回する、という意味であった。

一揆発生からわずか一日。

たった、それだけで、何年も準備して、情熱をかたむけた理兵衛の地割令は、廃案となった。

あっけない——。

その一言である。

仁右衛門は続けた。

「今、この刻《とき》を迎え、この一揆の責任を負うのは、江戸在府の御殿の代理を務めるこのわし、城代藤堂仁右衛門のほかにおらぬ。わしは、この事件収束の目処が立てば、御殿への申し開きのあと、腹を切る。当然である」

「城代」

「なんとご立派な」

「だが、いいか、皆の者。わし亡き後も、この藤堂は続かねばならない。御殿を守り、また、嫡子に内定されている久居（高兌）様を守り、貴様らがこの国を守っていくのだ。何も、理想の国などでなくても構わない。大仰な国などにならなくてもよい。ただ、この津を、藤堂を、国の民を、思い、守るのだ。それは、監物、主膳、貴様ら次の世代の家老年寄衆の仕事であるぞ」

「は」

「必ず」

「ここにおる若造のごとき、くだらぬ理想論を振り回す文弱の徒に、決して国を任せるなかれ——わかったな」

「は」

「ははァッ！」

そこにいた侍たちは感服の体で、頭をさげた。

仁右衛門は叫ぶように言った。

「茨木理兵衛――貴様は、沙汰があるまで控えておれ！」

理兵衛はその言葉を背に、大広間を去った。

彼を見送るものは、誰一人いなかった。

◇

理兵衛は、そのまま城内の郡奉行役宅に戻った。

迎え出た登世に、刀を渡し、そのままずかずかと奥の書院に向かう。

無言である。

そのただならぬ気配に、登世はすぐに気が付いた。

すぐに下男の熊平と太助を呼び、兄の奥田清十郎と、手代の川村加平次を呼ぶように申し付けた。

ふたりは、

「奥田様、川村様ともに、武装の上、百姓どもの鎮撫に出ているかと」

とたじろいだが、

「かまいません。どんな場所にいようと、火急のことでございますゆえ、一刻も早くお連れするように」

登世は指示した。

理兵衛は、いったん奥の書院に正座して、しばらく瞑目すると、武具をそろえて、登世を呼んだ。

登世が書院に入ると、理兵衛は顔をあげてこちらを見ている。

「此度の騒動、すべての責任は郡奉行であるわれにある。江戸参勤中の御殿に申し開きできぬこと。必ず実行してご覧いれると約束した地割の沙汰は、本日、取りやめとなった。断腸の思いである」

そう言うと、

「かくなるうえは、腹を切って、殿にお詫び申し上げる。準備せよ」

と命じた。

登世は、武士の妻のたしなみとして、三つ指をついてこれを聞き、頭をさげる。

すぐに準備を始めねばなるまい。

だが、登世は、この変わり者の夫の妻だけあり、このような不合理な武士の為様《しざま》に疑問を感じるだけの頭脳を持っていた。

◇

下女に白衣を用意させ、風呂に入って身を清めた茨木理兵衛が書院に戻ると、そこに、奥田清十郎が胡坐をかいて座っていた。

「義兄上《あにうえ》」

理兵衛が言うと、武装して泥だらけの顔をした奥田清十郎は兜の下からニッカと笑い、歯を見せた。

「ものものしゅうござるなあ」

「ご迷惑をおかけ――」

「いや。初めて本物の戦場に出ることができ、嬉しうござる。天下泰平の世の中、武士の子に生まれても、一度も戦場を知らぬまま死ぬものも多いからな。せっかく侍に生まれたのだから、一度でいいから武装で戦に出て見たかったのだ。陣触れの太鼓、城代様とお歴々の軍議、伝令役のものものしい母衣《ほろ》武者など、まるで芝居を見ているようで面白うござるな。はっはっはっは！」

あまりに場違いな奥田清十郎の言いぶりに、正装をした理兵衛はあぜんとした。

そして、その呼吸で、清十郎は言った。

「理兵衛――。早い。早い。早すぎるぞ」

「義兄上」

「一揆勢への訴状差し出しは明朝と聞いた。それも本当にそのまま受け入れられるものとは限らぬ。それに、殿はまだ江戸におるのだ。急《せ》いてはことを仕損じる。あわてるものではない」

「でも、部下が死にました」

「残念だが、武士たるもの覚悟の上だ」

「御城代殿が腹を切るというのに」

「またまた、そんな言葉を真面目に聞いちゃって。あの連中は、口をひらくとそんなことを言うのだ。このあとの顚末を見ていろ。いろいろ言い訳をして隠居ぐらいで落ち着くのではないか？　世間なんざ、そんなもんだ。最初から適当さ。もそっと世間をゆるく斜めに見て、聞き流せ。いまこそもっと、不真面目にやれ」

「――――」

「お前は、昔から頭がよく、優秀だった。それゆえなにごともせっかちだ。きっとおつむが切れすぎるのだ。だが此度は、ひと呼吸入れて待つべき時だ。ゆるりと構えるのだ」

清十郎は、優しい瞳に、思いやりを浮かべて言った。

理兵衛は、一瞬黙って、何かを言いかけて、やめた。

違う。

自分は優秀などではない。

頭など、よくもない。

逃げ出す勇気が、なかっただけだ。

その優柔不断さから、今日、ひとりの部下を死なせてしまった。

罪のない若者を、殺してしまったのだ。

その責任《せめ》は、逃れられまい。

「わかりません――。義兄上、此度の事、どうしてもわかりません。どうやら世間に於《お》いて、わたしの正義は、正しくなきことだったようだ。わたしには、この世の正しさが、まったくわかりません」

すると清十郎は、急に真面目な顔をして、

「では、わかるまで生きておるがよい。理解できず、わけのわからないまま死んではならない。ここまで逃げなかったことを褒めてやる。それが茨木理兵衛の生き方ならば、最後まで貫くのだ」

「義兄上」

「これは、義兄として、そして若山道場の師範代としての忠告である。おまえは勉強家だ。ちゃんと、すべてをわかったうえで、納得の上、死なねばならない。そういう人間なのだ」

と、押し付けるようにして言い、

「天上天下、間違ったことをしておらねば、必ず、天は相応の評価を下さる。切腹などは自分の間違いを認める行為だ。おまえは今、その信念に従い、天の沙汰を待つべきだ」

と続け、また破顔して、

「ま、惜しいと思っておるだけだがなァ」

と歯を見せる。

「おまえは元々、わずか三百石の、下っ端に毛が生えたぐらいの藤堂侍だ。本来なら、おれと一緒に組頭の下知に従って岩田橋あたりを警護して、一揆衆の投石にあたっては鼻血を出しているぐらいの身分だぞ。それなのに、その『才』ひとつで御城本丸にあがり、殿や御城代、監物様のごとき重役衆《おとな》と堂々と渡り合い、彼らに怖れられるほどになった。おれから見れば男子一世の快挙だよ。理兵衛、おまえは武士としてやるべきことをやったのだ。正しいことをやったのだから、堂々としていろ。いい年の男が、ちょっと思い通りにならなかったぐらいで腹を切るだのなんだの、早いぞ。まったく」

快活に言うと、

「ああ、しまった。泥で、折角切腹のために清めた書院を汚してしまったな。でもまあ、これはわざとだ。許せ。ともかく、切腹するにせよ、今夜はその時じゃあない。もう少し顚末を見てからのほうが面白いだろ？」

と顔を見つめ、

「それだけだ。おれは、持ち場に戻るぞ」

と立ち上がる。

「明日、もう一度、妹の顔を見にこの役宅に立ち寄る。そのときまで、ゆめゆめ死ぬることなどないように。若い者どものなかには、貴様を信じた連中もいたのであろう？　そいつらのためにも、決して、自ら罪など認めるな。苦しかろうと、それが上に立つ者の責務《せめ》だ」

その言葉は、確実に理兵衛の胸を刺した。

そうして、立ち去ろうとする奥田清十郎があけた障子の向こうに、もうひとりの男が座っている。

鼻筋は太く、唇は厚く、頬は弛緩して垂れ下がっていた。

四十代も後半、五十路にも手が届きそうな老侍——川村加平次であった。

清十郎と加平次は、お互い、会釈をして入れ替わる。

「まったく――」

書院に入ってきた加平次はしゃがれた声で言う。

「奥田様の言うこと、もっともでございますな」

「なんだと？」

「せっかちにもほどがあります。男の仕事は、うまくいったり、いかなかったりするもの。ちょっとやそっとで死んでどうなりますか。責任の取り方はいくらでもあります。もう少し見極めなさい」

「貴様は、まだわたしが負けていないと？」

「いや――」

加平次は言った。

「負けたのでしょうなあ」

そして、ニカっと笑い、

「だが、負けたぐらい、なんですか」

と言った。

「郡奉行として職務を果たし、その目的を達成できないとわかったとき、きちんと腹を切って責任を取る。それがわたしらしくないと言うのか？」

「いや、そこは、真面目なあなた様らしいのですが」

「なんだ」

「おかしらは、わからないものをそのまま放っておく性分ではないでしょう？　せっかくならなぜ失敗したのか徹底的に調べて、書物にでも残してみてはいかがですか。それと、もうひとつ」

「このようなときに、ずいぶんいろいろ言うではないか」

「いえ、このような時ですから、言わせていただくのです」

と改めて言う。

「切腹――、あなた様には、いかにも似合わない為し様でございます。拙者の知っているおかしらは、昔から不合理を嫌い、お年寄りどもが何も考えずに従ってきた古きサムライの『しきたり』を心底バカにしていたではありませんか」

「ばれていたのか?」

「あたりまえです」

加平次は胸を張る。

「畏れながらわたしは、おかしらよりも何年も長く生きているのですよ。優秀と言われる若者の姿などいくらでも見てきたのです」

「――――」

「あなた様は、経緯《いきさつ》の不合理を減らし、新しい時代の新しい仕法を追求する仕法家でございます。だからこそ、わずかな間にこれだけの改革ができたわけです。拙者も、拙者の朋友たる杉立治平も、そして菓木役場に集う若い者どもも、それを意気に感じて、ここまで御支え申し上げて来たのだ。それがなんですか。たった一度の蹉跌《さてつ》にて、尻尾を巻いて逃げるように死ぬなどと――しかも、武士の伝統も伝統、戦国の昔のしきたりの極みのようなやり方で死のうとは。がっかりです。今までみんなが信じてきた茨木理兵衛はなんだったのですか?」

その言いぶりに、理兵衛は、毒気が抜かれたような気がした。

「切腹は自分と、その仲間の誤りを認める為様でございます。内心認めていないのに、腹を切るとは、あなたの流儀に反するように思いまする。これいかに?」

窓の外から、暴徒の鯨波が、ふたたび聞こえた。

おおお、おおおお――と怒れる民衆の叫びが聞こえる。

何かを打ち壊す音。

ばんばんと、何かが破裂する音。

山賊のような怒号。

牛馬のいななく音。

彼らは今、理兵衛ひとりを殺そうと、三万の大軍となって城を取り囲んでいる。

「痛快ですな」

川村加平次は言った。

「戦国の昔であれば、城攻めの敵方は、その城主の首を要求するもの。だが、今、彼らは、おかしらの首を求めている。つまり、一揆勢にとってこの城の主は、殿ではなく、茨木理兵衛ということになる。わずか三百石の下っ端にござるぞ。愉快。愉快にござる」

その、動じない表情を見て、

「わかったわ――」

と理兵衛は言った。

「腹は切る。だが、今夜はやめだ。蟄居《ちっきょ》のうえ、殿の沙汰を待つが正道であると悟った」

「ご理解賜り、嬉しく思います。明日、また参ります。あ、あと、腹を切るときは、拙者にもお知らせくださいませ。手代として、きちんとお手伝いして差し上げます」

加平次が去ったあと。

理兵衛はひとり、深い、深い、ため息をついた。

そして、立ちあがり、書院の襖《ふすま》をあける。

すると居間の畳の上に、登世が座っていた。

「登世」

理兵衛は言った。

「やったな」

「はい」

登世は、澄まして言う。

正座して大きな目でこちらを見て、身じろぎもしない。

「わたしは、茨木理兵衛の妻でありますゆえ」

理兵衛はどこか、力が抜けたような気持ちで、妻の顔を見る。

「あなたはひとたびたりとも、天に恥じることはしてございませんでした」

どうやら今回は、この幼馴染みの妻に、命を救われたらしい。

そして。

ほっとして立ち尽くし、改めて妻の顔を見おろす。

すると、急に、その顔が歪んで見えた。

(あ――?)

なんだろう、と思って掌《てのひら》を見ると、その上に、ぽつぽつと水滴が落ちる。

理兵衛はそのとき、自分の目から涙が溢れていることに気が付いた。

なんと意気地のない。

今この時に、武士としてあるまじき行為である。

な、なんとか止めねばならぬ。

理兵衛は必死で目を押さえる。

「す、すまぬ」

子供のような態度であった。

「いえ」

登世は思った。

最初から、そのように、感情を見せればよいのだ。

家族とは本来、そのようなものであろう。

まったく、世話のかかる夫である。

だが、同時に登世は、少し、ほっとした。

夫がはじめて、自分のものになったような気がする。

「くッ〜〜〜」

理兵衛は、声を押し殺すようにして、必死で声を抑えていた。

あとから、あとから、涙が溢れて止まらない。

それを、登世はじっと見ている。

ああ、確かに。

今夜、わたしの正義は、負けたのだ。

巨大な何かに、負けたのだ。

城の外から、改めて、

「茨木を出せえ！」

「鬼を殺せいいい！」

と、暴徒たちの叫びが聞こえてきた。

◇

翌、寛政八年十二月二十八日朝。

三万以上と言われた暴徒に取り囲まれた津城から、使者となる騎士が出立し、八丁口と塔世橋の一揆勢に、加判家老二人が押印した書付を提示した。

そこには、このように書いてあった。

——願之趣聞届、諸事之迄ノ通、可申付候也
（願いを聞き届け、すべてこれまでのとおりにする）

しかし一揆勢は、武士側が軟化したのを見て有利であることを悟り、受け取りを拒否して一気に岩田橋を渡って城下に突入した。

そのうえで、極楽町（現津市寿町）の郷目付森川儀衛門宅、地割役奥彦左衛門宅を打ち壊し、商家に躍り込んで、飲酒のうえ食事を勝手にとり、草履、紙足袋《たび》等を強奪。一部を川に投棄した。

午後、再び岡本五郎左衛門が出座して説得し、岩田町阿弥陀寺に、一揆衆幹部を集め、改めてこの書面を渡した。

一揆側は歓声をあげたが、さらに図に乗り、書類は受け取ってやるが、翌日も打ち壊しを続けると放言した。

武士側もそうなれば鉄砲等を打掛け、抜刀の上、戦闘せざるを得ないと硬軟あわせた態度を取った。

こうして双方睨み合いを続けた。

翌二十九日。

津城側は、正式に『地割令』の廃棄と『地割目付』の廃止を発表し高札を掲げることで、さらに一揆勢を懐柔した。

このとき津には珍しい激しい雪が降り始め、荒天となった。

一揆勢は気勢をそがれ、目的は達したとしてそれぞれ帰村を開始し、流れで解散となった。

一揆の勃発から、津の城方が、百姓どもに「御願い聞き届ける」といわば白旗をあげるまで、わずか一日半。

地割令の取り下げと、地割目付の解任まで二日半。

郡奉行茨木理兵衛を、お役とりあげの上蟄居として、過去四年以上におよぶ菓木役所が主導したあらゆる改革を、

「諸事之迄ノ通リ」

すなわち、すべて取り下げて、以前通りに復旧すると発表するまで三日半。

あっという間であった。

すぐに年末年始に入ったが、年があけ、寛政九年に入ると家老年寄衆は雪の残る城下にあって素早く動いた。

一月中には、人事・組織・郡支配体制・触れなど、すべて改革以前に復旧するとして、体制は一新された。

ここに、寛政四年の茨木理兵衛による菓木役場の設置に始まり、寛政八年末の『安濃津地割一揆』に終わったとされる、伊勢国津藩藤堂家の『茨木改革』は、失敗に終わったのである。

仕法之十一　一話一言

それから、月日は、流れた。

伊勢国津藩藤堂家を、いや、天下の諸侯のすべてを震撼させた、寛政の安濃津地割一揆から、十五年後——文化八年。

江戸稲荷町三井越後屋の別邸の茶室に、四十五歳となった茨木理兵衛が座っている。

その顔は変わらずに端正だが、やはり年を取った。

鬢《びん》に、白いものが混じっている。

目の前には、六十がらみの年老いた幕臣が座っていた。

洒落《しゃれ》た絣の着物を着て、町人のように煙管を手挟んでいるのが妙に下町風であったが、確かに幕臣であり、侍であった。

「そうして——」

と、目の前に座ったその文人風の侍は、聞いた。

「藤堂家は、千載一遇の改革の好機を、逃したというわけですな」

「いや——」

目尻に深い皺の入った茨木理兵衛は答える。

「あのときは、なるべくして、なったのだと思いますよ」

「そうですかねぇ。昨今じゃあ、他に、国元の改革に成功して、密かに新しい産業を興している大名もありますよ」

と幕臣は、指を折りながら、言う。

「薩摩島津、紀州徳川、越前松平、肥後細川――。彼らは、決して豊かなわけではないが、それぞれの改革を着実に実行し、生まれたわずかな余剰を使って、こつこつと長崎の鳴滝塾《なるたきじゅく》や大坂の適塾《てきじゅく》などに、若い藩士を留学に出している――。次の時代は、彼らが、天下を牛耳るかもしれませんぞ」

「おそろしいことをおっしゃる」

「残念ながら、藤堂は乗り遅れましたな。安定はしているが、停滞したままだ。まだ借金がだいぶあるというではありませんか。同じ伊勢国でも、桑名四日市、神宮山田のほうが栄えているように見えますよ」

目の前の幕臣は、ずいぶんと皮肉の利いたことを言う。

この男、その名を、大田七左衛門《おおたしちざえもん》といい、公儀幕府の勘定役である。

勘定役だけに、地方の行政に詳しい。

「その分、国内は一枚岩です。他藩のような派閥争いがない――。それに、あのとき改革に成功していたとして、債務を減らせたかどうかはわかりませんよ」

「いや、あれが成功していれば、今頃藤堂は、他の雄藩と対等以上に渡り合っているはずだとおもいますがね。もともと実力はあるのだから」

「どうですかね」

穏やかに、茨木理兵衛は微笑んだ。

実は、藤堂藩の改革は今や、その経緯、顛末《てんまつ》もふくめて、江戸の仕法研究家や、公儀および各藩の勘定役の、格好の教材となっていた。

藤田幽谷『勧農或問』(寛政十一年)
植崎九八郎『牋策雑収』(享和二年)

他、さまざまな書物や、各国に残る文官から老中や家老への上申文で、藤堂茨木改革と巨大一揆の経緯についての報告書が残されており、いずれも、奉行茨木理兵衛の事績について、毀誉いずれの立場からも論じられている。

ただ、農村の疲弊が『土地兼併』、つまり、豪農に農地が集約されて、農村における貧富の差の拡大が極限に達し、実務の機能不全を起こしてしまったことこそが、国力衰退、生産力低下の根本原因であるとした茨木の見立てと判断はおおむね間違っていなかったというのが共通する見解であった。

その手法については否定的なものもあったが、ひとつだけ言えることは、その最も重要な土地兼併の問題に、正面から取り組んだ仕法家は、いまのところ徳川時代を通じて茨木ひとりしかいないのである。

茨木理兵衛の仕法に賛否あれど、茨木改革が画期的であったということは、だれも否定できない事実であった。

大田七左衛門自身も、自分の随筆集『一話一言』において、この安濃津地割一揆の情報をまとめて書きとどめている。大田はその中で、皮肉をこめた茨木寄りの論評をしていた。

その有名な茨木理兵衛が、今、江戸稲荷町の三井家の隠れ屋敷の離れに匿《かくま》われていると聞いて、ぜひ直接話を聞いてみたい、と、やって来たのである。

「茨木さん――。あの有名な地割騒動の後は、どういう経緯《なりゆき》になったのですか。そして、なぜあなたは、今、ここにいるのですか」

大田に聞かれて、茨木理兵衛は苦笑いしながらも、ゆっくりと話を始めた。

大田は、公儀勘定方として徳川家の仕法について話しあいたいという触れ込みでやってきたわけだが、いっぽうで彼は、皮肉と諧謔《かいぎゃく》をまじえた作風の文人、随筆家としても盛名である。

思わず、そちらの野次馬根性が見えたような形であった。

◇

そうですな――。

恥ずかしながら、私、一揆のあとは、縁者の家に蟄居となりましてな。

御城の御沙汰を待つ身となりました。

年が明けて、すぐに処分の沙汰があったのは、以下の通りです。

城代家老　藤堂仁右衛門　政事掛停止　城代としては据置

加判家老　岡本五郎左衛門　役儀御免

　　　　　永田三郎兵衛　役儀御免

郡奉行　茨木理兵衛　役儀御免

　　　　神田又三郎　役儀御免

この中で、実際に蟄居《ちっきょ》閉門となったのは、わたしのみですな。

ああ、はい。

藤堂仁右衛門様の切腹はありませんでした。

むしろ、一揆鎮圧の功ありとして、さらに重きに置かれましたな。

今考えると不思議ですが、まあ、一揆の責任者はわたしですから、当然と言えば当然です。一揆衆は、わたしの首を要求したのですから、そうしないと誰も納得しなかったのでしょう。

こういうときは、元の身分がものを言います。

蟄居閉門となったのは、わが茨木家と、外山、杉立のところぐらいで、お歴々は、代替わりするなどして、元通りとなりました。

外山与三右衛門には悪いことをした。

才気の溢れる男であったが、結局は城外追放となり、郷村役人に戻されたと聞きます。

その後、行方は知りません。

あの血気盛んな男のことだから、郷村での百姓家業に耐えられず、出奔したという噂も聞きましたが――わかりません。

杉立様も蟄居となったとか。

ただ、もともと杉立様は大坂におって、一揆とは無関係だ。すぐに許され、再び重きに扱われたと聞いています。あの方はなにより人柄がいいですゆえ。

一方、村方のほうも当然、処分が行われました。

目付が出て捜査となり、一揆側の首謀者の逮捕が行われました。

上から下まで、いろんな処分が出ましたが、磔《はりつけ》獄門となったものは、

谷杣村　町井友之丞
川口村　森宗左衛門
八対野村　多気藤七郎

と聞いています。

彼らは、今、悪名高き奉行の茨木理兵衛の乱暴から村を守った英雄として、寺に碑《いしぶみ》が立っているそうですな。

わたしは今でも津では悪者です。

子供に語られる『おとぎ噺《ばなし》』では、茨を頭に刺した鬼、茨鬼《いばらき》として描かれているそうです。

地を割ろうとした茨鬼から、町井ら村の英雄が田畑を守った――そんな話になっているそうですよ。

おかしなものです。

わたしのどこが鬼でありますものか。

ただ、確かにあのとき、わたしは野の民から見れば、鬼だったのでしょう。

ああ、庄屋の池田佐助は、牢屋から出されることはなく、そのまま死んだと聞いています。考えれば可哀そうなことをしました。彼は、わたしとお歴々の政争に巻き込まれた形である。残念だ。

さて。

わたしの蟄居先は、縁者の奥田清十郎宅でございました。

奥田は好人物でして、なんの不便もなかったのでございますが、先方の屋敷も広くなく、家族も多くおります。好意に甘えながらも、遠慮しながらの日々を送っておりました。

そして、日々を過ごすうち、恥ずかしながらわたしはその家で、気鬱《きうつ》の病《やまい》となってしまいました。

連日、狭い家で思い悩み、過去のあれこれを後悔し、一歩屋敷を出れば人々に石を投げられるような日々。

なぜ、このようにわたしは人に疎まれるのだろう、誠実に生きてきたつもりだが、なぜ嫌われるのか、と埒もなきことばかりを考えているうちに、自裁することばかりを考えるようになりました。

あのとき、わたしは、人の声を聞くことが怖かった。

誰かが噂話をしているのを聞くだけで、自分が責められているような気持ちになり、なにか上手くしゃべれなくなった。口から出ているものが、すべて間違っているような気持ちになってしまいましてな。またいっぽうで、心の奥底では、過去の自分の施策の正しさについては、諦めきれておりませんでした。

ああ、あのとき地割が実行されておれば。

切印はあれでよかったのだ。

そんなことばかりを考える。

そして、そんな自分がまた、嫌だった。恥ずかしながら、夜寝るときに、天井を見つめてあれこれ考えるのは、子供の頃からの癖でござって。

眠れずにただ天井を見ているうちに、

（つまり、わたしは、藤堂にあっていなかったのだ）

とか、

（そもそも侍として生まれてはいけなかったのだ）

などと、今考えればくだらぬ、ひとりよがりのことばかりを考えるようになりましてな。

まったく、面目次第もございません。

奥田も、そして、かつて役所の手代であった川村加平次なども、庵にやって来て慰めてくれるのですが、どうしても元気になれません。

不思議ですな。

すべての責任を背負って、切腹せんとしたときは気力が充実していて、なにも怖くなかった。

だが、気鬱となって考える自死は、どこか陰鬱としており、何かが違った。

あの気持ちで腹を切るのは——やはり違ったと思います。

そして享和二年――。

奥田が新しいお役目を得て、加増のうえ出世する、などというようなことがありまして、いよいよここにいては迷惑だ、申し訳ないと考えるようになり、罪人として出奔しようと思い立ったのでございます。

驚いたことに、妻は賛成してくれました。

妻は、奥田の妹であります。

実家に守られているという安心感もあったものでしょうか。

あなたのような頭から先に回る人は、この狭い津にいると気が鬱屈《うっくつ》してしまう。外に出たほうが、あなたらしく生きられるでしょう。ただ、あなたは、正しいことをしたのだから、いつか戻ってくることになります。ゆめゆめ、この妻の顔をお忘れなさいまするな。

そのように、何度も言ったのです。

なんと強い女でしょう。

武家の女は、気が強いですな。

まあ、暗い顔をして下を向いている夫と、狭い部屋で一緒にいるのが嫌になっただけかもしれませんがね。ははは。

こうしてわたしは、月夜の晩を選んで、津を出奔しました。

狭い部屋でともに寝ていた子供たちの顔――あのとき、まだ十歳かそこらであったのですよ。

今も忘れません。

そして――。

城の脇をすり抜け、城下町を抜ける津の塔世橋を渡るとき、どこからともなく、伊賀衆の澤村才蔵が、あらわれました――。

（あ――）

まっしろな月を背に立つ才蔵の姿に、わたしは思わず、言葉をなくしました。

澤村は、改革の際にわが手足となって働いてくれた忍びの者にございましたが、改革の挫折にともなう茨木派の粛清に連座して閑職に追われ、不遇の立場におりました。

殿の命にて番役を外されることはなかったものの、監物派の組頭衆からは冷遇されており、剣術の切紙であった弟が、奥役に回されたとの噂でござった。

その澤村の顔を見て、わたしは何かを言おうとして言葉が出ず、ただその痩せた顔を見つめておりました。

すると、才蔵は、何も言わずに、そっと懐にしまった書付を差し出したのです。

そこには、確かに、殿の文字で、

大儀

と書かれてあった――。

夢であったか――いや、確かに現実でした。

決して、決して、忘れませぬ。

そして、それからわたしは、桑名から宮、吉田を経て、江戸に出ました。

神田、本所、染井の藤堂藩邸に近づかないように配慮しながら、あちこちの町の寺子屋で子供たちを教えるなどして糊口《ここう》を凌《しの》いでおりましたが、少し路銀がたまり、頼るべき旧知を見つけますと、江戸を離れ諸国をめぐるようになりました。江戸府内には藤堂の関係者も多く、長屋に住んで顔を隠して歩くのは、どうにも苦しかったのです。

東北、北陸、京、山陰――さまざまな国をめぐり、それらの土地で、祐筆をしたり、学問を教えたり――まるで日雇いのような日々を何年も過ごしました。

そのうち、わたしは、簡単に体を壊すようになりました。

年をとり、過客の苦労が骨身にしみてきたのでしょう。

若い頃はあんなに頑強だったものが、病弱となってしまったのです。

そして、あるとき。

越後村上湊《みなと》の知己の学者の世話になっておることがあったのですが、地元の学問同人の集まりで、地割の議論になり、農政の研究家のひとりから、津藩の仕法改革の話が出ました。

驚きました。

まさか、わたしが、その責任者であり、張本人だとは言えません。

また悪口を言われるのか、と胃が痛み、身を固くしました。

が、驚いたことに、彼らの口から出てきたのは、改革を主導した奉行に対する賛辞でありました。

彼らは、地割は必要である、という考えでした。

現在の大名諸藩の歳入と支出の勘定を考えれば、諸藩は、いつか必ず地割を行わざるをえまい、という話をしておった。

それができないのであれば、徳川のご支配自体を見直し、今の仕組みをすべて捨てる『廃藩』をおこない、累積債務を一括処分したうえで、中央に集権した新たな公儀を打ち立てるなど、ご政体を一新せざるをえない、という過激な意見まであった。

つまり、学問の世界では、徳川様と各大名のご支配が続く限り、地割は避けられないことだと考えられていたのです。

そんな彼らにとって、地割に着手した実績があったのはわたしだけです。

改革をしたいと申す武士は数多くいたが、多くは表面上の倹約だけで終わっている。あそこまで本質に迫ったのはあのときの藤堂だけではないかと彼らは言った。

そこでわたしは、藤堂領内では無能の誹《そし》りをうけ、石を投げられていたわたしの仕法が、藩外では高く評価いただいていることを、はじめて知ったのです。

そして、迷いましたが、名乗りました。

わたしは、その藤堂改革の奉行、茨木重謙であると。

現地の学者、商家の皆様の驚いたこと。

そして、彼らから、京の室町二条に住む三井八郎右衛門高祐《たかすけ》殿が、わたしを探してくださっていることを聞いたのです。

八郎右衛門殿は、天下に知られた豪商です。

そして、八郎右衛門殿は、自らと同じ伊勢国出身の仕法家茨木理兵衛が、流浪の身の上であることを気にかけ、つきあいのある全国の商家に、もし、茨木重謙が御家に立ち寄ることがあれば、ついでの折でかまわぬゆえ、江戸、伊勢、京、いずれかの三井まで一報願いたいと、ことあるごとに、周囲に言ってくださっておったのです。

◇

「ほお。それで、今、この江戸稲荷町の長屋に匿われているというわけですな」

「はい。お恥ずかしい。家を出奔してから十年以上が経っておりました」

「昔のあなたを知らないが、ずいぶん穏やかに見えます」

「――昔はよく、怖いとか、何を考えているのかわからないなどと言われましたが。今は、ただの、疲れた初老の男です」

「で、三井はなんと言ったのですか」

「はい――。八郎右衛門殿おつきの手代として、三井に奉公しないか、と――」

◇

路銀も絶えかけ、病弱にもなっていたわたしは、恥を捨て江戸に行き、日本橋駿河町の三井越後屋様を訪ねました。そして、この稲荷町の隠宅の長屋に匿われたのでございます。

実は若き江戸在府の折、仕法の勉強にここに通っていたことがあります。

そのときは、三井の商売や帳簿の作り方などを学ばせていただいたのみでございましたが。

申し訳なくも、この長屋に落ち着いてからしばらくは、旧知であります江戸三井家のはつ様がたびたびいらっしゃり、老体を労《いた》わってくださいました。

はつ様のご厚意には、心から感謝しております。

こうして三ヶ月ほどを過ごさせていただいたとき、京より、八郎右衛門高祐殿が江戸に入られたのです。

それはもちろん、江戸にて商談や茶事など、他にお仕事があっての入府かと思われますが、そのついでに、こちらの隠宅の長屋にもお立ち寄りになったというわけでございます。

そして、まさに、この茶室で対峙しました。

八郎右衛門殿は、にこやかに、こうおっしゃいました。

「――わが三井は、家祖高利《たかとし》の遺言にて大名貸しは禁じられているため、藤堂様とのお付き合いも最小限にしてまいりました。ですがあなた様の仕法は同じ伊勢人として、注目しておったのです」

八郎右衛門殿は、豪商三井の当主というだけでなく、当代一の茶人であり、文化人として世の心ある人々から尊敬されている方です。

正直、その威厳と、懐の深さに圧倒されました。

八郎右衛門殿は、流浪の貧しき武士にすぎぬわたしに、茶をふるまいながら、

「あなた様のあのときの仕法を、どう思われておりますか？」

と聞かれた。

「――はあ」

わたしは、正直に言いました。

「恥ずかしいのですが、こと地割などの仕法眼目《がんもく》につきましては、今でも間違っていたとは思っておりません。わたしはすべて古今遠近の数字を集め、様々な事象から客観的に判断して、国のために必要な政策を決めておりました。一度だに、情に流されたり、賄賂を受け取ったり、過去に忖度して判断を誤ったことはなかった。今でも極端に偏った富は社会に悪を及ぼすと思っております。ただ」

「ただ？」

「やはり、わたしはあのとき、思いあがっていたのだと思います」

「――――」

「当時のわたしは若輩で、自分の言っていることが正しいと思いこんでいました。そして、正しいことを言えば、正しい結果が来るのだと、子供のように信じておりました。未熟であったのです」

「ふうむ」

「ゆえに、やり方がすべて傲慢で、上から目線であり、人々の支持を得られなかった。今、こうして故郷を追い立てられ、諸国をめぐり、はじめてわかったのです。わたしは当時、人の痛みが全然わかっていなかった。わかったつもりになっているだけで、本当はまったくわかっていなかった。だから

失敗したのだ」

「ふむ」

「思い返せば、あの頃、津の城下では、塔世橋を渡ったところにある『槇野屋』という工房の綿布が最高級品とされておりました。奉行たるわたしは棟梁に、工房の綿布を役所へ差し出すように、何度も命じました。だが、この棟梁はとんだ食わせものでしてな。最後まで、あれこれ言い訳しては最上級な綿布を、決して渡さなかった。いくらカネを積んでも、いくら役人を派遣しても渡さなかった。あの老人はわたしを信用していなかったのです」

「――」

「だが、今考えれば、あの老人は正しかった。実際当時のわたしは綿布のことなどどうでもよかった。ただ数字上の成果を得るために、津で一番高く売れる商材が欲しいだけだった。だから藩の権威を使って召し上げようとした。なんと傲慢なことか。そして、なんと職人への敬意の欠けた態度か。あのとき、近江草津で杉立治平殿が忠告してくれたというのに、結局わたしは最後まで、自ら工房に行って頭をさげることをしなかった。だから棟梁は、最後まで自分の宝を渡さなかった――今ならわかる。カネの問題ではない。信用と、尊敬の問題だ。人間はいくらカネを積まれても尊厳だけは売り渡してはいけない。あの老人は正しかったのです」

わたしは、そう言いました。

すると八郎右衛門殿は、満足そうに、

「いいですな。想像したとおりのお方だ」

と、微笑《ほほえ》まれた。

「お会いするのは初めてだが、その仕法のやりざまから、きっとこういう方ではないかと想像しておった。今の世で信念をもって行動できる人間は少ない。誰でも世に働けば、その場の人間関係に影響されて、ネジが緩んでいきますからな」

「はあ」

「実は、わたしが茶の湯を大事にしているのは、それがわかるからなのです。三井のような大家の舵をとらねばならぬとき、必要なのはひとりきりになる時間だ。さまざまな人と会うことよりも実は、ただひとりになって、この世の中のありざまの真《まこと》というものを只管《ひたすら》に考える。そのことのほうがずっと重要だと思うのです。だからわたしは茶の湯を大事にする」

「なるほど」

「――今の短い言葉であなたのお人柄がわかりましたぞ。あなたが常に、ひとりで考え、ひとりで判断し、なおあれだけのことを実行した人だということがわかった。どうでしょう」

と、茶をさらに差し出し、

「わが三井に入ってもらえませんか。番頭並と言いたいところだが、お立場もあるでしょう。わたしのお付きの手代となって、いろいろ議論の相手となるのはいかがでしょうか――きっと面白い」

「なんと」

「わが三井では毎日、千万両単位のカネが動く。これだけ大きくなると、もう藤堂三十二万石の仕法よりもずっと規模が大きい。そして、これだけ大きなものを動かせる人材は、なかなかいない。わたしは、あなたの、経験が欲しい」

八郎右衛門殿は続けます。

「新しい時代です。これからの時代は、武家ではなく、われら商人が新しい世を創るのだ。その流れに、乗りませんか」

有難いお話でした。

ですが、わたしには、なにか、引っかかることがあった。

目の前の三井八郎右衛門様は素晴らしい方でいらっしゃった。

その包容力も、人格も、先を見とおす力も――。

八郎右衛門殿は、わたしが逡巡しているのを見て、続けて言った。

「あなたは、商人というものは強欲で、財を蔵にため込んでばかりいると思われているかもしれません。要は吝嗇《けち》な連中だと。ですが、それは違うのですよ。商人は明日の儲けに必要だと考えれば、いくらでもカネを出すものです。商人がケチに見えたらそれは、その品や人に利がないと考えているということなのです。わたしが見たところ、あなたという人材がわれらにもたらす利益は限りなく大きい。お望みの金額をお支払いしよう――まずは支度金として五百両。年俸も藤堂家の家老家以上のものを配慮しましょう。いかがですか？」

そう言われて、わたしは気が付きました。

ああ、違う。

そう思ったのです。

三井八郎右衛門高祐殿に対する尊敬の念は変わりません。

あの方の、大きさ、広さ、深さ――一点の疑いもありません。

ですが、その言葉で気が付いたのです。

わたしは、やはり、武士だったのだと。

確かに数字は大事です。

ですが、数字が正しいから、それが正しいとは思わない――。

人間は数字じゃないし、損か得かで見るものでもない。

そのことが改めてわかったのでございます。

大田さん、あなた様もそうではありませんか。

商人のやり方が悪いと言っているわけではない。

商人は、商人の生き方を、まっとうする――それは、素晴らしいことだ。

だが、わたしの生き方とは違う。

わたしは武士だ。

そして、武士は、武士なのだ。

八郎右衛門様は、わたしを人材と言ったが、わたしは人の存在を、材、だと思ったことは、ないのです。

そこで、わたしはこう言いました。

「三井様――。過分なお言葉、ありがとうございます。ですが、わたし、生来の武士にて、武士としてしか生きていけませぬ」

すると、八郎右衛門様は驚いたような顔をされました。

このような大金を、断るというのですか――そういう顔をしていらした。

それを穏やかに見返しておりますと、さすがに八郎右衛門様です。

わかってくださった。

頭をふって、頷き、

「ふうむ。なるほど。それも素晴らしいお言葉ですな」

「お役に立てなくて、申し訳ございません」

「では――」

と八郎右衛門様は笑い、続けておっしゃった。

「紀州徳川家をご紹介させていただくのはいかがでしょうか。紀州家では有能な官吏を探しております。紀州家は、三井八郎右衛門の紹介があらば、決して断りません」

「なんと」

「わたしは惜しいのです。才がある人間は、その才に見合う役職を得て、世のために働くべきだ。あなたのその経験を世のために生かしてほしい。紀州は八代将軍にして天下一の仕法家徳川吉宗公を輩出された名家であり、家風は進取に富み、仕法に理解が深うございます。きっと、あなたの才を存分に発揮できるでしょう」

「ご親切、身に沁みます――。この感謝の気持ち、どのような言葉でお伝えすればいいか、拙者、言葉を持ちません。ですがその段もなお、どうかご容赦ください」

「お断りになる？」

さすがに八郎右衛門様は困ったようでした。

なにしろ、目のまえにいるのは、母藩を追放された貧乏浪人でございましたからな。旅に疲れ、体も壊し、ボロボロでした。そのわたしが、こんないい話を、まさか断るとは思わなかったのでしょう。

「古来、忠臣、二君に仕えず、と申します――」

わたしは言いました。

「わたしは、藤堂家の家臣でございます。それも、たいして立派でもない、若い頃に仕事で失敗した、そのあたりにいる、下僚でございます。そして御家を、石もて追われた今でも、藤堂の家臣なのでございます」

◇

「――なんと。断ってしまったというのですか」

大田七左衛門はあきれたような顔をした。

「浪人されているというのに」

「やはり、そう思われますか」

理兵衛は笑う。

「でも、それで、いいのです」

と、茶を呑み、

「実は、紀州家以外にも、大名家からはいくつかお誘いをいただきました。でも、良いのです。今さら他の御殿にお仕えしようとは思いません」

と穏やかに言った。

「武士とは不思議な生き物だ――それでも拙者は藤堂が好きでありましてなあ」

「藤堂高嶷公は、亡くなられたと聞きましたぞ」

「はい、知己にお知らせくださるものがありまして。存じております」

「そのことで、藤堂家復帰の目はなくなったと思われぬのですか？」

「はい。そのことは、ただ寂しいとは存じますが、こればかりは仕方がありません――。月命日には、西を向いて手を合わせてございます」

ふたりは、お互いの、皺の浮いた顔を見て、あきれたように笑いあった。

このとき、大田七左衛門は六十三歳。

当時としてはもう、老人である。

改めて、いっぽうの茨木理兵衛は、四十五歳である。

まだまだ働ける年齢だ。盛りのときと言っても良い。

理兵衛は、聞いた。

「――大田様は、若き日のことを、後悔されておりますか？」

大田七左衛門は、まだ若かった四十年前の二十代の頃、まだ田沼意次が政権を担っていた好景気時代の吉原遊郭を舞台に散々暴れ、文筆を中心に浮かれた軽口風の作風の戯《ざ》れ本《ぼん》で、世間を引っ掻き回した名物男だった。

その頃の名前を、大田南畝《なんぽ》（蜀山人《しょくさんじん》または山手馬鹿人《やまてのばかひと》・寝惚《ねとぼけ》先生・四方赤良《よものあから》など）と言う。

理兵衛の質問に答えて、大田は言った。

「ふむ。しておりませんな。今、こうして固い城勤めをいたしておりますと、若い頃の悪名を、いまだに論《あげつら》って笑われることがあります。ですが、どうってことではございません。蔦屋重三郎《つたやしげさぶろう》、喜多川歌麿《きたがわうたまろ》、立川焉馬《たてかわえんば》――あの連中とともに、吉原で過ごした若き熱い日々は、今も心の中に残っております。ああ、そうか」

大田は今気が付いたかのように、顔をあげた。

「茨木様は今、四十五歳ですな」

「はい」

「わたしが、若き日の吉原の仲間たちとの縁を切り、湯島聖堂にて『学問吟味』を受験して合格し、幕府の官僚としての『新たな道』を歩き始めたのは、ちょうど、あなたの年齢、四十五歳でござる」

「そうですか、いろいろ心境の変化があった年齢でありましたか」

「まさに――。若き狂乱の日々の情熱を一度整理し、人生の後半を自分らしく、まったく別の扱い方で生きてみようと思った年齢でござる」

「であれば、今、四十五歳のわたしの気持ちも、おわかりになろうかというもの」

茨木理兵衛は、微笑んだ。

「この十五年、いろいろなことを言われました。あちこちでさんざん悪く言われたかと思えば、ここ数年は急に良く評されて、三井様や紀州様など、さまざまな家から誘われるなどという不思議なことも起こりました。そしてそのことで思い悩んだりもした。でも、どうでもよくなり申した。世間の評価など、もう、いいのです」

「理兵衛殿」

「あの、寛政の茨木改革――。確かに世の人から見れば失敗だったのかもしれない。でも、わたしからしてみると、失敗ではないのです」

大田は、前のめりに聞き始める。

その顔に、共感が、じわりと浮かんできた。

それは、生き方の問題だった。

「あれは、わたしにとって、若き日の理想のすべてを賭けた日々でござった。自分の信念に従って精一杯やり申した。もろもろの反省はございますが、ともかく、やりきったのでございます。ですから、この歳になって、大事な人生の後半を、再び同じことをやって生きのびようとは思わないのです」

理兵衛は言った。

「たとえば紀州家にお世話になり、仕法奉行となって、国のために生きる。または三井に入り、三井様の利益が最大となるように仕法を行う――。どちらにせよ、そのほうが名も売れ、カネも儲かるのでしょう。ですが今更カネが儲かるからそっちのほうがいい、とは思いません。一度やりきったことをまた、この年になってやりなおして、余禄をもらって生きることが面白いとは思えないのです。きっと、あの頃のように熱い思いで取り組めない。今の時代は、今の時代を担う者が、その信念に従って思うさまに仕法を行うべきです」

「ふうむ」

「わたしは、学びました」

「はい」

「あのとき、なぜ改革が挫折したのか。やはり、わたしが未熟だったのです。では、なぜその未熟さが出たのか。単純です。わたしが若く、自分を知っておらず、世の中にとって正しいことと、自分の中の正しいこととの違いをわかっていなかった。理由もなく他人を見下して、世の中をバカにしていた。理屈やら指標やらで頭をいっぱいにして、人の気持ちをないがしろにしていた。結果、多くの人の共感を得られなかった。でも、それでよかったのです。――大田殿」

「はい」

「大田殿は、若い頃のこと、後悔はないとおっしゃった。わたしも一緒です。あのときのこと、反省はあっても後悔はない。わたしは今、四十五にして、やっと自分を知ったのです」

「ふうむ」

大田は、なぜだか、嬉しそうな顔をして聞いた。

大田は、自分が四十五歳のときを思い出していた。

吉原遊郭でともに暴れた昔からの仲間や友人恩人たちと距離をおいて、やがて一切の縁を切り、あいつは変わってしまった、あいつは昔の自分を捨てた、と悪口を言われながらも、自らの人生の後半を賭けて、若者たちにまじって湯島聖堂で『学問吟味』を受験したのである。

「茨木殿。あなたは、今、何をやりたいのですか」

すると、理兵衛は、いったん戸惑ったような顔つきをして、

「今――」

と、はにかむように言った。

「実は『立派な武士』になりたいと思っています」

「立派な武士」

「ここのところ、しきりに亡き父上のことを思い出すのです。わが父は三百石の武士でしたが、お役

目は作事役で、はっきりいって下役でございます。ですが、質実剛健なる、ほれぼれするような立派な武士でした。毎朝、夜が明けると同時に起き、水をかぶって素振りを五百。髭と月代を剃って、粗末な朝食を食べて、着替え、背をまっすぐに伸ばし、二本の大刀を腰に差して堂々と登城される。たとえ、それが作事のごとき雑仕事をされるためであっても関係ない。ご立派で美しい武士の姿でござった――」

「ふむ」

「わたしも、死ぬときは、ああありたいのです」

「――」

「わたしの人生の前半は、立派だったとは言い難い」

「そうは思いませんが」

「いえ――正しかったが、立派ではなかった。口先ばかりで傲慢だった。それはあまりに貧しい生き方だ」

理兵衛は笑う。

「奉行を承ることや、御城の本丸にあって御殿のお傍に侍ることが立派なことではないのです。立派とは、その毎日の、確かな暮らしぶりであります。わたしは人生の後半を父上のような、無名で不器用でも『立派な武士』を目指して、毎日精進のうえ、生きていきたいと考えております――」

「ふふふふ」

大田は笑った。

「いいですな」

そして、莨《たばこ》を取り出し、よろしいですか、と聞いてから火をつけすぱりと吸うと、改めて言った。

「でも、それを聞いて、なお、あの茨木改革が成功しておればなあ、と思いますがねえ」

「いえ、成功していたら、それにより苦しんだ人もいたでしょう。なにより、わたし自身が、もっと傲慢な人間になり、正義の刃《やいば》をふるって、さらにひどいことをしていたはずだ――。だから、あれでよかったのです」

「そうですかね。わたしにはそう思えないが」

「ふふふ――」

それは、誰にもわからない。

わからないことだった。

理兵衛は言った。

「これ以上、三井様にご迷惑をおかけするわけにはまいりません。どこか町家などが見つかりましたら、この長屋は、また出るつもりでございます」

「ふむ。そうですか。――会えてよかった」

「わたしもでございます」

「あなた様には、引き続き、お付き合いいたまわりたい」

大田七左衛門と茨木理兵衛の交流は、文化十三年の理兵衛の死去まで続いたという。なんと、大田のほうが十八歳も年上だと言うのに、死んだのは理兵衛のほうが先であったのだ。

結

茨木理兵衛が太田七左衛門と会見した文化八年の末――。

江戸四谷左門町の路地にある小さな仕舞屋《しもたや》の前の板塀によりかかるように、年老いた武士が立っていた。

年の頃は六十半ばを過ぎ、着物は汚れていたが、小柄で屈強であり、いかにも田舎の頑固な老武士という風情であった。

鼻筋は太く、唇は厚く、頬は弛緩して垂れ下がっている。

老武士は、遠くからずっとその家の粗末な格子戸を眺めていたが、やがて玄関をあけて、家から出てくる茨木理兵衛の姿を見ると、敢然と駆け寄り、

「おかしら！」

と叫んだ。

理兵衛は顔をあげて、驚いた表情を浮かべる。

それを見た老武士は、口をへの字に曲げて頷くと笠を取り、路上に膝をつき、低い声でこう言った。

「お迎えに参りました」

老武士は、顔をあげる。

それは、十五年分年を取った川村加平次であった。

町を行く人は、何が起きたものかと驚いて見ている。

茨木理兵衛は、周囲の目など構わずに駆け寄り、その肩を抱いた。

「よく、来てくれた」

「おかしらも、よくご無事で」

「老けたの」

「お互い様でございます」

顔をあげた川村加平次の頬は、涙に濡《ぬ》れ尽くしている。

「生きてお会いできて、名誉の事でござる」

◇

この日に先だつ一年前。

亡くなった藤堂家九代藩主藤堂高嶷は、息子の十代藩主高兌に、一葉の『書きつけ』を残していた。

――茨木理兵衛を　赦《ゆる》し帰参させる事

その書きつけは、高嶷の葬儀一切が終わってから、津城の高兌に届けられた。

若き高兌は、のちに藤堂家中興の祖と称《たた》えられる『名君』となる男だが、基本的には、父高嶷時代に行われた施策を尊重して、ひとつひとつ精査し、是々非々で採用しながら、慎重に藩政の運営をした人物だった。

国の内外に対しては改革の姿勢を崩さなかったが、その施策は穏健で、極端には走らない。

倹約を旨とし、学問を奨励した。

それで津藩の巨額の債務が解消されることはなかったが、高兌の政策は津藩にひとときの穏やかさと、ある意味の高潔さをもたらした。この時期の津藩は、江戸大坂においても、文武両道の雄藩として尊敬を集めている。

高兌は津城の居室で、手紙を受け取り、じっくりと読んで、それが父の直筆であることを確信すると、周囲に聞いた。

「茨木理兵衛か。かの地割騒動のときの奉行であったということしか知らぬが、どのような男だったのだ?」

すると、家臣たちは口々に言ったという。

「――必要な仕事に、真正面から取り組んだ男でござる」

「最後は挫折したなれど、その誠心に、間違いなし」

「決して目の前の問題を他人ごとにすることはありませんでした」

藩の家老年寄衆は、高嶷の時代のものとは入れ替わっていた。

一揆の時に藩政を仕切った藤堂仁右衛門、監物、主膳ら家老衆はそれぞれ代替わりをして、次代となっている。

それを聞いて、高兌は、

「ふうむ――なるほど」

と唸った。

「このような手紙を遺されるとは。父上もよほどの心残りだったと思われる」

と唸り、慎重なこの男らしく、すでに隠居していた川村加平次を膝前に呼び寄せた。

手紙の経緯を聞いた加平次は、眉一つ動かさず黙って口をひらかない。

やがて高兌は聞いた。

「貴様は、当時、奉行手代であった。存念があらば、聞かせよ」

「ございませぬ」

加平次は、口をへの字に曲げたまま言った。

「なぜ、そのような顔をしておる」

「そのような顔とは?」

「苦虫を嚙みつぶしたような不機嫌な顔じゃ。貴様はさんざん茨木に尽くしたと聞く。その茨木が帰参できるのかもしれぬのだぞ。嬉しくはないのか」

「──ありませぬ」

「なぜだ」

「当然だからでございます」

「ふむ?」

「殿が、おかしらをお許しになるのは、当然だと思います」

この間、加平次は、胸を張って微動だにせぬ。

「なんと申すか」

「殿のお決めになることに、私のごときものは、存念も何もござりませぬ。ただ、この過ぎ去りし日々を思えば、去来する思いはござる」

「申して見よ」

すると、加平次は再びしばし沈黙した。

が、やがて、ゆっくりと、だが年寄りにしては矍鑠《かくしゃく》とした聞き取りやすい声で、雄弁に語り始めた。

「二十余年前のことでござる。拙者、亡き祐信院様(高嶷)に直々に呼び出しをうけ、江戸より戻したる若輩を奉行に任ずるゆえ、貴様、おとなとして輔弼《ほひつ》せよと命じられ申した。拙者など無学無能の中年男でござる。頭の回る江戸帰りの文官の補佐など役に立てるものかと思いましたが、拙者は、拙者なりの奉公ができたと存ずる」

加平次は言った。

「その拙者から見まするに、あのときのおかしらのふるまい、卑怯たること一切なし。藤堂家と国益を裏切りたること一度もなし。忠の一言に尽くる態度でござった」

そうして、深い皺の奥の目をぎらりと光らせた。

「確かに、当時の御家老衆のおっしゃる通りでございました。あの者には、身分も家柄もなく、若さゆえの未熟さ、経験不足からくる読みの甘さ、性急に過ぎる判断もありは申した。だが、それがなんだ。若い者が目のまえの難題に、その力を尽くしてぶつかるときに、言葉尻などがそんなに重要なことなのか？　態度だの、家格だの、そんなに些細なことが、重要ですか？」

「些細なことと申すか」

「はい。些細なことにございます。旧弊を糾す。そのことがいかに苦しいか。誰だって、周囲に流されておれば楽なのだ。一度立ち行きたる組織を改革することの難しさは、いかばかりか。ひとたび世に出て、志を立てて働いたことがあるものならば、どんな立場であれ容易にわかりましょう。絡み合った世の義理という怪物と対峙するのは、武士として立派な態度かと存ずる」

高兌も、重臣たちも、口元を引き締め、加平次の言葉を聞いている。

「目の前の課題に、自ら悩み、逡巡し、逃げず、働き抜いた――。あのとき、いや、今をもってしても、わが国の収入の五十倍以上という巨大債務に正面から立ち向かったのは、この藤堂三十二万石にあって、あの若造ひとりであったのでございますぞ」

と、大きな息を吸い、

「わが藤堂は、古来、武家の家にて、武士の義と忠により成り立つ――。その武士を許すは当然の当然。君たるものの義理でござる」

その傲然とした強い言葉に、一同は目をむいた。

しかし高兌は、怒りもせず、莞爾《かんじ》と頷く。

「うむ――貴様の言う通りだ。平時の仕法たるもの、乱時の戦と同じである。結果など時の運。そして卑怯なふるまいをせず、誠意を尽くしたるものは、勝とうが負けようが、武士として扱われるべきである」

「御意」

「よし。茨木の帰参を許そう」

と、その声を聴いた加平次、やっと、表情の変化を見せた。

「思えば」

と、ここでわずかに咽喉を詰まらせ、

「彼の者が愛した、このふるさと。おかしらは本当に藤堂の国が好きでございました。美しい伊勢国安濃津の海と山と風と――なんとか立ち行かせて子々孫々に伝えていかねばと、あのちっぽけな才槌《さいづち》頭《あたま》で必死に考えてござった。故郷を追われて十五年。どれほど戻りたいと思われたことか。おかしらが津の地に戻るのは、あたりまえと存ずる」

と言った。

「このお役目、拙者が承りとう存じます」

「待て。貴様はもう還暦を過ぎているではないか。探しに行くのは体力に優れる若いものでよい」

「いや――このお役目、なんとしても拙者が承る。若い者などに、任せられるものではござらん」

「ふうむ――よし」

高兌は、手にした扇子をぱちりと鳴らした。

「では川村加平次、貴様に命じる。出奔した茨木理兵衛を探し出し、呼び戻せ」

そして川村加平次は噂を頼りに、名古屋、大坂、江戸、と旅をしてやがて、四谷の街角の古い仕舞屋にたどり着いたのである。

◇

かくして理兵衛は、一揆から十七年、藩を出奔してから十五年以上の流浪を終え、津に戻った。ときに理兵衛、四十六歳。

すでにかつての精悍な姿はなく、ただの疲れた皺の深い初老の男がそこにいた。

津に戻ってからの理兵衛は、最初こそ御城にて藩主高兌に目通りしたものの、あとはほぼ登城しなかった。

時折、御城の執政より呼び出され意見を求められることがあったが、理兵衛は丁寧に助言をしたうえ、役職については全てを固辞して藩政の中心には出ようとはしなかった。

そして旧知三百石にて再興された茨木家の家督を、成長した長男重勝《しげかつ》に早々に譲り、自らは隠居として、子供の頃と同じ質素な組屋敷に戻って、妻の登世とともに、穏やかな日々を過ごした。

十五年分の年を取って夫を迎えた登世は、

「あなた様がお戻りになってからはじめて、幼き頃に組屋敷で想像していた下役の武家相応の、気の置けない暮らしをできましてございます。ほっとしました」

と笑った。

「今のほうが、ずっといいわ」

「なぜ、そう思う?」

「あの頃のあなたは、怖かったし、気難しかった――。ちょっとしたことを話すのでも、どきどきびくびくしていなければならなかった。あれでは、誰もついてこない。おわかりになりますか？」

「そのとおりだな。だが、許してほしい」

「はい？」

「あのとき、わたしは、地を割ろうとしていた」

「地を」

「自分であれば、この大地を割ることができると、思っていたのだ」

「まあ」

その大真面目な夫の顔を見て、登世はなんとなく、可笑しかった。

この人は昔と、ちっとも変わらないのだ。

そして、そんな夫婦を訪ねた、新しい『茨木理兵衛』、すなわち長男の大吾重勝は、老いた父に聞いた。

重勝は、二十代半ば――輝くような若侍の顔《かんばせ》である。

「――父上」

「なんだ」

「父上は、今なお、藤堂は地を割るべきだったと思っておいでですか」

息子の問いに、理兵衛は、しばらく沈黙する。

そして、遠くを見たまま、明確に言った。

「あたりまえだ」

「はい」

「大吾、お前だけに言っておく。わたしの改革は負けた。これはすなわち、今の世において、国を預かる大名が、租税の改革を行い、民間資本の再編をすることが不可能だった、ということなのだ。このまま抜本的な改革ができないのであれば、近い将来、必ずこの国は今のかたちを清算せねばならぬ――。藤堂だけではないぞ。全国二百余州の大名家、ひいては天下のご公儀も同じことだ」

重勝は、老いた父が、雄弁に語りだしたことに、驚いた。

父は今、何かを伝えようとしている。

重勝は背筋を正した。

「そのとき天下が、いったいどのような形になるものか――わたしにはわからぬ。だが、お歴々が言う穏健な弥縫策や、老人どもが説く精神論だけでは、絶対に立ち行かぬ。それだけは確かだ。それが天下の経世済民（経済）の理《ことわり》であるゆえ」

「父上……」

「三十年、いや、四十年後――。この国に何が起こるのだろう。また戦国の世に戻るのか、それとも、海外からの夷狄《いてき》に襲われ、戦うことになるのか。いずれにせよ、混乱は避けられまい。今、この国は、平穏静謐に見えて、破滅にむかってゆっくりと進んでいるのだ」

重勝は、背筋を伸ばして父の老いた横顔からひとときも目を離さない。

理兵衛は続ける。

「大吾。わたしはたまたま、先の御殿に見出される幸運を得て藩政に携わり、力の限りを尽くすことができた。だがお前の代で茨木家は旧役に戻り、お役目の上では恵まれぬことになるかもしれぬ。だが、決して腐るな。必ず時は来る。その日に備えるのだ。いかに日々に追われようと、学問をおろそかにすることは許さぬ。そして、どんなに悪名が立とうが『カネ』から逃げるな。密かに理財《りざい》を学び、広く世界と対峙するのだ」

「はい」

「改革が挫折したということは、つまり、われら侍が自浄能力を失ったということでもある。武家の仕組みが硬直し、健全な代謝を許さなくなった。だからこの国は、このままゆっくりと老いていくしかない。ゆえに、苦しくなる。お前たち若者は、われらの世代よりも、より厳しい時代を生きねばならぬ」

「――――」

「だが、怖れるでない。藤堂武士としての誇りを持ち、高山公の遺した自主自営の精神を信じよ。自ら学び、自ら考え、視野を広く保ち、信念を貫け。必ず乗り越えられる。何があろうと、胸を張って生き抜くのだ」

それを聞き、重勝は思わず平伏した――。

父がこの国を出奔して十五年。

重勝は、十代という多感な時期を、この津に於いて罪人の子という立場で過ごし、己の生き方を悩み、逡巡していたのだ。

その苦しみが解消し、霧が晴れた思いであった。

「はい。父上――必ず。必ず、生き抜きます」

茨木家は、この茨木理兵衛重謙の死後も、藤堂家の下級藩士としての役割を全うすることになる。

天保年間の藤堂家臣の名簿には、茨木利兵衛（理兵衛か）普請役、との記載がある。普請役とは道路や橋、堰など土木工事を担当する役人である。禄高は二百六十石とあり、旧禄を削られている。

そのいっぽうで、河井継之助の師であり、吉田松陰の友人として知られる学者の斎藤拙堂《さいとうせつどう》の娘が、幕末期の茨木家に嫁いでいる。拙堂は儒学者でありながら、海外事情に通じ、経世学の近代化と仕法の合理化を訴えた学者である。茨木家は決して学問を捨てていなかったのだ。

そして、明治瓦解と廃藩による債務精算の後《のち》、発足したばかりの三重県に、旧城代仁右衛門家の当主であった藤堂高泰を頭取として、第百五国立銀行が設立される。

百五銀行はその後、伊勢屋川喜多家の出資を受け、長く三重県の経済を支える存在となる。

この百五銀行の出資者に、茨木家が、名を連ねている。

なぜ、禄の借り上げが続いたわずか二百六十石の茨木家に、出資者になるほどの財が蓄えられていたものか。

ただ一つ言えることは、茨木家の人々は、理兵衛重謙の死から約五十年後の明治維新まで、たとえ恵まれた役目にあらずとも、身の丈にあった学問と理財を誠実に続け、家名を継ぎ、生き残ったのだということである。

◇

茨木理兵衛重謙が世を去ったのは、文化十三年。

津に戻ってわずか四年後、五十歳の若さであった。

人々は、茨木の体に、長年の流浪の生活の疲労が蓄積されていたのであろうと噂した。

晩年の理兵衛は、幼き頃に父に習った歌作に励んでいたという。

ここに、この頃の理兵衛の和歌《うた》を記す。

我もまた
　露の浅茅のかたつぶり
　　いて其の角の心ならはん

（わたしはまさに
　雨露に濡れる新芽の上にいるかたつむりのようなものだ
　どこにいようと、その状況にあわせて自らの角の形を変えていく）

死後二百年以上が経った今も、茨木理兵衛の評価は、この歌に詠まれた『かたつむり』のように、定まっていない。

ある時は、茨鬼と言われ、またある時は、先見の仕法家と言われている。

主な参考文献

『津市史（三）』梅原三千　西田重嗣一他　津市役所

『寛政期の藤堂藩』深谷克己　三重県郷土資料刊行会

『藤堂藩（津・久居）功臣年表：分限禄』中村勝利　三重県郷土資料刊行会

『藤堂藩の年々記録』村林正美　三重県郷土資料刊行会

『岩立茨』七里亀之助編　津市郷土資料刊行会

『知られざる郷土史　津とその周辺』浅生悦生　津市文化振興基金助成事業

『日本歴史叢書　津藩』深谷克己　吉川弘文館

『ふるさとの歴史　津とその周辺』三重郷土会　三重県良書出版会

『発見！　三重の歴史』三重県史編さんグループ　毎日新聞社津支局　新人物往来社

『藤堂高虎家臣辞典：附分限帳等』佐伯朗　佐伯氏自費出版

『百五銀行　百年のあゆみ』百五銀行企画調査部　百五銀行

その他、Ｗｅｂサイト上などで様々な記事を参照させていただきましたが割愛させていただきます。
この小説は、先学の業績に与えられたインスピレーションの上に成り立つものであり、心から感謝と敬意を表するものです。

著者

吉森大祐

一九六八年東京都生まれ。慶應義塾大学卒業後、電機メーカーに入社。『幕末ダウンタウン』で第十二回小説現代長編新人賞、『ぴりりと可楽！』で細谷正充賞、『青二才で候』で第一回いきなり文庫！グランプリ最優秀作品賞を受賞。近著に『東京彰義伝』『大江戸墨亭さくら寄席』『蔦重』がある。

茨《いばら》　鬼《き》

——悪名《あくみょう》奉行《ぶぎょう》茨《いばら》木《き》理《り》兵《へ》衛《え》

2024年7月25日　初版発行

著　者　吉《よし》森《もり》　大《だい》祐《すけ》

発行者　安部　順一

発行所　中央公論新社

〒100-8152　東京都千代田区大手町1-7-1
電話　販売 03-5299-1730　編集 03-5299-1740
URL https://www.chuko.co.jp/

ＤＴＰ　嵐下英治
印　刷　ＴＯＰＰＡＮクロレ
製　本　大口製本印刷

Published by CHUOKORON-SHINSHA, INC.
Printed in Japan　ISBN978-4-12-005809-7 C0093